中国十大古典悲剧故事

张中良等　改写

中州古籍出版社

图书在版编目(CIP)数据

中国十大古典悲剧故事/张中良等改写.—郑州：中州古籍出版社,2010.10(2016.4重印)
ISBN 978-7-5348-3430-1

I.①中…Ⅱ.①张…Ⅲ.①戏剧文学-故事-作品集-中国 Ⅳ.①I247.8

中国版本图书馆CIP数据核字(2010)第181705号

出版社：中州古籍出版社
（地址：郑州市经五路66号　邮政编码：450002）
发行单位：新华书店
承印单位：安阳市泰亨印刷有限责任公司
开本：850mm×1168mm　1/32　　印张：9.25
字数：215千字
版次：2010年10月第1版　　印次：2016年4月第6次印刷

定价：18.00元
本书如有印装质量问题,由承印厂负责调换。

第三版说明

《中国十大古典喜剧集》和《中国十大古典悲剧集》的"白话故事版",于1995年10月由中州古籍出版社出版了第一版,又于2001年1月出版了第二版,这两个版本在社会上都得到了较好的反应,尤其是在青年学生读者群体中更为喜闻乐见。得到这样的结果固然是由于改写的成功,但是更重要的是由于中国古代的十大悲剧和十大喜剧本身所具有的不朽价值和感人魅力。现在出版的第三版,更名为《中国十大古典喜剧故事》和《中国十大古典悲剧故事》,正是为了满足广大青年读者的需要而问世的。

1982年,由中国当代著名的古代戏曲研究专家、中山大学王季思教授主编的《中国十大古典喜剧集》和《中国十大古典悲剧集》,是从中国古代丰厚的戏曲遗产中选出有代表性的喜剧和悲剧原著各十个,加以整理,相继出版的,在国内外引起很大反响。这不仅激发了广大读者对于中国戏曲名著的学习热情与兴趣,而且在以悲剧、喜剧的美学概念研究中国古代戏曲的问题上取得了突破性的进展。

中国古代的戏曲遗产非常丰富,许多作品脍炙人口,影响深远。中国古代的戏曲理论虽然没有明确使用喜剧、悲剧这样的名词,但是从戏曲作品的内容及演出效果来看,早有喜与悲的划分;古代的戏曲作家和批评家,也早就有对于戏曲的喜与悲的认识。

中国戏剧的原始形式——先秦时期的优人表演以滑稽与讽刺为主,即是以喜剧为主调的。《左传·襄公二十八年》写到齐国的优人表演,谓"陈氏、鲍氏之圉人为优",杜预注云:"优,俳也。"唐代孔颖达疏云:"优者,戏也。……今之散乐戏可笑语,而令人笑者是也。"先秦时期优人表演的主要特征是滑稽,即是以语言与动作逗乐的意思。到汉代的角抵戏《东海黄公》及三国时魏国的《辽东妖妇》,发展为以歌舞戏谑来表演故事,这些已初步具备喜剧的形态。唐代参军戏表演也是以滑稽著称,正如段安节所说"复采优伶,尤尽滑稽之妙"(《乐府杂录序》)。

宋代杂剧是以喜剧为主要形式的,那时的人们一般认为,杂剧的功能就在于使人发笑取乐。苏轼曾说:"乐且有仪,方君臣之相悦;张而不弛,岂文武之常行。欲作欢声,宜陈善谑。金丝徐韵,杂剧来欤。舞缀暂停,歌钟少阕。必有应谐之妙,以资载笑之欢。上悦天颜,杂剧来欤。"(《东坡乐语·勾杂剧词》)这里,苏东坡指出杂剧是要通过善谑使人发笑,这代表了宋代人们的看法。吴自牧《梦粱录》也说,杂剧"大抵全以故事,务在滑稽"(卷二十"妓乐")。

在戏曲体制定型、舞台演出兴盛的元代,涌现出更多的喜剧作品,关汉卿的《救风尘》和郑廷玉的《看钱奴》等是具有代表性的喜剧,此外如武汉臣的《老生儿》也是著名的喜剧。1819年法国汉学家布律吉埃·德索松据英文译本将《老生儿》翻译成法文的时候,剧名就确定为《老生儿:中国喜剧》,这说明当时在法国文士的眼中,《老生儿》是他们所理解的喜剧。

明清两代杂剧与传奇中的喜剧作品更多了,徐渭的杂剧《歌代啸》,王衡的杂剧《郁轮袍》,沈璟的传奇《博笑记》,孙仁孺的传奇《东郭记》,吴炳的传奇《绿牡丹》,阮大铖的传奇《春灯谜》,李渔的传奇《风筝误》,唐英的杂剧《面缸笑》,沈起凤的传奇《才人福》,清代中期以后的地方戏中的《买胭脂》、《张古董借妻》、《磨房串戏》等,都是典型的喜剧。沈璟的《博笑记》第一出开场的《西江月》词写道:"昭代名家野史,于今百种犹绕。正言庄语敢相嘲,却爱诙谐不少。未必谈言微中,解颐亦自忘劳。岂云珠玉在挥毫,但可名为《博笑》。"所谓"博笑",即是"博得观者一笑"的意思,这里表现出沈璟对于他所撰《博笑记》的喜剧性质的认同,以及他对于喜剧的功能与效果的解说。

中国古代悲剧的出现晚于喜剧,南宋时期的两种南戏作品《赵贞女蔡二郎》和《王魁负桂英》可以说是最早的悲剧了。元杂剧中悲剧的数量多起来,悲剧的特征也更加明显,如关汉卿的《刘关张三赴西蜀梦》,杨梓的《霍光鬼谏》和《豫让吞炭》等,都是纯粹的悲剧。

在古代戏曲中的大多数悲剧里,作者往往让剧中的主要人物在戏剧结局时命运逆转,来一段"光明的尾巴",如关汉卿的《窦娥冤》第四出让窦娥的父亲为女儿昭雪了冤枉,纪君祥的《赵氏孤儿》的剧末写二十年后赵氏孤儿得以复仇,但是,这样的情节却没有在本质上改变此作品的悲剧性质。因此,近代学者王国维评论说,《窦娥冤》和《赵氏孤儿》"即列之于世界大悲剧中,亦无愧色也"(《宋元戏曲考·元剧之文章》)。18世纪时,法国汉学家马约瑟翻译《赵氏孤儿》,即定名为《赵氏孤儿:中国悲剧》;英国汉学家戴维斯翻译《汉宫秋》,即定名为《汉宫秋:中国悲剧》。

从宋元南戏到明清杂剧与传奇中的许多悲剧作品,大多是这一类加上一条"光明的尾巴"的悲剧。高明的《琵琶记》主调是悲剧,但其结果是赵五娘和蔡伯喈团圆,与颇有贤德之风的牛夫人和谐相处。孟称舜的《娇红记》是以哀怨为主调的爱情悲剧,结果是申纯和王娇娘合葬的墓上出现一对鸳鸯相向哀鸣,其冢便被称为鸳鸯冢,给这个感人的悲剧结局涂抹上一道浪漫主义的油彩。明末清初李玉的《清忠谱》写东林党人周顺昌等受阉党迫害悲惨至极，其结果则是以崇祯改元之后的拨乱反正告终。朱素臣、朱佐朝的许多写忠奸斗争及公案故事的传奇，如《十五贯》、《翡翠园》、《未央天》、《渔家乐》、《血影石》等，主人公的经历都是极悲极苦的，而剧中的结局则都是以忠良昭雪或受封、奸邪得到惩处、男女主角喜结良缘的大团圆收场。李渔的《比目鱼》传奇写谭楚玉和刘藐姑相爱受阻而双双投水殉情，化为一对比目鱼，已经是悲剧结局了，可是作者后来又让这一对比目鱼被救起复归人身，团聚昭雪，并结成夫妇。孔尚任的《桃花扇》写的是明朝灭亡的大悲剧，剧末的"余韵"一出则加了一段对于清代顺治朝太平盛世的歌颂。洪昇的《长生殿》写的是唐明皇和杨贵妃的爱情悲剧，剧末则增加了月宫相会、永为夫妇的浪漫归宿。《雷峰塔》写白娘子最终被法海镇压的悲剧，而此剧的改编本附会出许仙之子中状元并前往祭塔等美好情节。还有，地方戏的《梁山伯与祝英台》、《秦香莲》等，无不如此。这样的增加有大团圆尾巴的悲剧，是古代悲剧的主流，反映了中国古代戏曲的悲剧观念及中国大众的文化心态，是具有中国特色的悲剧。

我国古代的戏曲理论中没有形成关于喜剧与悲剧的完整的理论体系，这是使今人感到有些遗憾的，但是，古代的不少戏曲作家及戏曲理论家关于喜剧与悲剧确有不少精辟见解。祁彪佳在远山堂《曲品》和《剧品》中提出"悲境"和"欢境"的概念，前者指悲剧境界，后者则指喜剧境界。他评论金怀玉的《完福记》说"事出意创，于悲欢两境，俱无入髓处"，即是依据他对于悲剧与喜剧的理解，指出了此剧的缺点。臧懋循说元杂剧"能使人快者掀髯，愤者扼腕，悲者掩泣，羡者色飞"（《元曲选序》），黄周星说"感人者，喜者欲歌欲舞，悲者欲泣欲诉，怒者欲杀欲割"（《制曲枝语》），这也是对悲剧与喜剧的特点所作的简单表述。吕天成也指出戏曲在演出时有不同的境界，因而会产生不同的效果，他的《曲品》评论明代戏曲作品，提出"苦境"的概念，即是指悲剧境界。他评论《教子记》说"真情苦境，亦尽可观"，评论《分钱记》说"苦境可玩"，评论《合衫记》说"苦楚境界"，评论《祝发记》说"境趣凄楚逼真"等，他提到的这些作品基本上都是悲剧。

到了近代，王国维研究中国古代戏曲，才正式使用西方的喜剧和悲剧的概念。他论述元明戏曲史说："明以后，传奇无非喜剧，而元则有悲剧在其中。就其存者言之：如《汉宫秋》、《梧桐雨》、《西蜀梦》、《火烧介子推》、《张千替杀妻》等，初无所谓先离后合，始困终亨之事也。其最有悲剧之性质者，则如关汉卿之《窦娥冤》，纪君祥之《赵氏孤儿》。"（《宋元戏曲史·元剧之文章》）这里的议论难免有一些偏颇，如说"明以后，传奇无非喜剧"就不够客观，其实明以后的传奇中悲剧也是相当多的。尽管如此，王国维毕竟是较早地接受西方文学艺术理论的学者之一，他能够运用世界时新概念来分析中国古代文学艺术现象及作品，所表现出来的新的理论意识与探索精神都是非常可贵的。王国维还曾论述喜剧说："常人对戏剧之嗜好，亦由势力之欲出。先以喜剧（即滑稽剧）言之，夫能笑人者，必其势力强于被笑者也。故笑者实吾人一种势力之发表。……独于滑稽剧中，以其非事实故，不独使人能笑，而且使人敢笑，此即对喜剧之快乐之所存也。"（《人间嗜好之研究》）这里对于喜剧效果及观者心理机制的分析颇有见地，实际上是指出了喜剧的产生原因及社会作用的本质。上述议论尽管不够系统，但可作为我们今天认识喜剧与悲剧问题的重要参考。

欧洲一些国家的戏剧发展历程与中国稍有不同，那里悲剧的出现早于喜剧。如古希腊的早期戏剧主要是悲剧，并出现了埃斯库罗斯、索福克勒斯、欧里庇得斯那样的悲剧巨匠。亚里士多德的《诗学》也对悲剧的内容、形式、作用提出了一些重要观点，其中关于悲剧激起怜悯与恐惧的论述对后世影响很大。他说："悲剧是对于一个严肃、完整、有一定长度的行动的摹仿；它的媒介是语言，具有各种悦耳之音，分别在剧的各部分使用；摹仿方式是借人物的动作来表达，而不是采用叙述法；借引起怜悯与恐惧来使这种情感得到净化。"（《诗学·第六章》）这一重要观点常被后来的戏剧家及理论家引用与发挥，如布切尔《亚里士多德的诗歌理论》一书就以较多的篇幅谈论怜悯和净化问题，弗洛伊德的《精神分析学》中也对悲剧的怜悯和净化功能有新的解释和分析。

欧洲中世纪以来的文学史上，陆续出现许多著名的戏剧家，其中悲剧名家如英国的莎士比亚、法国的高乃依、德国的席勒等，喜剧名家如法国的莫里哀、博马舍及俄罗斯的果戈理等，他们的作品在世界范围都产生了重大影响。对于西方著名的戏剧理论家，可以列举出尼采、叔本华、易卜生、狄德罗、莱辛、黑格尔、布拉德雷、斯坦尼拉夫斯基、弗洛伊德、萨特等，他们对于喜剧与悲剧的问题都有大量的论述，而且出现了不同观点的论争。关于悲喜剧的理论体系也伴随着对于悲喜剧的研究与评论，逐渐趋向丰富与完善。这些都不必细论。这里只是要着重强调一下，中国古代的许多喜剧悲剧作品，同世界各国古代文学史上的喜剧与悲剧作品在精神上是相通的，中国古代戏曲理论家关于喜剧与悲剧的认识与见解，同世界其他国家古代的戏剧理论家关于喜剧与悲剧的理论也是有相通之处的。如德国的莱辛论述喜剧引起观者发笑的问题时说："喜剧要通过笑来改善，但却不通过嘲笑。……喜剧真正的具有普遍意义的功能在于笑的本身，在于训练我们发现可笑的事物的本领。"（《汉堡剧评》）中国古代戏曲家关于滑稽、解颐、博笑的议论，在莱辛之前很早就已经有不少相似的精辟之见了。

20世纪以来，西方的戏剧作品和戏剧理论著作翻译到中国来的越来越多，国内不少学者运用西方关于悲喜剧的理论来研究中国的传统戏曲作品，取得了许多重要成果。当代，关于西方现代主义、后现代主义的戏剧理论也被大量引入，国内不少学者运用更新潮的西方戏剧理论与美学理论研究中国古代戏曲及当代戏剧，也出现了相当多的新成果。虽然这方面的研究还不够深入，还有许多重要问题需要继续探讨，但是，这种中西戏剧与戏剧理论的比较研究，毕竟从新的角度扩大了研究的视野，拓展了研究的领域。从这个层面来看，我们认真地重新审视中国古代的著名喜剧与悲剧作品，对于在世界范围深入研究戏剧史与戏剧理论，都是非常必要的。

《中国十大古典喜剧集》和《中国十大古典悲剧集》的编辑出版，对于弘扬我国的传统文化、推动古代戏曲方面的学术研究，都具有重要意义。萧善因、焦文斌二先生撰写的悲剧集前言和黄秉泽先生撰写的喜剧集前言，详细论述了我国古代悲剧喜剧产生与发展的过程，论述了古代悲剧喜剧的一些代表作品的思想内容与艺术成就，论述了古代悲剧喜剧独特的民族形式、艺术风貌及创作经验、表现技巧等，受到学术界的关注，也对广大读者学习与研究古代戏曲作品起到了良好的引导作用。不少原来对古代戏曲缺乏了解的青年人，正是通过悲剧集、喜剧集二书窥见了那些杂剧与传奇作品的魅人风采，并由此领略到我国古典戏曲作品那深邃而宏博的文化内涵。

的确，十大悲剧集、十大喜剧集选入的作品，既是那些悲剧、喜剧特色明显的作品，也是古代戏曲宝库中的精品和代表作，其中《西厢记》、《长生殿》、《桃花扇》等都是享誉世界的名著。这些作品故事性很强，其情节与人物常为人们津津乐道。但是，古代的杂剧与传奇的文字构成是曲牌联缀加宾白的形式，当代的一般读者阅读起来不够方便，语言的障碍在一定程度上影响了这些优秀作品的更广泛传播。为了使今天的广大读者进一步熟悉那些可歌可泣的戏曲故事，我们把十大悲剧、十大喜剧这20个作品改写为现代白话故事，希望由此架起一座连接古代著名戏曲作家和当代读者的桥梁，让那些生动活脱的古代戏曲人物形象和戏曲故事走进当代丰富多彩的现实生活之中。

  我们在对原著进行改写的时候注意到了这样几点：第一是基本上忠实于原著内容，把原著故事用现代书面语体进行重新写作，完整地再现原著情节。为适应故事的叙事特点，改写时对原来剧中的场次顺序作了适当调整，个别地方略施针线，但不随意增加人物和事件，不凭想象随意发挥。原著中人物自述所见场景及心理活动，一般改为客观的场面描写或心理描写，而不用戏剧式的自言自语。第二是力求显示出原著的语言风格之美。古代戏曲名著的文学价值极高，大量的曲词是凝炼的诗，不少宾白是优美的文，改写后虽成为叙述语体，但努力做到保持原著的警策和韵味。有些地方的插科打诨充满了幽默与诙谐，其语言既符合人物的性格和身份，又符合特定时刻特定场合的气氛，这样的语言一般都予以保留。第三，原著中某些与故事主体关系不大的细节或语言，如果格调不高、趣味不雅，改写时就略去了。这里以《西厢记》为例，如第一本第二折中法本长老陪同红娘去看佛殿，张生随行，张生对法本打趣说"我与你看着门儿，你进去"，引起法本生气，此细节在改写时予以省略；又如第四本第一折中张生自述与莺莺欢会的情景，在改写时一笔带过。其他各剧也有类似的情况。这样的处理，既不影响原著人物形象，也不影响今天的读者认识原著的价值，相信读者朋友能够理解和鉴谅。

尼采说，悲剧是"抒情诗的最高发展"，是"日神精神的象征所表现的音乐"（《悲剧的诞生》）；莫里哀说，喜剧是"一首精美的诗"（《达尔杜夫序言》）。中国古代的著名悲剧和喜剧也具有同样的性质。但愿我们改写的故事不至于亵渎音乐的神圣和诗的高雅，而能给世人增添一份愉悦和收益。诚能如此，我们惶惶不安的愧疚之心将会平静一些。改写中的不当之处，敬请读者朋友批评指正。

王永宽

2010年7月于郑州

目 录

窦娥冤
　　[元] 关汉卿撰　张中良改写 …………………………… 1

赵氏孤儿
　　[元] 纪君祥撰　远征改写 …………………………… 32

汉宫秋
　　[元] 马致远撰　张中良改写 …………………………… 60

琵琶记
　　[元] 高明撰　远征改写 …………………………… 86

精忠旗
　　[明] 冯梦龙撰　张中良改写 …………………………… 116

娇红记
　　[明] 孟称舜撰　远征改写 …………………………… 144

清忠谱
　　[清] 李玉撰　耿继周改写 …………………………… 174

长生殿
　　[清] 洪昇撰　耿继周改写 …………………………… 196

桃花扇
　　[清] 孔尚任撰　远征改写 …………………………… 218

雷峰塔
　　[清] 方成培撰　远征改写 …………………………… 249

窦娥冤

[元]关汉卿 撰

冬雪夏雨,是人们熟知的自然规律。然而,位于江淮下游的楚州一带,在一个人们停工息作仍挥汗如雨、狗儿趴在屋檐下的青石上仍喘着大气的六月伏天里,却突然下了一场足足有三尺深的鹅毛大雪。真乃千年不遇的奇闻!善良的人们惊呆了,莫不是人间发生了什么奇屈大冤感应了上天?

同一时刻,楚州城闹市的法场上,人山人海,因为犯下十恶不赦"药死公公"大罪的女犯人窦娥就要被开刀问斩了。只见窦娥披枷戴锁、被前推后搡地押赴刑场。临刑前,窦娥怨天咒地,叫屈唤冤,并面对上苍发下了三桩誓愿,其中一桩就是,此案若系冤枉,在这暑气冲天的六月间,也要降下三尺大雪,以遮掩屈死的窦娥尸首。奇怪的是,窦娥话音刚落,暑气骤退,冷风阵阵吹来,天空布满乌云。当刽子手行刑之际,纷纷扬扬的大雪开始飘了下来,连满脸横肉的监斩官和刽子手也惊呆了,颤抖了!他们心中明白:窦娥一案实属冤假错案。

后人有诗志云:"霜降始知节妇苦,雪飞方展窦娥冤。"多少年过去了,可这桩千古奇冤却被一代又一代的人们传布着……

一

窦娥是一个地地道道的苦命孩子，她有着令人心酸的身世……

窦娥小名端云。她的父亲窦天章是一个读尽缥缃万卷书、饱有文章的秀才，怎奈时运不通，功不成名不就，家中一贫如洗。更不幸的是，他的妻子年纪轻轻就病死归天，给他留下一个三岁的女儿端云。窦天章一家本在京城居住，因生活窘迫，不得不带着幼女流落到楚州城里。孤女寡父，起早贪黑，煎熬着人间日月。一年年地过去了，小端云长到了七岁，已经出落得聪明伶俐，她懂事体贴，知书识理，十分讨人喜欢。可他们的日子并不像小端云那么有长进，仍然是连起码的温饱都保证不了，为了生存下去，窦天章不得不向别人借高利贷以度光阴。

去年窦天章向城里一个颇有钱财的老寡妇蔡婆婆借了二十两的银子，利滚利，到今年连本带利就要还人家四十两。眼看期限已到，蔡婆婆几次前来讨取索债，可穷秀才窦天章哪里还得起？

几次讨债未果，以放高利贷为生的蔡婆婆并不失望，因为她另有打算。蔡婆婆虽亡了丈夫，但家里还有一个八岁的儿子蔡昌宗，当她索债看到了窦天章七岁的女儿端云是如此聪明漂亮，就萌生了要小端云做儿媳妇的念头。于是，她就多次托人去说合，讲明窦天章如果把女儿给她做儿媳，她就把这四十两债务抵消，另外再给他一些进京应试的盘缠。"四十两银子换个懂事乖巧的媳妇，值得！"蔡婆婆有些乐不可支了。

"这哪里是给人家做媳妇，分明是把女儿卖给人家！"窦天章有些痛苦不堪！亲身骨肉，一朝生离，谁能舍得？但严酷的现实又使得窦天章想不出别的办法。蔡婆婆催账紧急，况且今年进京应试又需要一笔盘费,这又能从哪里出呢?窦天章实在无计可施,就只好选一个好日子,亲自把女儿送到蔡婆婆家里。

窦天章领着小端云,来到蔡婆婆家里,彼此施礼相见。窦天章说:"婆婆,我今天把女儿给你送来,不敢说与你做媳妇,只给您老早晚使唤罢了。小生眼下就要进京赶考,留下孩子,只望婆婆多多照看。"蔡婆婆一见漂亮媳妇到了家,满心欢喜,连忙说:"窦秀才呀,请你不要见外了。端云姑娘来到了我家,咱两家就是亲家了。这是你的借钱文书,今天我就还给你吧,四十两银子的债务也算一笔勾销了。另外,再送给你十两银子的盘缠进京赶考,请亲家不要嫌少。"窦天章接过银子,慌忙抱拳施谢:"多谢您了,婆婆。您这种恩情异日一定重报!"然后又抚摸着端云的头对蔡婆婆说:"婆婆,这孩子从小没了娘,很不懂事,又很呆笨,有不到的地方,该打的时候,看在小生我的薄面上就骂她几句;该骂的时候,就叮嘱开导她几句。"蔡婆婆忙说:"亲家呀,这个就不用你嘱咐了。令爱到了我家,我就会像对亲生女儿一样看承她,你只管放心应考去吧!"

窦天章转过身来,眼中噙着泪水,慈祥地拉着端云的手说:"孩子,从今以后,可就不比在亲爹爹跟前,什么事情都将就着你。你如今到了这里,千万不能再任性顽劣,不然的话,你可要讨打挨骂了!孩子呀,爹爹不是不疼爱你,如今抛舍下你,实在是出于无奈,你能谅解为父的心吗?"窦天章说着话,眼中的泪珠不觉扑簌簌地掉了下来。

听了爹爹伤心的话语,看着爹爹满是泪痕的脸,小端云不禁失声痛哭:"爹爹呀,早晚相依,如今你真要撇下孩儿不管了吗?"

窦天章更是悲痛万分,为了几十两银子,把亲生女儿卖给人家当童养媳,今天分离,不知何时才能相见,生离死别,谁不伤心?

二

　　七岁的端云做了蔡家的童养媳，蔡婆婆把她的小名改了，叫作窦娥。小窦娥早晚料理家务，侍奉婆婆，帮助丈夫，一家人的日子倒也平静安定。后来，窦娥随蔡婆婆搬到山阳县居住，蔡婆婆仍以放高利贷过日。

　　漫长的十三年时光平静地流逝了，窦天章进京求官后一直杳无音信。如今，窦娥已长到二十岁。她在十七岁的时候，在婆婆的操持下，同丈夫蔡昌宗成了亲，圆了房。可万万没想到，成亲还不到两年时间，她那短命的丈夫就患心脏病死了，撇下了窦娥一人独守空房！

　　三岁丧母，七岁离父，十八岁就丧夫守寡，小小的年纪，窦娥承受的人世间的折磨已经太多了。母亲的早逝，带走了人间最温暖的母爱；父亲的生离，带走了窦娥人生的希望；丈夫的短命，又使窦娥的人生欢乐全部丧失。如今的窦娥已是形容憔悴，精神恍惚，表情麻木，她的心已经枯萎了、死掉了。白天，窦娥虽不停忙碌，但如游魂一般；晚上，她彻夜难眠，泪洒枕巾。她时时苦思冥想：为什么自己的命运这么苦？是不是自己的生辰八字不好，注定一世要这么忧愁？还是前世里烧香没到头？自己的满腹闲愁苍天知道吗？这旧愁新怅何时才是个尽头……窦娥有太多的迷惑和不解。对于以后，她没有别的想法和打算，只想一生一世好好侍候婆婆，为丈夫守孝，平平安安地过一辈子也就算了。

　　然而，在那个到处有豺狼、时时有陷阱的黑暗社会里，窦娥这些天真质朴的想法，哪里有实现的可能？窦娥可怜的梦正慢慢地演变为一出人生悲剧……

山阳县南门有一个开生药局的庸医"赛卢医",他"死的医不活,活的医死了",卖假药,骗钱财,坑害百姓。去年他借了蔡婆婆十两银子,如今本利该还二十两。蔡婆婆多次找他要债,他不思偿还,反倒起了害人歹念。

这一天,蔡婆婆交代了窦娥看护家门,又去赛卢医家讨债。赛卢医谎称家里没有银子,要蔡婆婆和他一起去庄上取。蔡婆婆犹豫了一下,就跟赛卢医一块儿出了家门。两人来到荒郊野外,赛卢医看四处无人,就迅速从身上掏出了准备好的绳子,趁其不备,便往蔡婆婆脖子上勒去,要把她害死赖账。

一个老婆婆哪里是身强力壮的男人的对手?蔡婆婆眼看挣扎不得。在这紧要关头,突然从旁边冲过来一老一少两个人。他们高喊:"青天白日,朗朗乾坤,谁个敢行凶杀人?"赛卢医一见有人前来,就撂下绳子,没命地逃跑了。

这一老一少来到近前,上去替蔡婆婆解掉了绳子,救了她。只见那老者上前问道:"你这婆婆,是哪里人氏?姓甚名谁?为什么这人要将你勒死呢?"蔡婆婆眼泪汪汪,于是就把事情的经过原原本本地告诉了恩人。最后还感激地说:"要不是遇着您老和这小哥哥,我老婆子的性命可早就完了。"

可蔡婆婆怎么也没想到,刚脱虎口,又进狼窝,她遇到的所谓"恩人"正是流氓无赖张驴儿和他的父亲张老头。

当张驴儿听到蔡婆婆讲她和年轻的儿媳妇都在守寡时,眼中立即放出了淫邪的光。他急忙把父亲拉到旁边,低声说道:"爹,你听见了吗?她家里还有个守寡媳妇哩!现在咱们救了她的性命,她少不得要谢我们。不如你要了这婆子,我要她媳妇,这不是两全其美吗?爹,你现在就和她说去。"

张老头本也是个老色鬼,受儿子怂恿,就恬不知耻地对蔡婆婆说:"你无丈夫,我无妻子,你不如与我做个老婆,怎么样?"

蔡婆婆闻言陡地一惊,她生气地回答道:"这叫什么话!你们今天救了我,等我回家多拿些银钱酬谢二位。"

没想到张驴儿立刻变了脸,耍出他平时的无赖手段,厉声说:"你这是不肯吧?故意想拿银钱哄骗我们。这不,刚才那人的绳还在这里,我同样用它勒死你也算完事了。"说着话,张驴儿便拿起绳子,向蔡婆婆逼来。胆小怕事的蔡婆婆一见这架势,非常害怕,立刻改变了口气:"小哥哥,慢着,让我好好想想!"张驴儿更是不依不饶:"你还寻思什么?你跟我老子,我要你媳妇,有什么好想的!"

蔡婆婆本来就有些朝三暮四,难耐空房寂寞,如今又见张驴儿以死相逼的样子,也就不再坚持什么。于是,她对张驴儿父子说:"好吧,你爷儿俩个随我一起到家里去吧!"

没想到,老迈的蔡婆婆为了活命,竟引狼入室。她善良本分的儿媳窦娥就成了恶狼的第一个猎物。一场惊天动地的悲剧就这样拉开了序幕。

三

俗话说:天有不测风云,人有旦夕祸福。蔡婆婆出门讨债去后,窦娥就在家做好午饭等她回来享用,但左也等不上,右也等不着,眼看日已过午,窦娥不禁有些着急了。

且说蔡婆婆带领着张驴儿父子,已来到了自己家门口,但她知道媳妇的秉性脾气,不敢贸然就把两个"女婿"领进门去。她让他们先在门外等待一时,自己打算先进去说说这件事,以让媳妇心中有个谱。

蔡婆婆一进家门,正在焦急等待的窦娥连忙迎上前去,恭敬亲热地叫道:"婆婆,您终于回来了,饭早已做好,请吃饭吧!"

可蔡婆婆这边并不回答，止不住流下眼泪。窦娥一见慌了神，连忙询问发生了什么事，因为她担心婆婆为索债和人家发生了什么争执。而蔡婆婆却吞吞吐吐，羞羞答答，不敢明说。经过窦娥再三追问，蔡婆婆不得不把刚才讨债过程中发生的事情讲了一遍，最后才说："那老张头要我招他为丈夫，因此我才这样烦恼。"

窦娥听到这里，既吃惊又好笑。她不相信会有如此荒唐的事情，就脱口对婆婆说："婆婆呀，这事怕不中吧？您再寻思寻思吧，咱们家又不是没有饭吃，没有衣穿，更不是欠人家的债、短人家的钱，被别人催逼不过；更何况您已年纪高大，六十多岁的人了，怎么能再招丈夫呢？"蔡婆婆说："孩子呀，你说的哪有不是的道理？他爷儿俩救了我的老命，我也曾说回家后要多拿些银钱，重谢他们的救命之恩，可他们就是不答应。他们晓得咱家还有你这个守寡的媳妇，说我们婆媳俩都没老公，他爷儿俩又没老婆，正是天缘天对。那老张头不仅要跟我成亲，他儿子还要……要跟你配……配成夫妻！我要是不随顺，他们就又要拿绳子勒死我。那时候我也慌了，莫说自己许给了老张头，连媳妇你也许给了他儿子。孩子呀，这一切都是出于无奈啊！"

窦娥听到这里，简直不敢相信自己的耳朵。盛怒之下，便直言不讳地对婆婆说："虽说您的命是他们救的，可您也不是不懂事的孩子，怎能随随便便就答应跟人家成亲呢？您也不想想，梳着个霜雪般的白发髻，还要带着云霞般的红盖头去做新娘，全不顾往日的恩情，只贪求新夫的欢爱，岂不让别人笑掉大牙！"

蔡婆婆被说得满脸通红，可还是强辩道："哪个想要招亲？我的性命是他爷儿俩给的，事到如今，也顾不得别人笑话了。况且现在他爷儿俩正喜气洋洋的，让我怎么去回绝他们呢？"窦娥更生气了，就连讽刺带挖苦地说："您说他们正喜洋洋，我倒替您愁忧忧：愁就愁在您年纪高大，又高兴得太很，咽不下交杯酒；愁就愁在您老眼昏花，手指不灵，结不好同心扣；更发愁您糊里糊涂，睡不稳芙蓉被褥。再说，您难道和我公公原来的恩爱全都一笔勾销了吗？……"

不管窦娥如何埋怨规劝，蔡婆婆已听不进一句了。她截住窦娥的话茬说："孩子呀，再不要说我了，他爷儿俩现在都在门口等着，事已如此，不如连你也招了女婿吧！"窦娥看婆婆已不可救药，就斩钉截铁地回答说："婆婆，您要招您自己就招吧，我决计不会再要什么女婿。"

这时，张驴儿在门外早已等得不耐烦了，不等蔡婆婆召唤，就拉着父亲闯了进来，一进门，就淫声淫气地喊道："帽儿光光，今日做个新郎；袖儿窄窄，今日做个娇客。好女婿，好女婿，不枉了，不枉了。"

张驴儿一边喊，一边就拉年轻漂亮的窦娥跪拜。窦娥一见张驴儿那副流氓无赖相，怒不可遏，大声喝道："你是什么东西，靠后站远点！"张驴儿不生一点儿气，还挤眉弄眼，厚颜无耻地对窦娥说："你看我们爷儿俩这么标致的身段，正好配你们婆媳两个。来来来，不要错过了大好时辰，我和你早些拜堂成亲吧！"

窦娥愤怒地瞪了张驴儿一眼，转身对婆婆说："婆婆呀，真没想到您不守贞心，带回来这么一个蠢老头子，还领着一个半死的囚徒！我们做女人的哪能轻易相信男人的花言巧语？婆婆，您难道忘掉了我的公公，他一辈子劳劳碌碌，东奔西走，好不容易才挣下这份不薄的家业，难道就让张驴儿这流氓无赖享受？难道您就不感到羞愧吗？"

蔡婆婆被说得无言答对，但张驴儿却不识相，居然乘机对窦娥拉拉扯扯，动手动脚。窦娥捺不住心头怒火，使出全身力气，一下就把张驴儿掀翻在地。"难道我们没有丈夫的女子就该受人欺负吗？"窦娥愤怒地质问，然后就回房关紧了房门。

窦娥走后，怕事的蔡婆婆赶快安慰起了张老头："您老人家不要烦恼。您有救命之恩，我一定思量报答。只是我媳妇的脾气最是不好惹的。她不答应招您的儿子，我也不好马上招您老人家。如今您爷儿俩就住在我家。我每天好酒好饭养着你们，待我慢慢劝化俺媳妇，待她有个回心转意，那时不迟。"

张驴儿唉哟哟地从地上爬了起来，气极败坏，嘴里骂骂咧咧："贱骨头！装相！就是黄花闺女，刚刚扯你一把，也用不着这样使性，平空推了我一跤，我决不罢休！世上的女人我见过成千上万，哪个妮子像你这样泼辣狠毒！我救了你婆婆的命，你就不舍得把肉身陪侍我？我发誓，今生今世不娶你做老婆，我就不算好男人！"

四

张驴儿拉扯窦娥未遂，又被结结实实地推了一跤，就怀恨在心，整天绞尽脑汁，寻找机会，想法要把窦娥弄到手，以出心中这口恶气。为达此卑鄙的目的，阴险恶毒的张驴儿是什么手段都可以使出来的。

这几天蔡婆婆生病，整天卧床不起。狡猾的张驴儿眼珠一转，马上就想出一个狠毒的主意。他准备趁婆婆有病之机，弄些毒药把蔡婆婆毒死，然后就诬陷是窦娥下的毒，扬言要把她送到官府问罪，那小窦娥为保性命，就不怕不听从摆布。"这可是一个难得的机会呀，娇窦娥马上就会成为我的老婆了！"张驴儿嘴角不禁漾出了一丝淫邪的笑意。

然而，到哪里去弄毒药呢？"城里人多嘴杂，要是有人看见我讨毒药，嚷出事来，那可就全盘皆输了。"张驴儿暗暗思忖。忽然，他想起在城南门外有个生药铺，那里地偏人少，不容易被人看见，正好可以去弄毒药。

凑巧的是，南门外的那个药铺原来正是赛卢医开的。

赛卢医太医出身，经他手不知医死过多少病人，可他并不怕被人告发，也从来没有因此关过一天店门。可自从那天打算把蔡婆婆勒死，被两个不知姓名的男人发觉逃回来之后，整天是失魂落魄，提心吊胆。他清楚地知道行凶杀人可是死罪。"如果那两个人见我认了出来怎么办？如果蔡婆婆又来讨债，我又怎样面对她？如果那老婆子到官府去告我又该如何？……"赛卢医不敢多想，"俗语说得好，三十六计，走为上策，幸好我又是孤身一人，没有家小连累，不如趁早收拾了细软行李，打个包，悄悄地躲到别处，另作营生，岂不干净？"赛卢医准备逃之夭夭了。

这天，赛卢医正在药铺里收拾东西，突然有人敲门买药。来人正是张驴儿。一进门，张驴儿就认出了卖药的正是勒杀蔡婆婆的赛卢医，于是就毫不顾忌，开口就说要买毒药。赛卢医吃了一惊，连忙摆手说："谁敢卖毒药给你？你这人胆子也太大了吧！"

张驴儿一听这话，立即就变了脸，冷笑道："你真的不肯把药卖给我？"

"我就不卖，你又拿我怎么样？"赛卢医也较上了劲。

"好呀，前些日子在荒郊野地要勒死蔡婆婆赖账的不就是你吗？你别以为转眼我就不认识你了，走，见官去！"

赛卢医一听被人揭了老底，吓得脸色苍白，全身发抖，连忙央告："好大哥，好大哥，放了我吧，有药有药！"于是，连忙把一包毒药递给了张驴儿。

"既然给了药，就饶了你吧！正是：得放手处须放手，得饶人处且饶人。"张驴儿又开始油腔滑调了。

张驴儿走后，赛卢医再也坐不住了，越想越害怕。一想到刚才买药的人就是那天救蔡婆婆性命的年轻人，就直叫晦气，又想到刚才自己亲手卖给他了一包毒药，不知他又要去害何人性命，万一事情败露，自己可就是罪上加罪了。赛卢医不敢再在此处停留片刻，连夜就逃往涿州卖老鼠药去了。

张驴儿拿着毒药回到了蔡婆婆家，看到父亲张老头也正为不能快些娶亲闷闷不乐，就和爹爹一块儿前去探望生病的蔡婆婆，假意问病，实乃伺机行事。张老头坐在床头，问道："婆婆，你今天觉得病体如何？"蔡婆婆答道："唉，难受极了。"

"你想吃些什么吗？"张老头又问。

"别的什么都不想吃，只想吃些羊肚汤。"

"驴儿，你去对窦娥说，做些羊肚汤给婆婆吃。"张老头盼咐儿子。

这时，窦娥正坐在自己的屋中，愁眉紧锁。这几天婆婆病情不见好转，她十分焦急，恨不得自身代替，同时，对婆婆近来的所作所为又十分不满。她埋怨婆婆身为寡妇人家不思避嫌，怎么能留非亲非眷的张驴儿父子在家中一同居住，这样不是惹外人笑话吗？再说张驴儿爷儿俩整天在家中就像饿狼一样，时时在寻机捕捉她这只柔弱的猎物，她时时刻刻提心吊胆，小心防备。她心中暗暗祷告，婆婆呀，您可千万不能落入人家的圈套，更不能暗地里再许亲事，要不连我窦娥也成了不清不白之人。窦娥的心实在太苦了。

窦娥幼年随父亲读过不少书，有思想，有见识。她虽然受着封建礼教的束缚，但她却有自己鲜明的是非标准。她非常看不惯婆婆容易受男人的迷惑，本是张郎妇，又做李郎妻；她也看不起那些惹是生非、不做正事的女人。她觉得那种女人既可悲又可耻，活着没有一点价值。

窦娥心目中佩服和赞美的是那些重情重义有美德的妇女：汉代的卓文君，本是高门小姐，为了追求自己真正的爱情，不顾爹爹的百般阻挠，毅然和丈夫司马相如离开富贵的家，卖酒营生，亲手煮酒洗杯碗，不以为苦，不以为耻；东汉的孟光，和丈夫梁鸿感情深厚，两人相敬如宾，每次吃饭，孟光总是把食品和餐具高高举起，齐着眉眼，然后再放在丈夫面前，表示对丈夫的敬爱；还有秦代的孟姜女，为了给被抓去修长城的丈夫万杞梁送御寒的棉衣，只身千里，边走边哭，把城墙都哭坍了；春秋时代吴国的浣纱女，救了从楚国逃来的伍子胥，为了表示自己的忠诚和清白，竟投江而死；另一个传说中的望夫女，天天在山上望着丈夫离家时走过的路，盼望丈夫早日回来，天长日久，自己竟化作一块石头，成为望夫石……

　　窦娥把这些古代女子作为效法的榜样。而婆婆的所作所为和这些古代的女子一比较，就显得是多么渺小，多么可悲、可恨、可叹！

　　窦娥心地纯真善良，听张驴儿说患病的婆婆想吃羊肚汤，她二话没说，就忙进厨房张罗，一会儿就端了出来。一进屋就低声呼唤："婆婆，羊肚汤做好了，您起来吃些吧！"张驴儿一见，连忙上前接过来，假意尝了一口，故意对窦娥说："味道不太好，盐和醋放少了，你去再拿些来！"

　　窦娥没有答理张驴儿，转身又去了厨房。这时，张驴儿赶忙从口袋中掏出那包毒药，一点不剩地放进了汤里。待窦娥取来盐醋，张驴儿又假意让窦娥放了一些，就让她给婆婆端去。

　　张老头从窦娥手中接过了汤，对蔡婆婆说："婆婆，羊肚汤做好了，您吃吧！"说着就去扶蔡婆婆起床。

　　"麻烦您了。"蔡婆婆一面说，一面吃力地欠起了身。怎奈身子刚一离床，忍不住就要呕吐，她忙又躺在了床上。

　　"唉呀，我恶心得很，直想呕吐，这汤不想吃，您老人家吃了吧！"她对张老头说。

"那怎么行呢？这汤是专门给您做的，您还是多少尝一点吧！"

"不，我实在吃不下去，您老人家请吃了吧！"

看着色香味俱佳的羊肚汤，好吃懒做的张老头其实早已是嘴馋得要命。这时，他也就不再推让，三下五除二就把一碗汤吃得精光。

窦娥看到两人你推我让，真像恩爱夫妻一般，心中更加生气。

没想到，张老头吃完这碗汤，头脑就开始昏昏沉沉，继而难受非常，他一头栽到地上，七窍出血，就再也起不来了。蔡婆婆一看慌了神，"唉呀，他不是死了吗？"说着，她不禁大哭起来。

这下子窦娥也吓呆了，过了一会儿才清醒过来。她走过去，忙扶住大哭不已的婆婆："婆婆，光哭有什么用呢？谁知道这时候他得了什么急病，或者是命中注定就要这时辰死，别人有什么办法呢？您跟他又不是结发夫妻，也没得到他家的花红彩礼，没受过他的羊酒缎匹，凭什么这样心碎意痴，哭哭啼啼？婆婆，不是我对您忤逆不孝，我是怕别人笑话咱。依我说，咱们就认个倒霉，给他买口棺材，置些衣服，抬出咱家门，送到他家坟里埋了就算了。"

这时，张驴儿已在外边想好了药死蔡婆婆后怎么对付窦娥，突然听到他自己的亲老子被毒死了，一时不知如何是好。但他眼珠子一转，另一个坏主意就又打定了。他急忙跑进屋里，先发制人，对窦娥喊道："窦娥，你这妮子好大胆，竟敢汤中下毒药死公公，我决不会跟你善罢甘休。"

没做亏心事，不怕鬼敲门，窦娥理直气壮地回答："我哪里有什么毒药？一定是你支我去拿盐醋时，自己把毒药放进汤里，没有药死我婆婆，倒把亲老子药死了。你想吓唬谁？"

"我自己的老子,倒说是我做儿子的给药死了,谁能相信?"窦娥闻言,竟一时语塞了。

张驴儿见此情景,越发猖狂,跑到院子里大喊大叫:"四邻八舍听着,窦娥害死我家老子了!"

胆小的蔡婆婆连忙央求张驴儿:"别嚷,吓死我了!"张驴儿趁机威胁道:"你也知道害怕?若想让我饶了你们也可以,就叫窦娥随顺了我,叫我三声嫡嫡亲亲的丈夫。"

"孩子,事情闹到这步田地,你就随顺了他吧!"蔡婆婆央求媳妇儿。

窦娥气愤了:"婆婆,您怎么说出这样的话?好马不备两鞍,想您儿子在世时,我们曾两年匹配,今日叫我改嫁别人,办不到!"

张驴儿威胁窦娥:"窦娥!你药死了我老子,你要官休,还要私休?"

"什么是官休?什么是私休?"窦娥反问道。

张驴儿说:"官休,就是拉你去见官,把你三推六问,像你瘦弱女子,哪经得住严刑拷打?不怕你不认罪。私休嘛,就是早些乖乖地给我做老婆,倒也便宜了你。"

"我并不曾药死你老子,情愿和你去见官!"窦娥毫不妥协。

张驴儿没想到弱小的窦娥是如此不好对付。可事到如今,他也没别的办法,只好虚张声势地拖着窦娥和蔡婆婆,上楚州太守的衙门里去打官司了。

五

清白正直的窦娥,安安分分,在家操劳,从不肯轻易地抛头露面。她哪里知道,评判是非曲直的公堂也能颠倒黑白、混淆是非！

楚州太守桃杌，是个有名的昏官。他自己的话就很能说明他的所作所为：

我做官人胜别人，告状来的是金银，
若是上司当刷卷，在家推病不出门。

这一天早晨，桃杌太守用过早饭，就吆吆喝喝地升厅坐衙，两班衙役手执兵器，肃立两旁，看起来煞是威严。这时，张驴儿拉着窦娥和蔡婆婆，喊着"告状，告状"，来到了公堂之上。桃杌太守一听有人喊告状，就来了精神，吩咐左右："拿过来！"

张驴儿、窦娥、蔡婆婆一到公堂，看到如此肃穆威严的气象，慌忙跪下，对他们的父母官哪敢仰视！没想到，桃杌一见，慌忙走下堂来，也冲张驴儿他们三个跪了下来，并客气地讲："请起，请起！"两班衙役一见如此，感到十分好笑，故意问道："大人，他们是来找您告状的，您怎么反过来向他们跪下？"桃太守一边爬起，一边说："你不知道吗？凡是来告状的，都是我的衣食父母，怎能不跪下感谢他们？"原来如此！

桃太守回到公案后坐下，立马变了脸，惊堂木一拍，喝问道："谁是原告？谁是被告？从实讲来！"

张驴儿抢先说道："小人是原告，名叫张驴儿。我告这媳妇叫窦娥；她把毒药下在羊肚汤里，药死了我的亲生父亲，这位婆婆是蔡婆婆，是我的后母。望大人与小人做主！"

桃太守一听是人命官司，又一拍惊堂木，喝问："是哪个下的毒药？"

窦娥说："大人，这不干小妇人的事！"

张驴儿也忙辩白："也不干我的事！"

桃太守冷笑一声，道："都不干你们的事，难道是我下的毒药不成？"

窦娥说:"大人在上,容小妇人细说端详。我婆婆并不是他的后母,他自姓张,我家姓蔡。去年,山阳县南门的赛卢医向我家借了十两银子,现已到期,我婆婆就前去向赛卢医讨债。没想到赛卢医想赖账不还,就骗我婆婆随同到城外庄上去取,走到无人处,他就掏出绳子想勒死我婆婆。正巧这时张驴儿父子路过这里,就救了我的婆婆。为报答救命之恩,我婆婆就把他爷儿俩收留在家同住,养赡终身。谁知他两个起了不良之心。那老张头冒认婆婆做他的妻子,这张驴儿又多次逼迫我做他的媳妇。小妇人我原是有丈夫的,因病过世,我还服孝未满,就坚意不随顺张驴儿。恰巧我婆婆病了,想吃些羊肚汤。小妇人就做了羊肚汤给婆婆端去,那张驴儿赶忙接住,推说盐醋放少了无滋无味,支我去拿,就暗地里放下了不知从哪里弄来的毒药。也是天幸,我婆婆忽然呕吐不止,吃不下汤了,就让给张老头吃。没想到张老头刚吃完,就死去了。这确实与小妇人无干。大人,小妇人说的全是实情,不敢在公堂上胡说一句。大人,您如明镜,似清水,一定会把小妇人我的肝胆虚实看得清清楚楚,明明白白。请大人您可一定要为小妇人做主啊!"

没想到窦娥对事情的经过说得有理有据,分毫不错,张驴儿心中有点慌了。于是,他又耍出了流氓无赖相,就昧着良心,恶言恶语加害窦娥,激怒太守。他胡言乱语道:"大人,您可不要听她所说。她家姓蔡,我家姓张,如果她婆婆不招我父亲为后夫,那收养我们父子在她家图个什么?大人,您不知道,这妇人年纪虽小,却是个癞皮骨顽皮货,她是不怕打的!"

昏庸的太守听信了无赖泼皮张驴儿的话,大喝一声:"人是贱虫,不打不招!左右,给我选大棍子伺候这个小妇人,看她怕打还是不怕打!"

衙役们如狼似虎,不由分说,就把弱小的窦娥按在地上,用粗大的棍子，狠狠地朝窦娥身上打去。每一杖下，就是一道血、一层皮。窦娥被结结实实的无情棍棒打得皮开肉绽，鲜血淋漓，昏死过去三次，每次都喷了凉水，又苏醒过来。残酷的刑罚折磨得窦娥死去活来，可更让她难受的是心灵的酷刑：自己心中满腔的冤枉有谁知道？公堂上的老爷为什么不听听她的屈诉，只相信流氓恶棍的一面之词？难道自己要屈承十恶大罪而让真正的罪犯张驴儿逍遥法外？断不能！坚强的窦娥又一次咬紧了牙关！

只听桃太守又喝问窦娥："你招不招？"

窦娥仍然是那句话："实在不是小妇人下的毒药！叫小妇人如何招认？"

"既然不是你，那就与我打那老婆子！"没想到桃太守突然转移了目标。

窦娥一听要打婆婆，不禁大为吃惊。她虽然近来对婆婆十分不满，甚至刚才挨打时心中还埋怨是当初婆婆惹下的祸端，但封建文化熏陶出的窦娥又知道保护和孝敬婆婆是她做儿媳妇的天职，况且窦娥心地又十分善良。事到如今，她想到的是婆婆这么大年纪了，怎么经得住如此这般的严刑拷打？想到这里，她什么也不再考虑，完全置自己的生死于度外了。为了不让婆婆受刑，她便毅然招认下来："住住住，不要打我婆婆，我情愿招供，是我药死公公的！"

桃太守一看招供了，马上吩咐衙役："既然招了，让她画供，戴上重枷，下在死囚牢里。明日判斩字，押赴闹市处死！"

蔡婆婆捶胸顿足，悔恨不迭："窦娥孩儿，这都是我断送了你的性命，怎能不痛杀我呀！"

桃太守的判决使窦娥心中仅存的可怜的幻想彻底破灭了，她万没想到当官的会如此草菅人命、不辨是非，她更想不通坏人在这社会上会那么有运气。她怀着对坏人对昏官的痛恨，对婆婆义愤地说:"人心不可欺,冤枉事天地知,我就是做了屈死鬼,也决不放过张驴儿这个荒淫狠毒的无耻恶棍!婆婆呀!别的话且不要讲了,我是怕您挨打受刑才招认罪行的啊!我要不死,怎么能救得了您老人家?"

这时,张驴儿奸笑着瞅了窦娥一眼,却扭转头向桃太守叩头谢恩:"谢青天大老爷做主!明天杀了窦娥,给小人的老子报仇雪冤啊!"

桃太守道:"张驴儿,蔡婆婆,都取保状,等候衙役传旨。左右,打散堂鼓,将马牵来,送我回私宅去!"

六

窦娥就这样被判了死刑,第二天就要开刀问斩。监斩官早早就来到了法场,吩咐做公的把住各个巷口,不要放闲人来往行走,专等行刑时刻的到来。

三通鼓声,三声锣响,法场上阴森可怖。刽子手挥旗开路,手提大刀,押着戴枷的窦娥,向法场艰难地移动。口里不断催促道:"快走些!快走些!监斩大人已到法场上多时了。"

贤良勤劳、安分守己的窦娥,没想到自己就要被处斩,身首异处,变成冤魂,叫屈声真正地动地惊天。她以前总相信天地鬼神是公正的,有眼睛的。可是自己的亲身经历和悲惨遭遇,却把她心目中最高的偶像也打碎了,她不由得从内心深处把天地埋怨:"日月呀!你白天黑夜地在空中高悬,鬼神呀!你掌握着生死大权,难道你们就没看清人世间的是是非非,竟然枉点生死谱?天地呀,你也只应该把清浊分辨,可你怎么能把盗跖和颜渊糊涂在一起呢?善良的人不是受穷就是短命,做恶的人却能得到富贵和长寿,这又是什么天理呀?看来,天地也是欺软怕硬,竟这样顺水推船！"

窦娥越说越恼，越想越恨，她已不顾一切，对天地诅咒、痛骂和控诉：

"地呀，你不分好歹何为地？天呀，你错勘贤愚枉做天！"

任凭窦娥怎么诅咒，回答她的仍是"快走，快走，不许误时辰"的刽子手的催逼，多么无情的现实！

窦娥被重枷扭得左侧右偏，前合后偃，但仍被刽子手押挟着吃力地向前走，走到一个路口的时候，她向刽子手们哀告："各位大哥，我已是临死之人，你们行个方便，不要从前街经过，就从后街绕行，千万别推辞路远。我就是死了，也会记住您的好处的！"

刽子手问："这是为何？"

窦娥回答："从前街里经过，我是怕被婆婆看见！"

刽子手说："到如今你的性命都顾不上了，怎么还怕她看见你呢？"

窦娥说："我婆婆年老有病，她要是看见我现在这个披枷带锁去刑场的样子，怎么能受得了呢？"

刽子手见她言辞恳切，又说："你如今就要去刑场了，有什么亲眷要见的，可叫他和你见一面。"

窦娥闻言更是悲痛至极，说："我只有一个爹爹，十三年前进京应试，至今杳无音信，我已是十多年没有再见到爹爹的面了。家中只有一位婆婆……"说话间，蔡婆婆已经哭着追来了："天哪！这不是我的儿媳妇吗！"

"婆子靠后！"刽子手向蔡婆婆喝道。

"既然俺婆婆来了，就叫她过来，我嘱咐她几句话吧！"窦娥央求道。

"孩子，痛杀我了。"蔡婆婆一下子拉住了窦娥。

窦娥泪眼相向:"婆婆,那张驴儿把毒药放在羊肚汤里,本想药死您后,就霸占我为妻。没想到婆婆给他老子吃了汤,倒把他亲老子药死了。我怕连累婆婆,屈招了药死公公之罪,今天就要去法场赴死了。婆婆呀,我死后,您看在窦娥少爷无娘的分上,遇着冬时年节,初一、十五,有剩下的浆饭,给我泼半碗;有多余的纸钱,给我烧上几张,也只当把您死去的孩儿祭奠!"

"孩儿放心,这些我都记下了!"蔡婆婆大哭不止。

窦娥反过来劝婆婆道:"婆婆呀,您千万不要再这样啼啼哭哭,烦烦恼恼,怨气冲天。这都是我窦娥没时没运,不明不暗,负屈衔冤!"

这时,只听刽子手大声喝道:"老太婆,快靠后站,时辰到了!"

刽子手上前去给窦娥打开了枷锁,窦娥突然跪在地上,向监斩官提出了一个要求,如果能答应这个要求,她便死而无憾。

监斩官问:"你有什么事情,说吧!"

窦娥说道:"我要一领干净的席子,让我站立上面,再要一丈二尺白布,挂在旗杆上。如果我确系冤枉,刀过头落,一腔热血不会有半点沾在地下,全都飞溅到白布上。"

"这有何难,就依你吧!"监斩官说。一会儿,刽子手就把席子、白布拿来放好。

窦娥站在席子上,抬眼望了望旗杆上的白布,悲愤地说道:"不是我窦娥用头颅来发下这誓愿,是因为我的冤情太深。我不要半点鲜血洒尘土,都要飞溅到旗杆上的丈二白布上。我要让人们都看看我窦娥的死是多么冤枉!从前,周朝的大夫苌弘,冤枉被杀,人们把他的血藏起来,后来血变成了绿色宝石,人们永远不会忘记;古代的蜀王望帝,因悲愤而死,变成了杜鹃,日夜哀啼,后人知道!我窦娥若是不显些灵圣与世人传,怎能说明苍天有眼?"

马上就要行刑了,刽子手也对窦娥说:"你还有什么话,快对监斩官大人说吧!要不然你可就没时间了!"

窦娥又跪了下来:"大人,眼下是六月三伏天,如果我窦娥确实冤枉,身死之后,老天要降下三尺大雪,掩盖我的尸首!"

监斩官说:"这样的三伏暑天,你便有冲天怨气,也招不来一片雪,可不要胡说!"

窦娥说:"大人您说现在是暑气正暄,不是那下雪的时节,您难道就不知道,从前燕国的大臣邹衍,因为遭人诬陷,惠王把他监禁在牢中,他在狱中痛苦地诉说对他的不公正。当时正是盛夏,居然下了霜。如今我也有满腔如火的怨气,一定也会感动天地,降下大雪,不使我的尸骸暴露,用不着再用素车白马,送我出古陌荒阡!"

窦娥稍停一停,又向监斩官提出了第三个誓愿:"大人,我窦娥死得实在冤枉!从今以后,这楚州之地要大旱三年!"

监斩官一听,立刻喝叱道:"打嘴,哪有这样的话说?"

窦娥却毫不畏惧,她厉言正色地说:"大人,不是我胡诌乱扯,您难道没听说,从前就有过三年不下雨的事情?汉朝有个孝妇周青,被东海太守冤枉杀死了,结果那里三年没有下雨。上天的惩罚,现在轮到山阳县承受了。这都是官吏们无心正法,使百姓有口难言,跟着遭殃!"

窦娥一番义正辞严、震撼人心的话语,使监斩官无言以对。

这时,刽子手们正要挥动旗子,准备行刑。忽然,天色阴沉了下来,并刮来一阵刺骨的冷风,刑场上的人们大为惊奇。

"浮云为我阴,悲风为我旋,我窦娥发下的誓愿,定要一一实现!"窦娥再一次宣言!

"呀,真的下雪了,有这等怪事!"监斩官相信了。

"平日杀人，满地都是鲜血，而这窦娥的血，真的都飞到了那丈二白布上，并无半点落地，实在奇怪啊！"刽子手发抖了！

"这死罪必是冤枉无疑了。前二桩誓愿都实现了，也不知这大旱三年的话灵验不灵验……左右，别等雪晴了，快把窦娥的尸首，交给蔡婆婆去吧！"监斩官吩咐刽子手们。

七

窦娥的父亲窦天章，自离开端云已有十六年的光景了。十六年前去朝廷应试，一举及第，当上了参知政事。因为他廉洁清正，节操坚刚，圣上特别恩宠，就加封他为两淮提刑肃政廉访使，随处可提审囚犯，查阅案卷；如果查出贪官污吏，可以先斩后奏。皇上还赐给他势剑金牌，职掌刑律，真是威权万里。

窦天章官运亨通，可以施展平生抱负了，自是喜上眉梢，但他内心深处却隐藏着极大的悲哀，那就是十几年来他一直没找到宝贝女儿端云的下落。自他得官之后，就曾派人到楚州去寻找蔡婆婆和端云，街坊邻居都说已经搬家，不知到了哪里。找不到自己的亲骨肉，窦天章曾哭得双眼昏花，愁得须发斑白。如今，他来到楚州，听说此地三年大旱不雨，寸草未生，感到非常奇怪，就决定在楚州多住些时日，把情况弄个明白。

窦天章安歇在州厅中，让随员张千通知大小官吏当日免参，明日早见，只让六房典吏把大小案宗抱来，晚上灯下审阅几例。

"张千，你也辛苦劳累了，给我点上灯，就去歇息吧！有事我叫你，不唤你就别来！"窦天章吩咐。

窦天章坐在灯下，他审阅的第一个案卷，正是窦娥一案，开头写着："犯人窦娥，将毒药致死公公。"他心里一阵不高兴，心想，头一宗案子的犯人就与我同姓。这药死公公之罪，属于十恶不赦之列，俺同姓之人，也有这样不畏法度的，可恼！他又心想，这是已经了结的案子，放在一边不看吧！于是，他把这份案卷放在文卷的最底下，准备再看别的。但窦天章哪里知道，这窦娥就是他朝思暮想的端云啊！

他正准备看别的案宗，却感到一阵昏沉上来，一连打了几个呵欠。年纪高大，又鞍马劳困，窦天章便伏在书案上，打算稍微休息一会儿。

当他睡着的时候，窦娥的冤魂就来到了他的梦境。

窦娥虽然死了，但她的魂灵每天守住望乡台，哭哭啼啼，急切地等待着找仇人复仇的机会。现在，她见到爹爹来到了这里，就要向爹爹诉说冤情，替她报仇。

她来到门槛，正想进去，无奈门神户尉不让她进去。她委屈地想："俺是那提刑冤死的女孩儿，又不是现世的妖怪，怎么不让我到灯影前，却把我拦截在门外？"她望着伏在案上睡觉的爹爹，就喊道："爹爹，我的亲爹爹呀，您虽然有皇上亲赐的势剑金牌，却也不能把我这屈死三年的腐骨骸，救出无边无际的苦海啊！"

窦天章在梦中似乎看见了满是泪痕的女儿来到了他跟前，父女相见，他不禁也哭道："端云儿，你从哪里来？"但他一觉醒来，眼前又不见了女儿。

他觉得很奇怪，准备打起精神继续翻阅案卷。这时，窦娥的冤魂走过来了，她用手把灯扇得忽明忽暗。窦天章看张千已经睡了，不愿唤他，便自己去把灯剔明。趁着窦天章去剔灯的机会，窦娥的冤魂便翻动案卷，把自己的案卷抽出来，放在最上边。

窦天章坐回来再看案卷时，映入他眼帘的仍是："犯人窦娥，将毒药致死公公。"他非常奇怪，明明记得刚才自己已把这份案卷放在了最底下，怎么又到了最上面？他再一次地把案卷放到了最下边。

　　正准备看别的案卷，那盏灯忽然又忽明忽灭的，窦天章无法看清案卷上所写文字，只得又起身去剔灯。回来坐下，翻开案卷，仍是"犯人窦娥，将毒药致死公公"！窦天章更加惊奇，心想明明把那则案卷放到了最底下，怎么又翻到了最上面？难道这楚州后厅里有鬼吗？要不然，这桩案件必有冤枉。怎么才能弄明白呢？窦天章心生一计，于是他又一次把案卷压在了最下边。

　　灯光果然又如刚才那样晃动起来，窦天章不动声色地也像刚才那样去剔灯。这一回他却猛然转回了身，正好看到窦娥的冤魂站在桌子旁边。他立刻抽出宝剑，在桌子上一拍，厉声喝道："呸，这一鬼魂，我是朝廷钦差大臣，你如果敢向前来，我一剑把你挥为两段！"说着，他又呼喊张千："张千，快起来，亏你还睡得着，有鬼，有鬼！要把老夫我吓死了！"

　　窦娥的冤魂看到爹爹这些举动，不禁伤心地哭起来。她跪在地上，哭诉着："爹爹呀，你不要害怕，也不要胡乱猜想，我正是你女儿窦娥，请受你孩儿一拜！"

　　窦天章惊骇未定，对冤魂说："你是认错人了吧？我女儿叫端云，七岁上给了蔡婆婆为儿媳妇。你是窦娥，名字就不一样，怎么会是我窦天章的女儿？"

　　"父亲，你把我给了蔡婆婆家，她就将我的名字改为窦娥了。"窦娥的冤魂仍然站在地上，向父亲诉说。

　　窦天章听罢，心中难受非常，痛不欲生。但他忽又想到，那卷宗上明明写着窦娥犯的是下毒致死公公之罪，气愤之情就多于悲哀了。他两眼盯着窦娥的冤魂问道："你便是我的端云孩儿？现在，我只问你一句话，这药死公公的可是你吗？"内心中，他多么希望女儿能给一个否定的回答！

　　但窦娥的冤魂却是毫不含糊地点了点头。

窦天章一见，就不由分说叱骂道："住口！你这小妮子，老父为了你把眼睛都哭花了，忧愁得头发也白了，没想到你却犯了十恶大罪，受了典刑！我今日是朝廷命官，职掌刑律，来到这里，就是为了审理囚犯，访察滥官污吏。你是我的亲生女儿，为父若不先治下你，怎能以律治人？端云呀，想当初我是怎么对你嘱咐的？我要你出嫁后三从四德，也就是在家从父，出嫁从夫，夫死从子，并事公姑，敬夫主，和妯娌，睦街坊；可你现在竟三从四德全无，犯下了十恶大罪！咱们窦家三辈没有犯法之男，五世没有再婚之女，到如今却被你这个小妮子辱没了家门，又连累了我一世的清名！实在可恨！现在，你要把实情对我言讲，若有半点虚假，我就要把你押送城隍祠，罚在阴山，永做饿鬼！"

窦娥听着父亲劈头盖脸的训斥，委屈得泪水在眼中打转。她强忍悲愤，等父亲息怒之后，才把婆婆如何讨债险被勒死，张驴儿父子如何恬不知耻纠缠她婆媳两人，张驴儿如何支走她在羊肚汤中下毒，昏太守如何糊涂断案的经过，原原本本地叙说一遍。同时还说明她在刑场上发下了三桩誓愿，这三桩誓愿都已成了事实。最后，她悲愤地控诉道："爹爹，你看看我这冤枉有多大，可这案卷写清楚了没有？这又叫我如何忍耐？我决不随顺坏人，倒把我押赴刑场问斩，我不肯辱没祖先，却让我受了死刑！天下哪有这样的道理？爹爹，如今你掌着刑律，又是圣上的钦差，你要把我的一腔冤仇，把这颠倒是非的案卷，弄个水落石出。就是把那无恶不作的坏家伙千刀万剐，也消不了我胸中的怨气啊！"

窦天章听了女儿的哭诉，心中痛如刀绞。他连喊道："我的屈死的女儿啊！那么这楚州之地三年不下一滴雨，真的是为了你吗？"

"正是为了孩儿！"

"真有这样的奇事？孩儿，你且回去，明日我替你做主！"

窦娥的冤魂慢慢地隐去了，可窦天章脸上的老泪却再也干不了，有诗为证：

　　白头亲苦痛哀哉，
　　屈杀了你个青春女孩。
　　只恐怕天明了你且回去，
　　到来日我将文卷改正明白。

八

天色渐渐地明了。张千起来后，来到了州厅，准备唤老爷起床，看见老爷忧郁着脸已站在窗前，不禁有些奇怪。看张千怔怔地望着自己，窦天章先开了口："张千，我昨天晚上看了几案文宗，中间遇到一冤魂来诉冤。我喊你好几次，你也不答应，真好睡呀！"

张千惊讶地回答："老爷，昨晚小人的两个耳孔连闭不曾闭一下，可并没有听见什么冤魂来诉冤状，也没有听见老爷呼唤呀！"

"别多嘴了，早些准备开厅吧！"窦天章吩咐。

窦天章升厅坐衙。州官前来拜见，窦天章问："楚州一带，三年不下雨，是什么原因呢？"

"这是天道亢旱，楚州老百姓的灾难，下官不知其罪！"州官惭颜回禀。

窦天章发怒道："你们不知罪吧？山阳县有一个用毒药谋死公公的犯妇窦娥，在她问斩之时，曾发出誓愿，如果真是冤枉，这楚州三年不雨，寸草不生，可有这件事吗？"

州官回禀："这是前任太官桃杌审理的案子，现有案卷可查。他已升任他调了。"

窦天章说:"这种糊涂污吏,也让他升官!你是他的继任官,三年之中,可曾祭奠过这位冤妇?"

州官只得硬着头皮说:"这十恶大罪,原来也没立祠,所以不曾祭得。"

窦天章说:"昔日汉朝有一个孝妇周青,她的婆婆自缢身死,她的小姑子却告她害死婆婆。东海太守误判官司,竟将那个孝妇斩了。老天发怒,致使那里三年不雨。后来,于公将原判文卷改正了,又亲到孝妇墓前祭奠,天就下了大雨。如今你这楚州之地的大旱,岂不正好和这件事相类似吗?"

州官唯唯诺诺。

窦天章传下话来:"张千,吩咐下去,带上签牌,到山阳县把张驴儿、赛卢医、蔡婆婆这一干人犯,火速拘捕到案,不得迟延片刻!"

张千等人受命,立即起程,很快就把张驴儿、蔡婆婆拘来了,窦天章马上审理。

他环视厅衙,问道:"为什么只有张驴儿和蔡婆婆在此,那关键人犯赛卢医呢?"

张千上前抱拳答道:"回老爷,赛卢医三年前就逃离了山阳县,现已派人火速前往涿州缉拿了!"

窦天章矛头直指张驴儿:"张驴儿,那蔡婆婆是你后母吗?"

沉结三年的案子重又翻起,张驴儿大有不祥之感。当听到窦天章向他问话,仍狡辩道:"确实是小人的后母,难道母亲还有冒认的?"

窦天章又问:"你告窦娥药死父亲,可案卷上没有说谁是合毒药的人,究竟是谁合的毒药?"

张驴儿说:"是窦娥自己合的毒药!"

窦天章问:"合毒药必定要找一个卖药的药铺,可是窦娥是个少年寡妇,平日里很少出门,她能到哪里去买毒药?张驴儿,怕是你自己合的毒药吧?!"

张驴儿额头上开始冒汗了,嘴上却仍然很能搅缠:"如果是小人我合的毒药,为什么不去毒别人,倒来毒死我的亲生老子?"

有力的反问,竟使窦天章也一时不好驳斥。他在心中念道:"我那屈死的孩子啊,这是一个紧要的关节,你自己不来申辩,哪里弄得明白?不知你的冤魂如今在哪里?"

一言未了,窦娥的冤魂突然闪现在公堂上。她用仇视的目光瞪着张驴儿,质问道:"张驴儿,这毒药不是你合的,那又是谁合的呢?你本意是毒死我婆婆之后,逼我做你老婆,没想到倒把你的亲老子毒死了,怎能让我替你承担这罪责?你今天还敢再赖账吗?你说,这毒药是从哪里弄来的?"

张驴儿一见死去三年之久的窦娥竟明明白白地站在自己的对面,吓得真是魂不附体,他战战兢兢地说:"有鬼!有鬼!"嘴里急忙念起驱鬼的咒语:"撮盐入水,太上老君,急急如律令,敕。"

窦娥的冤魂更加恼怒,她不禁动起手来,痛打张驴儿;窦天章犀利的目光也好像要把张驴儿肮脏的五脏刺穿,随堂衙役低沉有力的吆喝更把本来就心虚的张驴儿震慑住了。他一边躲闪,一边还在做最后的抵赖:"大人啊!你说合毒药,必有一个卖药的药铺,要是能找到卖药人与小人对质,小人死而无怨!太上老君,急急如律令,敕。"

张驴儿话音刚落,不料想两个解差就把赛卢医押上堂来。

窦天章审问赛卢医:"你三年前要勒死蔡婆婆,赖她的银子,有这回事吗?"

赛卢医连忙叩头答道:"小人要赖蔡婆婆的银子,这是实情。但蔡婆婆没有死,当下就被两个汉子救了。"

窦天章又问:"那两个汉子叫什么名字?你可认识他们?"

赛卢医说:"小人认得他们的面目,可慌忙之中不曾问他们的名姓。"

窦天章说:"现在就有一个在阶下,你去认一认!"

赛卢医先看见了蔡婆婆,继而又看到了张驴儿,心想:一定是毒药的事发了,不如趁早实说了吧!于是,他走到堂前,跪禀道:"阶下的人我认得。当日要勒蔡婆婆时,正遇见他爷儿两个救了那蔡婆婆去。过了几天,这个年轻人到小人开的药铺里要讨毒药。小人是吃斋念佛的人,不敢做昧心的事,便说:'我这里只有治病的药,没有什么毒药!'他听了就瞪着眼威胁道:'那天你在郊外要勒死人,我拉你见官去!'小人平日最怕吃官司,不得不给他合了一包毒药。我见这人长着一副恶相,知道他拿毒药去害人。小人怕日后败露,要受连累,就逃到涿州以卖老鼠药为生。小人合的老鼠药,一包就能毒死好几个老鼠,可再也没合过一剂害人的毒药。"赛卢医磕头如捣蒜。

窦娥的冤魂听到这里,才算明白了事情的原委,她指着赛卢医斥道:"好你个赛卢医,只为了赖财、放乖,惹下了这么大的祸端。这毒药原来是你出卖,张驴儿来买,却诬陷我犯了死罪,实在冤枉。如今只剩下说直评曲的衙门,而那草菅人命的桃太守却走了。"

这时,窦天章又把蔡婆婆叫上堂来,问道:"我看你已是六十开外的人了,家里又有钱钞,如何又嫁了老张,做出这等事来?"

蔡婆婆说:"老妇人只是因为他爷儿俩救了我的命,就收留他们在家赡养过活。张驴儿虽然常说要他老子做我后夫,老妇人却并不曾许给张老头。"

窦天章一听,心中的一块石头落了地:"这么说,你的媳妇就不该认做药死公公了。"

窦娥的冤魂接着说:"当日昏官要拷打俺婆婆,我怕她年老受不了刑,才自认为是药死公公,确实是屈招的呀!我本想一片孝心,谁知道倒惹下祸灾;我本来认为当官的还要再审理,哪能一审定案,谁知道第二天就被斩在长街。这真正是'衙门自古向南开,就中无个不冤哉!'只是我的弱体却永远地幽闭在阴山九泉,除了发誓显灵诉冤外,我那悠悠的怨恨只有像长淮之水一样流。"

至此,这一千古奇冤才算真相大白,张驴儿不得不低头认罪。窦天章说道:"端云孩儿,你的冤情我已尽知,你且回去。我要将这一干人犯及原问官吏另行定罪,改日再做个水陆道场,超度你的灵魂升天!"

窦娥的冤魂临别之时,向父亲再三拜谢,并嘱咐道:"爹爹,从今以后,你一定要把滥官污吏都杀掉,为天子分忧,为民除害;我那冤屈的罪名,爹爹要替我改下;还有,俺婆婆年纪大了,无人侍养,你可收恤家中,替你孩子尽养生葬死之礼,我在九泉之下,也可以瞑目了。"

窦天章点头赞许:"好孝顺的孩儿呀!"

窦娥的魂灵慢慢退去之后,窦天章就唤蔡婆婆上堂,问道:"你可认得我吗?"

蔡婆婆回答:"老妇人人老眼花,不认得!"

"我便是昔日的窦秀才窦天章,刚才那鬼魂,便是我屈死的女儿端云呀!"说罢,窦天章宣判道:"张驴儿毒死亲父,图谋霸占寡妇,应判凌迟之刑!押到闹市法场,钉上木驴,剐一百二十刀处死!前任楚州太守桃杌,误判死刑,杖一百,永不叙用;赛卢医妄图赖钱害命,又合毒药,致伤人命,发配到边远地面,永远充军。窦娥无罪,案宗重新更正明白!"

云开日出,窦娥的冤枉终于得到了昭雪。窦天章长长地舒了一口气……

词云：

莫道我念亡女与她灭罪消愆，
也只可怜见楚州郡大旱三年。
昔于公曾表白东海孝妇，
果然是感召得灵雨如泉。
岂可便推诿道天灾代有，
竟不想人之意感应通天。
今日个将文卷重新改正，
方显得王家法不使民冤。

（张中良 改写）

赵氏孤儿

[元]纪君祥 撰

故事发生在春秋时代的晋国。

一场残酷的宦海争斗使数百人成为刀下冤魂。在这里,权奸的阴险毒辣令人发指,忠臣义士的前仆后继可歌可泣,赵氏孤儿大报冤仇的结局更是"千古最痛最快之事"……

一

这一天,晋国国君灵公召集文武百官在殿前议事。突然,大将军屠岸贾牵着一条名叫神獒的恶犬走上殿来。屠岸贾刚一放开手中的绳索,那恶犬便张开血口,向站立在灵公坐榻旁的一位大臣扑去。这位大臣是上卿赵盾,身穿紫袍,腰束玉带,仪表堂堂。一见一条恶犬猛然扑来,毫无思想准备的赵盾一时慌了神,他本能地绕殿奔跑逃命。可那条凶猛异常的恶犬紧追不舍,绕殿只跑了几圈,就追上了赵盾,连撕带咬,眼看一朝高官就要成为一条恶犬的口中之食。这时,恶犬的凶残激恼了殿前太尉提弥明,他一瓜锤就把神獒打倒在地,顺势一手揪住了恶犬的后脑勺皮,一手扳住下巴颏儿,只一劈,便将那恶犬分为两半,扔在一旁。虎口逃生的赵盾趁机逃出殿门。

在文武百官齐集的殿堂,为什么那恶犬神獒只追咬上卿赵盾一人呢？原来，这里面隐藏了一个罪恶的阴谋。

在晋灵公的殿前，文武千员，晋灵公最信任的只有一文一武。文官就是忠君爱民的上卿赵盾，武官就是奸诈毒辣的大将军屠岸贾。这性情有天壤之别的文武二人一殿共事，自然合不来，常常为一件事情各不推让，互相争执不休。

怎奈人无害虎心，虎却有伤人意。妒贤嫉能的屠岸贾就把赵盾视为眼中钉，总想把赵盾害死，自己好独揽大权，只是没有机会下手。他曾暗地差遣一刺客，名叫钼麂，藏着短刀，越墙而过，潜入赵盾府中，欲行刺赵盾。但当钼麂看到赵盾时，又下不了手。因为赵盾是一位忠心报国的老宰辅，大得民心。如果把他刺杀，便是逆天行事；如果不杀他，又无法回去见屠岸贾。想来想去，钼麂便一头撞槐树而死，以表明自己的悔恨和忠良之心。

钼麂的鲜血并没有使屠岸贾醒悟一分，他反而更加变本加厉，终日苦思冥想，琢磨加害赵盾的计谋。

有一天，西戎国向晋国进贡一条神犬，身高四尺，凶猛异常，名叫"神獒"。晋灵公把这条神犬赐给屠岸贾。屠岸贾自从得到了神犬，便有了加害赵盾的计谋。他在后花园中扎了一个草人，外面穿上紫袍，与赵盾是一模一样的打扮，并在草人腹中挂一副羊心肺。平时，屠岸贾不喂恶犬，一饿就是三五天，然后，把恶犬带到草人身旁，剖开草人，从腹中取出羊心肺，让恶犬饱餐一顿。如此训练百日之久，那恶犬就形成了条件反射，只要一见穿紫袍的草人，就立刻扑上前去，剖腹掏心。

这一天，屠岸贾上殿向灵公奏道："如今朝中也有不忠不孝之人，怀着欺君谋反之意。"灵公一听大恼，便问："这个人现在何处？"屠岸贾趁机禀道："前些日子您赐给我的神獒最有灵性，它一见便能认辨得出。"昏庸无道的晋灵公对屠岸贾的鬼话相信无疑，高兴地说："当年尧舜之时，有一头獬豸神羊，就能辨别坏人，想不到如今我们晋国也有这样的神犬，真是国家之大幸。神犬现在哪里？"

一会儿，屠岸贾把神犬牵了上来。当时，赵盾身穿紫袍，玉带乌靴，正站在灵公坐榻旁边奏事。那条饿坏了的恶犬一见穿紫袍的赵盾，扑上前去便咬。灵公忙对屠岸贾说："你快放开神犬，让它去咬这个馋臣！"

恶犬在殿上追咬赵盾，多亏太尉提弥明相救，赵盾才得以逃脱。

赵盾出得殿门，就要乘他来朝时坐的驷马车，谁知屠岸贾早已让人把赵盾的车子的四匹马，牵走两匹，双轮摘掉一轮，车子无法转动。正在万分紧急时刻，突然从旁边飞来一名彪形大汉，一手扶轮，一手策马，救出赵盾，逃往野外。

这位大汉名叫灵辄，是一个宁可饿死也不受屈辱的烈性男子。因为他身高体壮，每顿饭能吃一斗米，主人养活不起，把他赶了出去。他想摘点桑椹吃，主人家又说是偷盗。一气之下，他便仰卧在树下，等待桑椹落入口中，如果掉不到口里，他宁可饿死。恰巧赵盾到郊外劝农，遇到了灵辄，问明情况，赵盾深深地敬佩灵辄的人格，于是就送给他一些酒饭。灵辄饱餐一顿，便扬长而去，连一句感谢的话也没留下，赵盾也并不在意。今天在万分危难之中，没想到壮士灵辄舍命相救，以报昔时的一饭之恩。

二

赵盾虽然被人救走了，但并不意味着屠岸贾的阴谋就失败了，因为昏庸的灵公不论如何也忘不了那"能辨坏人"的神犬追咬赵盾的一幕。当屠岸贾向他启奏"赵盾是乱臣贼子无疑，要把他满门斩尽杀绝才是"时，灵公就立即准奏，屠岸贾便把赵盾全家三百多口，不分良贱，全部杀死。

赵盾有一个儿子，名叫赵朔，是晋灵公的驸马，住在公主与驸马的府中。因为赵朔与灵公有这样一脉血亲关系，屠岸贾不敢擅自把赵朔杀死。

为了剪草除根，免去后患，恶毒的屠岸贾便假传灵公的圣旨，派一个使臣，带着弓弦、毒酒、短刀三样朝廷赐死的工具，来到驸马府中，命令赵朔，任选其中一件，立刻自杀，不得延误。

驸马赵朔早已预料到恶毒的屠岸贾绝不会放过他，必然会来加害。这天，赵朔坐在府中，想着赵家三百口满门良贱的惨死，不禁悲痛万分。他把公主唤出，向她口授遗言道："公主，你我二人情重如山。没想到屠岸贾搬弄灵公，使我家遭此惨状，我的性命也很难独保。如今你身怀有孕，如若生个女儿，我无话可说，如果生个男儿，我就腹中给他取个小名，叫赵氏孤儿。待他长大成人，教他与俺全家雪冤报仇！"说到伤心处，驸马与公主不禁抱头痛哭。

说着，屠岸贾派来的使臣已到了驸马府中，一见赵朔，急忙打开圣旨宣读："赵朔跪下，听主公的命令：为你一家不忠不孝，欺公坏法，将你满门良贱，全部诛杀，尚有余辜。姑念赵朔有一脉之亲，不忍加诛。特赐三种朝典，随意取一件自杀。公主囚禁在府，断绝亲疏，不许往来。赵朔，圣命不可违慢，快快自尽！"

听罢圣旨，赵朔捧着弓弦、药酒、短刀三件自杀工具，气得浑身发抖。他痛斥朝廷和权奸："我们一家为国尽忠，可是大权却被祸国殃民的奸臣把持；他平白捏造罪名，暗使阴谋，把我们全家斩首！这难道就是我们忠良之臣的下场吗！"赵朔气愤不已。

公主哭着扑向赵朔："天哪，可怜害得咱一家死无葬身之地呀！"

赵朔爱怜地抚着公主，低头哽咽道："公主，我吩咐你的话，你可要牢记在心。待孩儿长大之后，一定要与俺三百口报仇雪冤！"

公主已哭得泣不成声，听了驸马的话，含着泪水说："驸马，你放心，妾身记下了！你痛死我了！"

赵朔万般无奈，拿起短刀，自杀身亡。公主也吓得昏了过去。

有诗云：

> 西戎当日进神獒，
> 赵家百口命难逃。
> 可怜公主犹囚禁，
> 赵朔能无决短刀。

三

赵朔自尽以后，公主就被囚禁在府中。失去自由的公主几次想追亡夫到九泉之下，但念及腹中的胎儿、丈夫临亡时的嘱咐，她还是坚强地活了下来。她整天以泪洗面，苦度光阴。有诗为证：

> 天下人烦恼，
> 都在我心头。
> 犹如秋夜雨，
> 一点一声愁。

十月艰难的怀胎，一朝痛苦的分娩，公主生下了一个男孩。她牢记驸马的遗嘱，就给孩子取名为赵氏孤儿。

刚刚萌芽的嫩草，就要受到严霜的袭击，等待赵氏孤儿的将是什么样的命运呢？

屠岸贾早已派人在监视公主的动向,当他听说公主生下一男孩,并取名赵氏孤儿时,心中暗忖:我和他们赵家已结下不共戴天之仇,如今公主给他赵家生下一男孩,不久以后长大成人,他不就是我的仇人了吗?干脆待小孩满月之后,用钢刀铡死,不就免除后患了吗?想到这里,狠毒的屠岸贾发出了几声令人毛骨悚然的冷笑。

于是,屠岸贾加紧布置。他命令下将军韩厥带兵把守公主的府门,不搜进去的,只搜出府的,如有盗出赵氏孤儿者,全家处斩,九族不留。而在府门口贴挂榜文,告喻所有兵将来人,不得违犯,自取祸罪。

公主自生下赵氏孤儿,整天愁眉紧锁,她发愁眼下没有亲人,怎么能把孤儿送出这守护森严的府门!她想来想去,忽然想起赵朔门下有一个心腹名叫程婴,他为人耿直厚道,忠义可靠,是赵朔信得过的人,但在赵家的家属名单上并没有程婴的名字,屠岸贾还不会加害于他。如果程婴能够到府上来,或许可以救出孤儿。

程婴也在惦念公主的安危。程婴对于屠岸贾残忍无道、加害忠良,早就恨之入骨。程婴眼下是一个民间医生,背着药箱,到处卖药治病。自从赵朔被害、公主被囚之后,他一有机会就来看望公主,给公主传茶送饭,暗中照料公主。公主生下赵氏孤儿,程婴心中也十分安慰。他想,这毕竟是赵家的一条根,是日后为赵家三百多口报仇雪冤的希望。但眼看着屠岸贾日日派将加兵严守府门,程婴十分为孤儿的性命安危担心,他内心也在焦急地思虑着,如何才能救孤儿出危险之境。

这天,程婴听人相告,公主呼唤他过去,他就急急地背着药箱来到驸马府中,公主一见,不由得落下伤心的眼泪。她泣不成声地说:"俺赵家一门,死得好凄楚呀!程婴,唤你来没别的事,只为我如今生下这个孩子,他父亲临亡之时,给他取个小名叫赵氏孤儿,久后长大成人,全指望他与赵家报仇。程婴,你一向在俺赵家门下走动,也不曾歹看过你。你要想个办法,怎么能把孩子掩藏出去?"公主的泪眼中发出祈求的光。

程婴看着公主,看着孩子,心里一阵酸楚,但一时间又实在想不出什么好办法。他只得先把外面的情况如实报告给公主:"公主,你还不知道,屠岸贾老贼知道你生下个男孩,在四门张挂榜文,如有掩藏孤儿的,全家处斩,九族不留!谁还敢掩藏孤儿?"

公主一听,心里更为焦急,恳求程婴道:"常言道,遇急思亲戚,临危托故人。事到如今,只有你是我家的亲人。你如能救出孤儿,便给赵家留下这条根。"公主说着,扑通一声跪在地上:"程婴,你就可怜可怜我们赵家死去的三百口吧!这孩子,我只有托付给你了,你可不能不管!"

程婴一见,赶忙把公主扶起:"公主快快请起。孤儿的事,我怎能不管?我是怕屠贼知道了,他决不饶恕;也怕公主你经不起屠贼的严逼,万一说出是把孤儿交给俺程婴了,俺一家死了没有关系,这小主人性命更不能保!"

公主一听,心内如钢刀剜刺,一横心,说:"程婴,我让你放心,决不会走露风声!"说着把孩儿往程婴手上一放:"他父亲是在刀下亡故,我在后边追赶他去了!"没有说完,就解下裙带,然后跑到内室自缢而死。

当时,程婴抱着孩子也吓呆了,他没有想到公主是如此的烈性女子!事已如此,他就迅速打开药箱,把孩子放进箱内,上边用草药盖住身子。收拾停当,程婴含着眼泪祈祷上苍:"天啊,您就可怜可怜忠门赵家三百余口被诛尽杀绝,如今只剩下这未满月的孩子吧!我如今救他如此,您就保佑我成功吧!"

有诗叹程婴道：

程婴心下自裁划，

赵家门户实堪哀；

只要你出的九重帅府连环寨，

便是脱却天罗地网灾。

四

公主的府门是由下将军韩厥带兵把守。韩厥虽是屠岸贾麾下的武将，但他为人正直，对屠岸贾在朝中陷害忠良、耍弄权术、作威作福早已不满；对晋灵公不理朝政，听信权奸，使忠良被害，奸佞高升，坏人的爪牙布满朝门，谁不顺眼就要诛杀的局面早就看不下去。他叹息当今之世是黑白颠倒，好坏倒置，忠奸不分，实在让人寒心。

韩厥越想对屠岸贾越恨，他心里暗语，屠贼为了把赵家斩草除根，却让我这样的人来把守府门，即便是有人隐藏了孤儿，我怎能将他出卖？你屠贼的所作所为，如果激怒了苍天，恼了下民，到头来决没有好下场，这应验远在子孙近在自身！

韩将军心中十分着急、担忧。眼看列国纷纷，晋国刚刚强盛、安稳，怎么就出了屠岸贾这样的贼臣？你屠岸贾和赵盾二十年同僚，怎么就没有一点义分？屠、赵两家结下这等深仇大恨，几时能解呀？

韩厥心里这样想，但他在驸马府门口还得命令手下的兵卒，在门口要看仔细，有什么人出来，要随时禀报。

话音未落，程婴背着药箱从府内出来了。他外表装得沉静，心里却捏着一把汗。来到门口，他一看是韩将军把守府门，心里多少舒松了一些。因为他知道韩将军为人正直，讲义气，不是屠岸贾一流的人物，何况当年老丞相赵盾也很器重韩厥。

程婴大模大样地从府内走出门来。韩厥一见，心里也明白几分。韩厥想，我能这样放他出去吗？得把话问明白了。韩厥让手下的小校把程婴叫住，问道："你是什么人？"

程婴一听，不由吃了一惊，赶忙站住回话："我是个卖草药的医生，姓程，是程婴。"

"你从哪里来？干什么来了？"

"到公主府里煎汤下药来了。"

"下的什么药？"韩厥打破沙锅问到底。

"下个益母汤。"程婴回答如流。

"这箱子里面是什么？"韩厥突然转了话题，追问得很紧。

程婴面不改色，从容回答："都是生药。"

"是什么生药？"

"是桔梗、甘草、薄荷。"

"可有什么夹带？"韩厥盯着程婴。

"并无夹带！"

"那好，你走吧！"

程婴一听韩将军给他放行，拔腿便走。没想到韩厥突然叫住了他："程婴回来。这箱子里面到底是什么物件？"

程婴忙答："都是生药！"

"可有什么夹带？"韩厥又一次重复。

"并无夹带！"程婴又一次断然否定。

"如此，你去吧！"

程婴背着药箱快步离开。没想到他刚走出两步，韩厥又一次叫住了他。这次韩将军指着药箱说："你这里面一定有别的东西。你听说我让你走，就像弓箭离弦一样快；我让你转回来，就像毡子上拖毛一样慢腾腾。程婴，你以为我不认识你吗？你本是赵家的堂上宾客,你曾受过赵家的恩,你必定藏着那个未满月的麒麟神,你还能瞒过我的眼睛,想在虎口下面脱身吗?如果我不是下将军,也不将你来盘问,现在前和后把住门,地和天你哪处奔?我要把孤儿查出来,你生不能,死有准。"

程婴一听,外表上不露声色,心中却咚咚直跳。这时,韩厥却命令左右的兵卒退到旁边去,没有呼唤,不许过来。说话间,韩厥一把将箱子打开,拨开草药,质问道:"程婴,你说是桔梗、甘草、薄荷,怎么我搜出人参来了?"语义双关!

程婴一见,心说不好,吓出了一身冷汗,连忙跪在地上:"韩大人不要发怒,你听我说。赵、屠两家谁忠谁奸,世人分明,屠岸贾残害忠良路人皆知。如今,赵家就剩下这条根苗,公主临终时托付我将他掩护,久后长成人,好与赵家看守坟墓,若再把他剪除,赵家可真要灭门绝后了。"

韩厥目视着箱内的婴儿,心中也一阵难受。眼见得孤儿额上汗津津,口喷着乳食,一双小眼骨碌碌地转着,好像很懂人间的险恶似的不哭一声,在箱中紧邦邦地展不开足,窄狭狭地翻不成身,韩厥不禁心内哀叹:真是"成人不自在,自在不成人"!

韩厥早也知道程婴是一位直正的血性男子,从来以忠义为念,便说:"程婴,我若把这孤儿献出去,马上就是一身富贵。可我也是个顶天立地的男子汉,怎能做这种损人利己的勾当?你不必向我晓示大义了,赶快把这孤儿抱走,屠岸贾要问,我自有话说!"

程婴向韩将军磕了一个头,说声:"谢将军!"赶快收拾好药箱,准备要走。刚走两步,程婴却又回转身来,向韩厥跪下。

韩厥一见,忙说:"我放你走,就赶快走,难道是骗你吗?"程婴又说声:"多谢!"站起来走了两步,又转过身来向韩厥跪下。几走几回,韩厥明白程婴心中一定有难言之隐,他试探着问道:"程婴,你真的不相信我吗?还是你胆小怕死,不敢保护孤儿?"

程婴回答道:"将军,不是我程婴贪生怕死,是我实在放心不下。如果我走后,你报给屠岸贾知道,他又差别人把我拿住,这孤儿哪还有活命之理?罢!罢!罢!将军,你就干脆把我捉去,请功受赏;我与赵氏孤儿,情愿一处身死!"

韩厥一听,心中一阵激愤,只听他诤诤说道:"程婴,你也太小眼看人了!你为赵家存遗骨,我与他屠贼又有何亲?也没必要去做什么人情,请什么没良心的功勋?你既能尽忠,我韩厥又怎能无信与人,你若肯舍残生我也情愿为孤儿把自己的头来刎!程婴,我韩厥不是分不清坏人好人的糊涂虫,你赶快抱着孤儿,躲进深山,把孤儿教训成人,让他演武习文,重掌三军,杀死屠贼,与他全家报仇,也不辜负你我替他担着风险!"

停了一会儿,韩厥又拉住程婴的双手嘱咐道:"程婴,以后的日子你可要对孤儿早晚殷勤伺候,他可是赵氏门中剩下的唯一的一条根了。待他长大报仇时,告诉他别忘了我韩厥今天是为他亡命的。我并不图什么留下香名万古闻,只求和钽麑一样共做个忠魂罢了!现在,我就让你去得放心。"韩厥说着,用头猛向台阶撞去,自尽而死。

程婴惊愕万分,暗暗称道韩厥是忠良义士。他又怕别的军校向屠岸贾报告,赶忙抱着药箱逃命去了。

五

屈指算来,那公主生下赵氏孤儿已满一个月了。这天屠岸贾就传命令让人把孤儿带上府来,他要亲自把赵家的最后一条根锄成三段,以安慰他那做贼心虚的灵魂。

一会儿,一名小卒匆匆地上府报告屠岸贾:"报元帅,祸事到了!"

屠岸贾猛地一怔,问道:"祸从何来?"

"公主在府中已用裙带自缢身死。把守府门的韩厥将军也自刎身亡了。"来卒禀道。

屠岸贾一听气极败坏:"韩厥为什么自刎?这说明赵氏孤儿已被人救走了!这如何是好?"屠岸贾火冒三丈,咆哮不止,他决不就此罢休!

阴险狠毒的屠贼忽然眉头一皱,陡生一条恶计,他决定假传晋灵公的圣旨,要把晋国内半岁以下、一月以上新添的婴子统统都拘查到屠帅府,见一个剁三剑,那赵氏孤儿必定插翅难逃这剑下之灾。想到这里,他便传下命令,四处张贴榜文,违者全家处斩。这可真是宁可错杀千万,不可放过一个,实在狠毒至极!一时间,全国上下人人自危、惊慌不安。

京城以外,有一个太平庄,庄上住着一位古稀老人,名叫公孙杵臼。公孙老人本来也是晋灵公殿前的大臣,担任中大夫之职,因为年纪高大,又见屠岸贾专权跋扈,灵公昏庸,便告老还乡,住在这太平庄上,日守三顷地,手扶一张锄,或夜眠斗帐听寒角,或斜依柴门数雁行,倒也十分清净。近日他听说朝中屠岸贾加害赵盾一家,反而加官进爵,更受重用。公孙杵臼就越想越生气,同时,也为自己及早跳出饿虎丛庆幸,不然的话,自己说不定也会和赵盾一样在闹市里把头颅断送。他心中诅咒屠岸贾老贼今日爬得太高,来日里也会跌得惨重!

正思虑间,程婴背着药箱,慌慌张张地来到太平庄上。因为他从驸马府把孤儿救出来之后,实在想不出把孤儿藏在何处比较合适。最后他突然想起京外太平庄上住着的公孙杵臼老人,为人忠直,痛恨权奸,和赵盾又是一殿之臣,必然会出来帮忙。于是，他匆匆地赶到这里，先把装有孤儿的药箱放在树丛僻静之处，便叫开了公孙老人的门。两人相见，寒暄问候一番之后，就谈起了朝中最近发生的事件。公孙老人不禁感慨地说："可恨屠贼，把赵家一门良贱，全部诛杀，赵家可要绝种了！"

程婴赶忙答道："老宰辅，幸得皇天有眼，赵氏还未绝种哩！"

公孙老人猛地惊疑："那赵家三百多口，不论良贱，都死绝了。就是驸马也用三般朝典短刀自刎了，公主也用裙带缢死了，还有什么种在那里？"

程婴道："那前面的事，老宰辅都知道了，我也不再多说。近日公主囚禁中生下一个男孩，唤做赵氏孤儿，这不是赵家又是哪家的种？如果这个孤儿再被屠贼杀害，那赵家就是真的绝种了！"

"如今这孤儿却在哪里？不知道可有人救出来没有？"公孙老人关切地问。

程婴含泪回答："老宰辅既然可怜孤儿的命运，在下不敢不实话相告。公主临亡之时，将这孤儿交付与程婴，让我抚育他成人，好与赵家报仇雪冤。如今这孤儿已无处躲藏，我特来投奔你老人家。我想老宰辅您同赵盾是一殿之臣，必然交厚，您怎么也得可怜可怜这孤儿啊！"

公孙老人忙问："如今孤儿在哪里？"

"在大门外树丛中！"

"快快抱来，不要吓着孤儿！"

程婴赶忙取回箱子，打开一看，谢天谢地，孤儿还正睡着呢！

公孙老人接过孤儿，感慨万分，对着孤儿，眼含热泪说："这孩子，好命苦啊！怀着时就灭了祖宗，未生下时就绝了亲戚，即便能够长大成人,也是吉少凶多!孤儿啊,你们一家的仇,都靠在你身上了。还不知道,你究竟是个报答父母的真男子,还是一个妨爷娘的小孽种……"说着说着,公孙老人已泣不成声了。

程婴听着,心里也不由万分悲痛。但事情急迫,他又告诉公孙老人:"大人不知,那屠岸贾因为孤儿被人救走,要把全国内所有半岁以下的小孩儿统统拘押到帅府,一一杀掉。如今,我把孤儿偷藏在您这里,一则是要报赵驸马平日待我之恩;二则要救全国小儿性命。因为我程婴四十五岁,方得一子,还未满月。我把他装成赵氏孤儿,请老宰辅您向屠岸贾告发,就说程婴藏着孤儿,这样,将我们父子二人处死,老宰辅您再慢慢抚养孤儿长大成人,与他父母报仇,这不是很好吗?"

公孙老人听罢,深为程婴的赤诚肝胆所感动。但他马上想到这并非万全之计。他问程婴道:"你刚才说如今多大年纪?"

"四十五岁!""这孤儿总得二十年以后才能为父母报仇。再过二十年,你也只是六十五岁;而我已七十高龄,再过二十年,不就是九十岁了吗?那时,我的存亡未知,还哪里谈得上为赵家报仇?程婴,你肯舍掉你的儿子,依我之计,你把你的孩子抱来给我,把孤儿藏在你家,你再前去向屠岸贾告发,就说太平庄上公孙杵臼藏着赵氏孤儿。那屠贼必然领兵来抓我,把我和你亲生儿子一块儿杀死。然后你再回家把孤儿慢慢抚养成人,与他父母报仇。这才是一个上策!"

程婴忙说:"老宰辅,这虽然是一个好办法,可怎能连累您老人家呢?还是按我说的去做,您快向屠贼告发,让俺父子二人一同去死吧!"

公孙老人说:"程婴,我一言已定,再不必多说了!只是依我就是了。"

程婴感动非常:"老宰辅,你好好地在家,是我程婴不知进退,平白地连累了你,这实在于心不忍!"

公孙老人安慰道:"程婴,你说哪里话!我已是七十岁的人了,死是常事,也不争这早晚。常言道,有恩不报怎相逢,见义不为非为勇。现在去死,也是值得的,况且我已是白头发老头儿一个了!"公孙老人句句诚恳,声声铮铮。

程婴不禁感激涕零,他抱拳施礼道:"老宰辅,您若存得赵氏孤儿,当名标青史,万古留芳!"但是,他又想道:公孙老人这么大年纪了,如果被屠岸贾捉住,怎能经得住严刑拷打,三推六问?万一露出程婴的名字来,孤儿的性命也保不住了。因而,程婴还是放心不下。

公孙老人看出了程婴的疑虑,他苦中作乐故意吓唬程婴道:"程婴,你考虑的也对。我想那屠岸贾与驸马结下如此深仇大恨,屠岸贾如得到消息说孤儿现藏在太平庄上,他必然会派重兵把太平庄围得像铁桶一般密不透风。然后对我高声吆喝道:'老匹夫,岂不见三日前出下榜文,偏是你藏下赵氏孤儿,与俺作对,这不是公然剔蝎撩蜂吗?众军,与我狠狠地打这老匹夫!'而我哪里能经得起般般苦刑,少不得从实招供,指攀出你程婴来!"看到程婴满脸惊讶之色,公孙老人转而正经严肃地说:"程婴,不开你的玩笑了,你尽管放心吧!就是屠贼打碎我的枯皮朽骨,我也不露半点风声。我从来是一诺千金,即使把我送上刀山剑锋,也决不做有始无终之人!为了保住孤儿的性命,老夫一死,何足挂齿!"

到此,程婴才算完全放心了。他含泪对公孙老人说:"事态紧急,不能再耽搁了,我依旧把孤儿抱回我家,将我的孩子送到太平庄来。用亲生儿子偷换赵氏孤儿,这是我程婴应该做的,只可惜连累了公孙老大夫,我心中实在不忍!"程婴说着,收拾起药箱,急忙离开太平庄。

六

程婴把亲生儿子送到太平庄上,又和公孙老人商量一番,一切安排停当,第二天便急急去向屠岸贾报告。

来到屠府门外,程婴还有几分惊慌,心中也在隐隐做痛。朝朝盼,夜夜想,直到四十五岁,才得一独子延续程家香火,然而今天,他程婴自己就要把儿子送上断头台了!

屠岸贾一听说有人报告赵氏孤儿的下落,立刻让人把程婴叫进来。自从走失孤儿,屠岸贾终日坐卧不安,他已经准备下毒手,要把全晋国的婴儿统统杀掉。今天,他听道有人来报告消息,便亲自出来审问:"你是什么人?"

程婴已经镇定下来,从容回答:"小人是草泽医生程婴。"

"赵氏孤儿今在何处?"

"在太平庄上,公孙杵臼家里藏哩!"

"你怎么知道的?"屠岸贾一双凶狠的眼睛盯着程婴追问道。

"我和公孙杵臼曾有一面之交,我去他家探望,见他家卧房的锦被绣褥上,躺着一个小孩儿。我想公孙杵臼年已七十,从来没儿没女的,这凭空是从哪里来的小孩儿?我就随口说,这孩子莫非是赵氏孤儿吗?他一听,吓得立刻变了脸色,不能回答。所以,我知道赵氏孤儿在公孙杵臼家里!"程婴回答得不慌不忙,有理有据。

屠岸贾听罢,心中不由暗喜。但狡猾多疑的屠贼只恐其中有诈,又怒喝道:"咄!你这个家伙,怎能瞒得过我?你和公孙往日无仇,近日无冤,为什么告他藏着孤儿?莫不是你知道内情,藏匿着孤儿,却来指东道西!你要能说出真情,一切罢了;如有不实,我磨得剑快,先杀了你!"

程婴已做好一切准备，他从容回答："告元帅，您暂息雷霆之怒，略罢虎狼之威，听小人详告细情。我与公孙确实原无冤仇，只因为元帅传下榜文，要把晋国的婴儿都抓来杀掉。我一来为救全国的小孩，二来小人我年已四十五岁，近来得一儿子，尚未满月。元帅将令，不敢不献出来，这下小人我不也绝后了？我想，找到赵氏孤儿，便能保住一国的小孩，连我的小孩也没事了，所以我要来告发公孙杵臼。"

程婴说得头头是道，无懈可击，屠岸贾也不由得笑道："对，对！公孙与赵盾本是一殿之臣，他一定会做出这种事来。程婴，我今天就带领人马，到太平庄捉拿公孙杵臼，你和我一同前去！"当下，屠贼就点兵出发，直奔太平庄而去。

七

公孙老人抱着程婴送来的独生子，很为程婴这种赴汤蹈火、救人舍己的精神所感动。他藏好孩子后，倒显得出奇地镇静！一个七十岁的老人，已把自己的生死置之度外了，还有什么值得害怕的呢？他在家中等待着屠岸贾的到来。他准备面对面地和这个凶残的恶虎斗一斗智，争一争勇！

眼见得庄头的小溪桥荡起一阵飞尘，公孙老人知道是屠贼已经到来。他装着若无其事的样子在庄内一亭子下喝茶，屠贼已率人马"咚"的一声踢开了公孙老人的院门，不由分说就命令手下人把公孙老人抓来。屠贼厉声喝问："公孙杵臼，你可知罪吗？"

"我不知罪！"公孙老人不卑不亢，说话很有分寸。

"我知道你和赵盾是一朝殿臣。你怎敢掩藏赵氏孤儿？"

"老元帅，我纵有熊心豹子胆，也不敢藏着赵氏孤儿！"

屠贼立刻怒上心头，说道："不打不招！来人，与我用大棒子打他!"

屠贼一声令下,兵卒们手执大棒,乒乒乓乓,朝公孙老人的身上打来。公孙老人忍着疼痛,与屠贼辩论:"我虽然和赵盾曾为一殿之臣,可我如今已经罢职辞朝。你说我藏着赵氏孤儿,有谁看见了?"

"现有程婴报告你藏着孤儿!"

公孙老人装出十分气恼的样子:"哎呀!原来是程婴出卖朋友,诬告陷害!元帅,你杀了赵家满门三百口,就剩下这个孤儿,你又要伤他性命,这不是狂风偏纵扑天雕,严霜故打枯根草吗?"

"老匹夫,不要饶舌,你到底把孤儿藏在什么地方了?快招出来,免受刑法。"屠贼已经不耐烦了。

"我哪有什么孤儿藏在这里?"公孙老人一口咬定。

屠贼气极,又命人严刑拷打公孙老人。公孙被打得皮开肉绽,鲜血直流,就是不向屠贼低头。

屠贼无可奈何道:"这老匹夫赖肉顽皮,不肯招供,可恼!可恼!程婴,这原是你告发的,你就替我用棍子拷打这老匹夫!"屠岸贾突生一个恶毒之计。

程婴闻言一惊,让他亲自杖打受人尊重的年迈老人,他怎么能下得去手啊!他向屠岸贾请求道:"元帅,小人我是一个草泽医生,用手撮药还没有劲,怎会用棒子打人?"

屠贼马上变了脸色,说:"你不打他,是怕他说出内情,指攀出你吗?"

"元帅,小人行杖就是了!"程婴无奈,只得拣一条细棍子,去打公孙。屠贼一见,又说:"程婴,我看你挑来拣去,找了一根细棍子来打,你是怕打疼他吗?"这时,程婴赶忙又挑了一根粗棍子,去打公孙。屠贼一见,又说:"住手!开始你专拣细棍子打,如今又挑了这么粗的来打,是不是想三两下就把他打死,你好做个死无对证?!"

程婴不知如何是好,便说:"我拿细棍子打又不是,拿粗棍子打也不是,叫我两下里好难做人啊!"

屠贼阴阳怪气地说:"程婴,你就拿那中等的棍子,不紧不慢地打他!"

程婴强按心中的痛苦,一下一下地拷打公孙老人。公孙老人被打得疼痛难忍,死去活来,不禁自语道:"哎哟,打了这么大半天,也不似这几棍打得我疼。是谁这么狠地打我呢?"

"是你的朋友程婴在打你!"屠贼趁机挑拨。

"程婴,我和你到底有什么冤仇,你却叫我老头儿受这般虐害?!"公孙老人怒目圆睁。

程婴强咽难言之痛,一边打,一边念叨:"快招了吧!快招了吧!省得再受皮肉之苦!"程婴只怕屠岸贾看出什么破绽,心中不由得一阵阵发慌,两腿也有点哆嗦。

公孙老人也猜出了屠贼的诡计,又看到程婴发慌的样子,自己也有些发懵了,不小心说出了一句话:"俺二人商议要救这个小孩儿……"

这句话刚一出口,屠贼立即抓住不放:"你'二人',一个是你,那一个是谁?是不是程婴?你实说出来,我饶你不死!程婴,这桩事是不是有你参与?!"

程婴忙指着公孙老人骂道:"你这老头子,怎能平白妄指好人!"

屠贼猛地一问,程婴一句臭骂,公孙老人一惊,头脑马上清醒了,他连忙一句话咽在舌尖。自知说漏了嘴,便故意装出颠三倒四的样子,不再回答屠贼的追问。实在躲不过去,才最后说道:"我被打得迷迷糊糊,什么我也不知道!你就是打得我皮都绽,肉尽销,我不知道还是不知道!"

正在这时,一个卒子抱着一个小孩跑来,对屠岸贾说:"给元帅爷贺喜,从土洞中搜出这个赵氏孤儿来了!"

屠岸贾一见,哈哈一笑:"快把他拿来,让我看看,我要亲自下手,剁成三段!你这个老东西,你说没有赵氏孤儿,这个是谁!"

公孙杵臼一见搜出了孩子,便破口大骂屠贼丧尽天良,千方百计陷害赵盾一家,连一个小孩儿也不放过。

屠岸贾手提婴儿左看右瞧,他被公孙老人骂得火冒三丈,不禁一阵咆哮,拔出鞘,一剑、二剑,竟把小孩剁为三段。然后一阵狂笑:"这才称了我平生的心愿!"

看见自己的亲生儿子活活被剁死,抛在血泊之中,程婴心里如热油淋浇,比刀子剁在自己身上更痛苦。但他只能掩面抽泣,把苦涩的泪水往自己肚里咽;他不敢说,不敢哭,不敢叫,万一露出破绽,就要坏了根本大计。他只得忍耐着把仇恨埋在心底。

事已至此,公孙老人更是无所顾忌了,他指着屠岸贾的鼻子大骂:"屠岸贾,你这祸国殃民的奸贼,上有天理,下有民心,决不会饶过你的!"为保护孤儿,他早就抱定必死的决心。他在心里暗暗嘱咐程婴,你要好好抚养孤儿,早日报仇雪恨,把屠贼千刀万剐,千万不能放过他!这时,他就朝着石头台阶,一头撞去,殷红的血流了出来……

屠岸贾看到公孙杵臼已死,也更放心了。由此,他觉得程婴是真心实意地帮助他除掉了大隐患,便对程婴说:"多亏了你,要不是你,如何能杀掉赵氏孤儿?"

程婴忙说:"元帅,小人原来与赵氏无仇,这样做,一是救全国小孩性命,二来也是为了我的孩子能够活下去,给程家延续香火。"

屠岸贾拉着程婴说："程婴，你才是我的心腹之人，从今以后，你不如在我家中做了门客，抚养你的孩子长大成人。这样吧，以后让他在你跟前习文，送在我跟前练武。我已年过五旬，尚无子嗣，就把你的儿子与我做个义儿。将来我老了，就让你的孩儿应袭我的官位，你意下如何？"

程婴没料到屠贼会想出这个主意，事已至此，怎敢违抗，只得装作欣慰的样子道："多谢元帅抬举！"

屠岸贾至此长长舒了一口气，他即兴赋诗一首：

则为朝纲中独显赵盾，
不由我心中生忿；
如今削除了这点萌芽，
方才是永无后衅。

但屠贼是不是高兴得太早了呢？

八

日月催人老，光阴赶少年。二十年光景一晃就过去了，孤儿在屠家已经长大成人。屠岸贾给他起了个名字叫屠成，程婴给他起了个官名叫程勃。他白天跟屠岸贾学武，晚上跟程婴习文。这孩子聪明过人，十八般武艺无有不会，无有不通，可称得上是机谋深算，弓马娴熟，文韬武略，样样精通。屠岸贾非常喜欢他，因为在屠成身上他早就设下了一个更大的阴谋，那就是要靠屠成的文韬武略，有朝一日弑杀了国君，夺了晋国，自己做国君，让屠成继任元帅之职，这样整个晋国不都成了他屠家的吗？

程婴看到孤儿已经长大成人，又学到一身过人的本领，心中好生宽慰。同时，他心中又非常焦急。自己已经六十五岁，倘若有些好歹，孤儿不知道自己的身世，如何与赵家报仇？因而，他愁绪满怀，昼夜无眠。他想来思去，终于想出了一个好主意。他把从前屈死的忠臣良将，屠贼的罪恶行径，一桩桩、一件件全部画成一个长长的画卷，准备找机会给程勃细细讲讲，用来激发孤儿为父母报仇雪恨，为国除奸，为民除害。

机会终于来了。这天傍晚，程勃从教场中演武回来，直接来到程婴房中，向爹爹问安求教。程勃七尺伟岸身躯，英俊潇洒，仪表堂堂，但是他却不知自己的身世，更不明白其中内情，还总想着要好好练就武艺学业，好扶持明主晋国公，帮助贤臣屠岸贾，为国家建立一番奇功大业。他越想心里越激动，当他兴冲冲地来到爹爹房中的时候，却看到老人正在暗暗落泪。他不由得吃了一惊，赶忙上前询问："爹爹，您每日一见了我，便心中欢喜，今日见我，为什么十分烦恼，流泪不止？是谁欺负您了？快快对您孩儿说，我决不饶他！"

程婴见孩儿问他，便语意双关地说："我便对你说了，也与你父亲母亲做不了主，你只管吃饭去吧！"

程勃一听，心中更加纳闷，也更加着急。他也不去吃饭，一再追问是谁欺负了爹爹，为什么生气落泪？程婴并不正面回答，只是转弯抹角兜圈子。最后才说："你既然不去吃饭，就先在书房中看书吧，我到后堂中去去再来。"程婴看天色已经黑下，四处静悄悄地没有外人，便站起来身，把画卷暗暗丢在地上，慢慢走出书房。

程勃正摸不着头向，看到爹爹出去时丢下一个画卷，不知是什么文书，赶忙捡起来，便顺手打开展看，一边自言自语："好奇怪呀，这上面画了这么多图，这么多人，那个穿红袍的牵着这么大一条恶犬，去扑咬那个穿紫袍的；又有个拿瓜槌的打死恶犬。这一个手扶着一辆车，怎么半边没有轮子？这一个自撞死在槐树之下。这是什么故事呢？又不写出姓名，叫人怎么知道呢？"

程勃一边说着，一边继续往下展看。他又看到，一个人面前摆着弓弦、药酒、短刀，那人却又短刀自刎而死。又一个将军也拔剑自刎；还有个医生手扶着药箱跪着，一个妇人抱着个小孩儿，好像要交付医生的意思，这妇人也用裙带自缢而死了。程勃越看越不明白，但一种恻隐同情之心油然而生，觉得这妇人实在让人可怜！再细细看来，觉得那个穿红袍的好狠心呀！竟将一个白胡子老人打得死去活来。程勃不由得气愤填膺。他把画卷一放，拍案而起，说："这个穿红袍的人一定是个贼臣！这可怜的一家若与我有关，我不杀了那贼臣就不是大丈夫！只可惜，这血泊中躺的不知是谁家的亲人；这市曹中被杀的又不知是谁家的上祖？"

正当程勃气愤疑惑之际，程婴又慢慢走进书房。没等程勃发问，程婴就先开了口："孩子，我在外面听了多时了，这画卷中画的故事，和你可是有关的。"

"是吗？爹爹，你快快给我讲清楚，好让我心里明白！"程勃急切地问。

"孩儿，你听着，爹爹现在就给你讲，这桩故事好长好长哩……"程婴坐下来，拿过画卷，比画着，指点着，从头至尾，来龙去脉，一桩一桩地向程勃讲述。他从穿红袍的用恶犬扑咬穿紫袍的讲起，把托孤搜孤的前后经过，把那些义士良臣的壮烈行为，特别是把穿红袍的凶残狠毒，阴谋诡计，都讲得清清楚楚。最后程婴无限感叹着说："这桩故事离现在已经有二十年的光阴了，这赵氏孤儿如今也已长大到二十岁了，只可惜仍未替他父母报仇哩！"然后，程婴当即赋诗一首：

> 一表堂堂七尺躯，
> 学成文武待何如；
> 乘车祖父归何处，
> 满门良贱尽遭诛。

> 冷宫老母悬梁缢，
> 法场父亲引刀殂；
> 冤恨至今犹未报，
> 枉做人间大丈夫。

念完这首诗，程婴两眼定定地望着程勃，不再做声。程勃已经被父亲讲的故事气得牙关紧咬，胸脯急剧起伏。但父亲讲了半天，却并没告诉他故事中的人物姓名。他急切问道："爹爹，您说了这一日，您孩子如睡在梦里，不知道这是谁家的事情？那被害死的又是什么人？真是急死我了！"

程婴看看已经到了时机，便指着画卷说："你这孩子还不知道这里边的一切！那穿红袍的正是奸臣屠岸贾！那穿紫袍的姓赵名盾，原是灵公殿前的丞相，他便是你的祖父；驸马就是你的父亲赵朔，公主是你的亲生母亲；我就是弃子存孤的老程婴，赵氏孤儿便是你呀！"

二十年了，漫长的二十年日日月月呀，今夜程婴终于把真相讲明白了，孤儿如梦初醒，立刻气得火冒三丈，热血直往头上涌。"赵氏孤儿原来正是我！"他刚叫了一句，眼前一阵发黑，就昏了过去。程婴急忙扶住，把孤儿唤醒。孤儿仰望苍天，又大叫一声："真是痛杀我了！"就"扑通"一声，跪在了程婴面前："爹爹，听您老这么一说，我才知道内中情由。原来用刀自刎的就是父亲，裙带自缢的正是亲母！可惜我白活了这二十年的岁月，空长了我这七尺身躯。我一定要生擒屠贼那个老匹夫，要他偿还一朝的良臣和俺全家人的性命！爹爹呀！要不是您弃子存孤，把我抚养照顾，二十年前早已在刀下丧生，俺赵家就要灭门绝户。爹爹，您请上坐，受孩儿几拜！我不把屠贼杀掉，决不为人！"说着，连连向程婴叩头揖拜！

程婴一见，心内有些发慌，忙说："孩儿，你不要大惊小怪，恐怕屠贼知道!"

"我和他一不做,二不休,谁怕他牵着神犬,拥着家兵,使着权术!为了死去的忠臣义士,为了赵家三百口的性命,一定要和他拼个你死我活!"孤儿站起来,搀扶着程婴,越说越激动:"爹爹放心,明日我先见过主公,告诉满朝的卿相,我要亲自杀那老贼!我要摘了他斗大的官印一颗,剥了他花簇官服几套,用麻绳把他绑在将军柱上,用铁钳拔出他的烂斑舌,用锥子挑出他的贼眼珠,用尖刀细剐他浑身肉,用钢锤敲碎他的骨髓,再用铜锄切掉他的头颅!这样才显出我那冤死的三百多口魂灵有人做了主!不然怎消我一心怒,满腔怨!"

九

当时的晋国,灵公已经辞世,悼公当政。屠岸贾靠兵多权重,更加专横跋扈,他甚至也不把国君放在眼里。文武百官看在眼里,恨在心头,敢怒而不敢言。当程勃向悼公奏知屠岸贾的罪恶行径之后,悼公立即降下旨意,要擒拿屠岸贾,但又担心屠岸贾手握重兵,会发生激变,出现意料之外的事情。为保险起见,遂命宰相魏绛,传旨程勃,要暗中捉拿屠贼,不可走漏半点风声。

程勃领了君命,暗中准备停当。他身骑高马,腰悬宝剑,不列兵卒不遣军将,只带几名武艺高强的勇士,改装打扮,躲在闹市之中,这是屠贼每日回府必经之地。这时,程勃想到家仇和国恨,心情非常激动;又想到自己身上的重任,倒使他十分镇静。事情的成败在此一举,决不可有半点疏漏。这时,他再次叮嘱自己的随从,一定要做到万无一失,决不可让老贼走脱,即使自己死了,又有何妨!

说话间，屠岸贾骑着高头大马，挺胸腆肚，两边簇拥着兵将，前面还有几行开道兵，雄赳赳闹嚷嚷地沿街而来。刚到一个拐弯处，程勃策马执剑，拨开人群，突然出现在屠贼面前，挡住了老贼的去路。屠岸贾吃了一惊，定睛一看，见是孩儿来到跟前，便把一颗心放下，顺口问道："屠成，你来做什么？"

话音未落，孤儿猿臂轻舒，就把老贼提翻下马。他厉声喝道："老贼听着，我不是屠成，我是赵氏孤儿。二十年前你将俺全家三百余口诛尽杀绝，今天我擒拿你这个老奸贼，要报俺家的冤仇了。"

屠岸贾无论如何也想不到会有这样的事情发生，他还有点不大相信，忙问："这是从何说起，谁告诉你的？"

孤儿毫不隐瞒，说："是程婴告诉我的，你休想活命！"

屠贼一听，立刻明白过来，心里说，这下子完了。这孩子的武艺高强，手脚厉害，我不是他的对手，还是走为上策。他说了声："不可轻信谎言！"就顺势往下一缩身子，从孤儿的手中脱开，钻入人群，就要逃跑。孤儿眼疾手快，赶上前去，飞起一脚，就把屠贼踢倒在地，又抢上一步，把老贼死死按住，几个勇士立即上去，把屠贼的双手反捆在一起。屠贼的亲兵，都知道程勃的本领，谁也不敢上前。作恶多端的屠岸贾，终于乖乖地被擒了。

这时，程婴也慌忙过来接应，他只恐孤儿有什么闪失，坏了大事。他一见孤儿已把屠贼捉拿，心中万分高兴，口中念道："老贼，你也有今天，真是天理难容！"

孤儿正准备押着屠贼去见君主，一见程婴到来，连忙接住，说："父亲，俺和您押着老贼，一同去见主公！"

一行人浩浩荡荡地来到朝上，老宰相魏绛一见屠岸贾，大声喝问："屠贼，你残害忠良，祸国殃民，今被程勃拿住，还有何话说!"

屠岸贾见大势已去,当日的威风已化为乌有,颤抖着说:"我成则为王,败则为虏。事已至此,但愿早死而已。"

程勃一听,唯恐魏绛有怜悯之意,忙说:"老宰相,您要与我程勃做主,决不能轻饶了这老贼!"

魏绛心中早已明白,义正词严地说:"屠岸贾,你今日要早死,我偏要你慢死。左右听我的命令,把这老贼钉上木驴,细细地剐上三千刀,把皮肉割尽,然后断头开膛,不要让他死得早了!"

"就是把他剁为一锅肉酱,也难消我满腔仇恨!"皆大欢喜之时,孤儿又想起了自己悲惨的身世,心中一阵难受。

程婴想到了自己那来到世上还没满月就惨遭剑杀的独子,不禁悲从中来,他对孤儿说:"小主人,你今日报了冤仇,复了本姓,可我老汉一家,再没有依靠了!"

听了这话,孤儿赶忙跪在地上,对程婴说:"爹爹,您说哪里话,您舍弃亲生,把别人掩藏,您的恩德我永远难忘,我要请一个丹青妙手,画下您的真容图像,永远供奉在家堂。您三年的哺乳,胜过十月怀胎,您二十年的抚养,就是我的亲爹娘!"一席话,说得程婴热泪盈眶,身涌暖流,忙把程勃扶了起来,父子两个紧紧拥抱一起。

魏绛也被眼前的情景感动得流下了眼泪。过了一会儿,他平静了一下自己,才喊道:"程婴、程勃,你们两个快快跪下,听主公的旨命。"接着老丞相打开圣旨,念词一首:

> 只为屠岸贾残害忠良,
> 百般地扰乱朝纲,
> 将赵盾满门良贱,
> 都一朝无罪遭殃。
> 那其间颇多仗义,

岂真谓天道微茫。
幸孤儿能偿积怨,
把奸臣身首分张。
可复姓赐名赵武,
袭父祖列爵卿行。
韩厥后仍为上将,
给程婴十顷田庄。
老公孙立碑造墓,
弥明辈概与褒扬。
晋国内从今更始,
同瞻仰主德无疆。

程婴、程勃谢主隆恩。

至此,一桩二十年的大冤案才被彻底平反了,善恶得分,是非得明。赵氏孤儿的故事后来就被载入史册,千百年来,在民间广泛流传。

(远征 改写)

汉宫秋

[元]马致远 撰

故事发生在西汉元帝竟宁元年（前33年）。这一年，归附汉廷的南匈奴呼韩邪单于派遣使臣来西汉长安朝拜汉元帝，并请汉元帝恩赐明妃王昭君为南匈奴皇后，于是就引出了凄婉哀绝、传诵千古的昭君出塞和番的故事……

一

匈奴，也称胡，本是我国古代的一支少数民族。它久居朔漠，称霸北方，骠悍强劲，以射猎为生，以攻伐为常。为避其扰害，周文王曾率众东迁，晋悼公也采取魏绛之策，主动同匈奴和好，秦后开始修筑著名的万里长城，汉文帝、武帝等也派大将主动反击，但都未能从根本上解决问题，汉匈之间的关系依然是时张时弛。

早在汉高祖七年（前200年），日益强盛的匈奴的冒顿单于利用中原动荡之机，就亲率精兵强将，把刘邦围困在白登山七天七夜。汉军内无粮草，外无救兵，孤军难守。

刘邦在危难之际，采用大臣娄敬以汉公主嫁匈奴单于为阏氏之谋，于是汉匈罢兵息武，和亲通好。以后诸代都循此例，这种政治的联姻是一张网，一定程度上束缚了匈奴铁蹄的腾越。

自汉高祖刘邦起兵沛县，灭秦朝，屠项羽，建立西汉，传位到汉元帝已是九代一百七十多年了。此时，呼韩邪经过多年的部落间的兼并战争和众兄弟间的争斗，终于登上了单于的宝座。登位以后，也想循前代之例，娶汉室女为阏氏。

　　一天，呼韩邪又想起了这桩心事，就对身边的部将说道："从汉高祖、惠帝、吕后以来，每代必以汉宗室之女嫁给俺匈奴单于，俺呼韩邪其实也就是汉室的外甥了。昨日遣使汉朝，欲请公主，不知汉帝是否肯循盟约？"豪爽的呼韩邪眼中掠过一丝忧郁，但很快就又像往常一样率众头目勒马弯弓，向远处尽情地射猎去了。

　　正是：番家无产业，弓矢是生涯。

　　且看中原汉廷如何。那汉元帝刘奭本也是一个有作为的皇帝，宣帝刘询死后，他把围困宫中的许多宫女放出宫去，准许她们归家婚嫁，很得民心。继位之初，他尚能坚持执行昭帝、宣帝时期的一些行之有效的政策，重视发展生产，整治吏治，轻徭薄役，抑制特权，再加上当时汉匈久盟和议，因此当时也可称得上四海晏然，八方宁静。怎奈汉元帝居安忘危，继位之久便只图自己享受，不再管人民的死活，而且宠幸佞臣，不用忠良，朝政很快就腐败了下去。上行下效，皇室贵族、官僚地主也多贪财贱义，迷恋声色，挥霍无度，少廉寡耻。

　　汉元帝有几个亲信大臣，其中有个中大夫名叫毛延寿，其人心狠如老雕，手毒如鹰爪，欺上压下，谄佞奸贪。他对汉元帝更是百般巧诈，一味谄谀，哄得这个风流皇帝十分欢喜，对他是言听计从。朝里朝外，人人怕他，人人恨他，人人也不敢惹他。为使自己这种特殊宠幸牢固永久，狡猾的毛延寿除对皇帝谄谀乖巧外，又学了一个新法，就是让皇帝少见儒臣，多昵女色，此举更使元帝对他宠信有加。

一日早朝散罢，汉元帝在内官和宫女簇拥下来到后宫。他沉思片刻后对站在身边的毛延寿说道："自先帝（指汉宣帝）晏驾之后，大部分宫女都出宫去了。现在后宫寂寞，你看如何是好？"

最善察言观色的毛延寿十分了解皇帝老儿此时的心思，于是就谄笑着说道："陛下，田家农夫多收了十斗稻麦，尚可另娶新妇；况且陛下贵为天子，富有四海，何不派遣使官遍行天下，选择美女，以充后宫！"

他说到这里，看了看汉元帝的得意神情，进一步说道："这次选择美女，不分宰相王侯军民人家，只要有十五至二十岁容貌端正的女子，尽可挑选，有何不可？"

汉元帝听后十分欢喜，忙说道："爱卿说的是，就加封你为选择使，带领一道诏书，遍行全国挑选室女。爱卿切记，将选中者各画一张美人图送来，我将按图选择侍奉。待爱卿把事情办成之后，重重有赏！"

毛延寿叩首领旨去了。他离开后宫多时，汉元帝还沉浸在选择宫女的美梦之中。他想到高兴处，不禁脱口一曲：

四海平安绝士马，

五谷丰登没战伐。

寡人待选室女宫娃，

看哪一个归俺帝王家。

二

中大夫毛延寿被汉元帝封为选择使后欣喜若狂，他为自己能轻易地得到这个肥差而激动。于是，就急急地准备停当，领着大汉皇帝的圣旨，动身到全国各地挑选美女。他仗着自己的权势，到处敲诈勒索，贪赃受贿。在他选中的九十九位女子中，有王侯将相家的小姐,也有平民百姓家的姑娘。"县官不如现管",那些被选中的美女们清楚,要想日后快些得到皇帝的宠幸,沐浴到皇恩的温暖,就必须先通过毛延寿这一关。没有毛延寿的生花妙笔,没有毛延寿的巧夺天工,休说得到皇帝的宠幸,就是见一见皇帝,也难比登天。为了得到接近汉元帝的机会,许多美女不惜重金贿赂画师,以求把她们画得漂亮更漂亮一些。为此,有的耗资多达十万钱,少的也不少于五万。对此横财,贪得无厌的毛延寿永远是"笑纳"不拒,然后施展回春之术,昧着良心,把那些不太美丽但送礼多的姑娘画得十分俊俏。请看毛延寿的自画像:

  大块黄金任意抓,
  血海王条全不怕;
  生前只要有钱财,
  死后哪管人唾骂?

  山间出清泉,美女在山林。为了挑选几个绝色邀功,毛延寿的足迹不但踏遍了全国大小城镇,而且还遍及山庄农村。有一天,他们来到了湖北秭归县宝坪村,按惯例,又把宝坪村十五岁以上、二十岁以下的姑娘们聚集在一起,认真挑选。

  黄门官从十几个姑娘中一眼就看中了一个农户之女,名叫王嫱,字昭君。只见她眼若流萤,发若飞瀑,面若白玉,施粉则艳,口若丹石,施朱则赤,身材苗条而丰润,举止庄重而飘逸。黄门官一个个看得目瞪口呆。

  毛延寿也被眼前这位绝世美人震慑了。自领旨选美以后,他也的的确确见过很多美丽的少女,但哪一个也比不上王昭君光彩照人,顾盼多姿。爱财如命的毛延寿这时仍没忘了这又是一个发财的好机会,他向昭君索要金银一百两,说这样她就可以选为第一美人,将来享福不尽。

  王昭君不但容貌出众,而且品行高洁。她身为农庄人家,家贫无钱行贿，她也不愿行贿。她看不惯宫中的这些秽行，她认为能不能得到皇帝宠幸，靠的是个人的命运，靠贿赂画师来求得皇帝的垂爱也太卑鄙了。她也坚信自己貌美，可以冠压后宫，皇帝会慧眼识美人的。

所选美女上百名，人人都肯广施钱财，唯独王昭君不肯奉上一文，而且还当众数落自己，无人敢惹的毛延寿哪里经过这样的事情！为惩治一下这个不知天高地厚的丫头，毛延寿心生歹念：只要自己稍稍做些手脚，在王昭君的美人图上点上些毛病，到京师后王昭君必定就会被打入冷宫，受尽人间的冷楚。"量小非君子，无毒不丈夫！"毛延寿的眼中射出了一丝阴毒的光。

毛延寿把从全国挑选的美人送入汉宫后，汉元帝按照美人图，看中了就传旨侍奉。因王昭君的图像被毛延寿用奸计点破，所以一进长安就被幽禁在后宫。毛延寿的罪恶阴谋得逞了，王昭君的悲惨命运开始了。

王昭君初被送入上阳宫，满认为以自己的容貌自会得到皇帝的垂爱。当别人告诉她上阳宫是失宠宫妃住的地方时，她才恍然大悟，明白是毛延寿从中做了手脚。她想告，可是宫中宫外无一知己，而且毛延寿正在得宠，咄咄逼人，没人敢惹。她一个弱女子，怎能抗得过一个大权在握的权臣呢？无奈，她只好暂忍怨恨，权且居于上阳宫中，等待时机，戳破毛延寿的骗局。

这一等就是十年。人生难得有几个十年。人生的青春岁月也就是一两个十年。王昭君十八岁入宫，熬过了十个艰难的岁月，已经是二十八的宫女了。这十年，王昭君没有见到皇帝是老是少，是俊是丑，得不到皇帝的宠幸，也得不到世间的欢乐，身心受到极大的摧残。她常常独坐深宫，对月伤怀。

王昭君虽然生在农家，祖辈以务农为业，但自幼受父母钟爱，聪慧灵巧，颇通音律，弹得一手好琵琶。

含情欲说独无处,传语琵琶心自知。王昭君的一腔忧愤怎敢对人诉说,她只有把琴、筝、琵琶作为知己,向它们抒发,向它们倾吐,有情的精灵和无情的物象之间架起一道洒满泪水、充满哀怨的桥。二者的沟通,使王昭君的心理得到了暂时的安静和平衡。这正是:

> 一朝承宣入上阳,
> 十年未得见君王。
> 良宵寂寂谁来伴,
> 唯有琵琶引兴长。

这一天深夜,王昭君孤独郁闷难忍,又坐在月下花园中,试弹一曲琵琶消遣。琵琶声声,如泣如诉,谁解衷肠?

汉元帝批阅完朝臣的奏折以后,在内官的陪伴下兴冲冲地来到后宫。元帝寻思,自从挑选室女入宫,虽然已临幸多人,但有些人还不曾见过,想她们内心当是十分怨恨。今晚处理完政事后稍有闲暇,何不巡宫走一遭,看哪个有缘的得幸于我。

皓月当空,无风竹影;花香袭人,草丛虫鸣。汉元帝踏着月光,走一步想一步。他想象那些宫女,或许是玉人月下吹箫;或者是不挂珠帘,望断昭阳门前路;或许是月前窗下,如牛郎盼织女乘木筏相会……

汉元帝正沉浸在幻梦般的遐想之中,忽听得一曲琵琶声传到耳边,忙问身后的内官道:"是哪里偷弹的琵琶响,如此如怨如诉?"

内官听后欲去传旨接驾。元帝制止道:"不要急忙传圣旨,以免像惊起宫槐宿鸟、庭树栖鸦,让她心儿害怕。待我静静地听,悄悄地接近她。"

汉元帝随着琵琶声渐渐地来到昭君身边。花间月下,手抱琵琶的昭君那婀娜多姿、曲线分明的身段,简直就是一件巧夺天工的艺术珍品,汉元帝看呆了。他返过神来,悄悄地告诉小黄门:"你前去看看是哪一宫的宫女在弹琵琶,传旨让她接驾。千万不要吓着她!"

"请问那位弹琵琶的,是哪位娘娘?圣驾到来,快接驾吧!"

十年了,王昭君还是第一次听到这样的喊叫声,她在心中曾盼望了多少次,这次不是做梦吧?王昭君急忙抬起头,依内官的吩咐迎接汉元帝,说道:"妾身不知陛下到来,应该远接;接驾迟缓,有罪有罪!"王昭君叩首施礼。

"哪个说你有罪,只怪我过去不曾到这宫里来。不必多礼。"汉元帝在这良辰美景,面对红烛银台下亭亭玉立的绝世佳人,耳中闻听她那珠玉般的声音,这位众人山呼万岁的皇帝早已失去了昔日的威严,活像一个温情的男子在向一个少女求爱并恳请宽恕。

汉元帝目不转睛地看着昭君的艳姿,似乎周围的一切都不存在了。昭君虽近在咫尺,但他还唯恐看不清这位天仙般美人的体态面容,于是吩咐内官说:"你把那烛光挑得更亮些,把灯笼举得更高些,让我再仔细看看。"

王昭君在淡红色的烛光照耀之下,更显得艳丽多姿,光彩射人。只那修短合度的身影,早就使元帝如痴如醉了。

汉元帝两眼直直地盯着眼前的昭君,回味着刚才的言谈举止,不由得自言自语道:"此真乃好女子呵!她一定不是生长在平常百姓家。"

汉元帝下意识地说到这里,忽然想起了战国时期有名的美女西施。他想:西施尽管被人称为有倾国倾城之貌,但和眼前女子相比,想必也逊色几分了。如果让吴王夫差遇到这样的美人,说不定还要提前十年败家亡国。

他越想越觉得昭君美丽可爱,越看越觉得昭君楚楚动人。他如梦初醒地问昭君："你这样模样出众，是谁家女子？"

"妾身王嫱，字昭君，湖北秭归县人。父亲王长者，祖父以来，以务农为业。我生长在平民百姓之家，不知帝王家礼法。"王昭君谦恭有礼地答道。

汉元帝接着又说道："我看你眉扫黛，鬓堆鸦，腰弄柳，脸舒霞，真堪称天下第一绝色女子，整个昭阳宫都难放得下。没想到你却是一犁一耙度日月！看你这等体态风韵，为何过去不曾见得？"汉元帝有几分纳闷，几分遗憾！

十年苦等的机会终于来到了。昭君趁机面对皇上把毛延寿的奸计说破："当初选室女时，使臣毛延寿向妾身索要金银一百两，一来妾身家道贫寒一时凑不起这么多金银，二来妾身实在不愿向那个奸佞之人行贿，所以毛延寿在画妾图像时，故意将妾眼下点成破绽，因此被幽禁十年，孤守冷宫。"昭君说着，滴下了两滴晶莹的泪珠。

汉元帝听后十分惊疑，他怎么也没想到一向对他恭敬诣媚的心腹毛延寿竟敢如此欺他，就急对身边的内官说道："小黄门，你快去取那图像来给我看！"

内官急急取来了昭君的图像，展现在汉元帝的面前。元帝一边看着图像，一边抬头看着昭君。一个是婀娜多姿的绝色美女，一幅是被丑化了的女子图像；这边是一双明眸有如夜空的星星在闪烁，那边是一寸秋波像美玉但却稍有污瑕。汉元帝越看越气恼，对着内官大声说道："赶快传旨给禁卫军官长，立即把毛延寿斩首报来！"

内官领旨去了。汉元帝慢慢地回过了头，他用爱怜的目光望着王昭君像大海般深沉的眼睛，感到她内心似乎还有什么不快的事情。他深情地问昭君："昭君，我已命禁卫军立斩毛延寿，你还有什么委屈的事吗？尽管对寡人讲来！"

昭君答道:"陛下传旨斩首毛延寿,已解我十年宫禁之恨,妾身当牛做马,也报答不尽陛下的大恩!只是妾的父母远在湖北秭归,早起晚睡地务农,望陛下能施些皇恩给他们,也算我这个远游的女子尽了孝心吧!"

王昭君美丽的眼睛中现出渴求之情。汉元帝面对这位容貌出众而又多才多艺的女子,简直有点忘乎所以。他听见昭君那微薄的要求,就用十分诙谐的语言说:"爱卿,这是十分容易的事,你不必为此烦恼。在农家,你便是早晨挑菜,夜间看瓜,春天种谷,夏天浇麻,如今你已嫁到了昭阳皇宫,尽可以安享荣华。俺官职高如你乡村的村社长,这宅院则大似你家乡的县官衙。谢天地,可怜有你这穷女婿,从今后,谁再敢欺负俺丈人家!"

汉元帝一席幽默的言谈,使积郁昭君脸上十年的愁色顿时烟消云散。站在她面前的"一朝天子",似乎变成了一位说笑逗趣的温柔的情人。昭君这时虽未开口,但脸上泛起的红霞已使元帝无酒自醉了。

汉元帝这时正在兴头上,立即又对昭君说:"爱卿靠近前来,听我旨意,寡人现在就封你为明妃!"

突出其来的晋封使刚刚走出冷宫门槛的王昭君不敢相信这是真的,她急忙答道:"妾身系一农家女子,怎么能消受这种恩宠?"

眼看昭君的一举一动有如出水芙蓉,耳听昭君的一言一语胜似珠玉之声,元帝已是忘了身在人间。他靠近昭君一步,温情地说道:"谁道你是农家女,什么恩宠不恩宠,且尽此宵夜,休问明朝语。"

想昔日,一个是年轻女子孤守寒宫无人问,顷刻间,农家女贵若天仙。一个是空有三宫六院、佳丽三千,何曾见到过昭君这样的体态容颜?一个是出身茅舍生丽质,一个是贵为天子也多情。

俗语话："情浓嫌夜短，寂寞恨更长。"汉元帝和王昭君你恋我爱，不觉不知夜色已经很深了。昭君对汉元帝深情地说道："陛下明日早朝驾临，妾身在这里候驾！"

汉元帝风趣地说："到明日，你尽管醉卧在昭阳宫内御榻上！"

"妾身贱微，虽蒙陛下恩宠，但怎敢到昭阳宫内与陛下同榻共眠？"昭君含羞地说。

"我且是随便说笑，我怎么舍得不到这里来了呢？明夜里，你在西宫门下悄声地接驾就是了。"汉元帝说到这里，又逗昭君道："爱卿，我让你悄声接驾，可是害怕那六宫之人知道此事后，都学你的样子月夜里乱拨琵琶呀！"

昭君羞红了脸。

汉元帝一步三回头地掩上宫门回驾了。

三

汉元帝巡宫初会王昭君之后，汉宫中虽有三千佳丽，但在元帝的心中却只有王昭君一人，每晚也必宿于昭君的西宫阁内。汉元帝对王昭君是百般体贴，昭君对元帝更一往情深。

正当他们你慕我羡，沉醉于温柔乡中之时，那塞北的呼韩邪单于为了请嫁汉公主之事，率兵南侵。性情爽直的单于十分气恼地对部将说："前几日俺曾派遣使臣到汉朝去，请大汉皇帝将公主嫁给俺。但汉皇帝借口公主年幼相推辞，使俺心中好不自在。想汉家宫中有无数宫女，就给俺一个，有什么要紧？不料汉皇帝不但拒嫁公主，而且还将俺派遣的使臣赶了回来。俺拥有强兵勇将百万，哪能咽下这口窝囊气？本想立即起兵南侵汉朝，又恐怕因此失去了汉匈数年和好、甥舅之情。考虑再三，还是暂且压住心中之恨，看看情势的发展如何，再做处理吧！"

呼韩邪单于虽然没有轻率行动、引起战伐，但在汉廷中却同时发生了一件大大出乎汉元帝和王昭君意料之外的事情。那毛延寿得知汉元帝亲驾西宫阁与王昭君相会，就知道自己点破美人图之事必然会败露，所以他时时谨慎，刻刻提防。汉元帝派遣禁卫军捉拿毛延寿的圣旨刚刚传出，他就闻声逃走了。

毛延寿是个诡计多端的人，前计败露后，他不甘心，就又生一计。"既然皇帝老儿下令捉我斩首，那我也让你快活不成！"毛延寿平日谄谀的笑脸露出了狰狞。于是，善画人物肖像的毛延寿使尽全身解数，一幅完美的昭君娘娘的画像被精描细雕出来了。他小心地把图像藏好，然后偷偷离开大汉王朝，直奔塞北的匈奴部落。

他虽然是在落荒逃亡途中，但心中又在做着一个美梦。他想象着呼韩邪看到王昭君画像时那得意忘形的神情。如若呼韩邪按照画像向汉元帝索要王昭君，不怕汉元帝不给予他。到那时，我毛延寿不就又成了匈奴的功臣了吗？想到这里，毛延寿发出一声得意的冷笑："王昭君呀王昭君，没想到你今天还会成为我的救命稻草！"

他逃奔了数日，已经到了匈奴人的游牧区。远处的莽莽草原上，他看见有大队人马；再定睛一望，又看见匈奴人住的穹隆形的穹庐在风吹的草丛中忽隐忽现。他又往前走了几步，看见此处的穹庐有几分威严、几分豪华，因此他断定那必是匈奴的单于庭了。于是他向前对守卫在穹庐旁的武将说："头目，请启报单于知道，就说有一位汉朝大臣来投见哩！"

那个头目将毛延寿的话报给了呼韩邪单于，呼韩邪传令召见。毛延寿在一个侍臣的带领下，鬼鬼祟祟地来到了单于庭内。

呼韩邪坐在宝座中，威严地质问来人："你是什么人？见我有何事？"

毛延寿与生俱来的媚骨马上又出现了，不过这次他不是对汉元帝，而是对汉朝的属国南匈奴单于。"回大王，我是汉朝中大夫毛延寿。汉朝西宫阁内有个美人王昭君，生得绝色。前几日，大王派遣使臣求公主时，那王昭君请行欲嫁与大王，但汉主舍不得，不肯放行。我再三向汉主劝说道：'岂可重女色，而失汉匈之好？'汉主不但不从我的劝谏，反倒要杀害我。因此我就带上这张美人图，不辞辛苦地来到这里，把它恭敬地献给大王您。大王可派遣使臣到汉朝按图像索要王昭君，这样，汉主就不得不将美人嫁与大王了。"毛延寿说罢，急忙躬身将美人图献给呼韩邪单于。

胡地多风沙。呼韩邪哪里见过如此白嫩、如此细腻、如此窈窕、如此妩媚的姑娘，他不禁欣喜若狂了，脱口说道："世间真有如此美貌女子！如果能娶她做阏氏，俺就心满意足了。"

他双手捧着美人图，定了定神，对左右说道："我现在就写书给汉天子，派遣使臣，求汉皇帝把王昭君给俺！如若不肯应允，俺将不日南侵，汉朝江山难保。同时，俺将亲率兵马，随地打猎，潜入塞内伺候动静，见机而行。"毛延寿又一个罪恶的阴谋得逞了。

塞外秋风迷宿草，穹庐夜月听马嘶。就在呼韩邪一面派使臣赴汉，一面调兵遣将，积极准备南侵的时候，汉宫内却还是灯红酒绿、一派歌舞升平的景象。汉元帝自从西宫阁内相会王昭君后，与她昵爱过甚，久不临朝理政。有一日，他不得不升殿去了，王昭君便缓步走上梳妆台对镜梳妆。她望着菱花镜中自己的容貌，回想元帝对自己的宠爱，不由得对镜自羞。

汉元帝人在殿上，可心儿却在西宫阁内。他等不得朝臣散去，就急忙往昭君的宫内走去。元帝认为如今是四时雨露匀，万里江山秀，天下一片太平，文臣武将尽职效忠，就没有什么可忧虑的事了，自己尽可以守着那皓齿星眸的美人安度良宵。

汉元帝觉得王昭君处处可爱，事事相投。

他搜肠刮肚地找词来形容昭君："体态是二十年挑剔就的温柔，姻缘是五百载该拨下的配偶，脸儿有一千般说不尽的风流。她比那落伽山自在无杨柳，见一面得长寿……"

汉元帝正沉浸在幸福之中，不觉已来到西宫阁下。他远远望着昭君的倩影，低声对身边的内官说道："且不要惊动她，待我悄悄地看看。"他蹑手蹑脚地又往前走了几步，出神地看着已换上晚妆的王昭君，更觉天然动人。

此时此刻，西宫阁静悄悄。汉元帝温情地凝视着菱花镜中昭君的姣容，想到了那广寒殿中描不成、画不就的嫦娥。昭君猛然看到镜中凝视自己的天子，忙起身接驾。

四

正在汉元帝匆匆上殿，急急退朝来到西宫阁内和王昭君相会时，呼韩邪派遣的使臣已来到了汉廷。

尚书五鹿充宗、中书令石显礼貌地接待了使臣。当他们拆开呼韩邪单于写给汉元帝的书信，看到是单于点名索要元帝正宠爱有加的王昭君出塞和番的要求时，不禁大吃一惊，二人不敢有误，急忙来到西宫阁求见汉元帝。他们一见汉元帝就说："奏我主得知：如今匈奴呼韩邪单于差使臣前来，说毛延寿畏罪已逃到匈奴，并将昭君娘娘的画像献给呼韩邪。匈奴王就按图像索要昭君娘娘和亲，以息刀兵。不然他将大举南侵，汉朝江山不保啊！"

正沉浸在巨大幸福中的汉元帝一听匈奴单于点名索要他心爱

的昭君，并言辞激烈，威胁之意溢于言表，不禁大怒道："我养兵千日，用兵一时，现在国家有难，哪一位前去领兵退番？"他用希望的目光看着面前的两位国家重臣。

汉元帝失望了，因为五鹿充宗和石显一下子都成了哑巴，不敢再说一句话。

汉元帝愤怒地训斥道："都是些畏刀避箭的怕死鬼，全不去出力报效国家，怎么叫娘娘去和番？"

尚书五鹿充宗开口了："匈奴人说陛下宠昵王嫱，朝政尽废，坏了国家。若不将昭君娘娘给他，匈奴人将兴兵讨伐。臣想古时纣王只为宠爱狐女妲己，致使国破身亡，这是前车之鉴啊！"

"你为什么不说伊尹佐商汤灭夏桀，却偏说那武王伐纣？寡人我又不曾劳力费财为昭君娘娘盖起那直彻云霄的摘星楼！太平时，你乘肥马轻裘，逢人就卖弄你宰相王侯；国家危难时，你却把俺佳人放逐，使她琵琶声断黑江秋？如果有一日你身到黄泉，与那佐高祖定天下的留侯张良相遇，看你羞也不羞？"汉元帝针锋相对地反问。

"陛下，只因咱汉朝兵甲不利，又无猛将敢与匈奴相争，倘若一时疏忽，身家难保！望陛下割爱与他，以救一国生灵之命。"五鹿充宗已少廉寡耻，对汉元帝的厉声责问做冠冕堂皇、软中有硬的回答。

汉元帝看到眼前的状况，深深地叹息道："真是'千军易得，一将难求'啊！想当初，俺先帝创天下时，全凭元帅韩信统率大军征伐，把江山属俺刘家；而今朝廷有难，文臣武将都像箭穿了雁口，没一人敢咳嗽一声。想你们现在一个个庭院深深，穿着歌衫舞袖，唯恐边关有漏，殃及你们家人睡不安稳，就急急要把昭君娘娘送出塞外和番。想娘娘她红妆年幼，和你们一个个有什么杀父母冤仇，如今满朝中都要做毛延寿来陷害她？我啊，空掌着

汉宫秋

满朝文武、中原四百州。"

汉元帝正在思前想后，忽听中书令石显奏道："番使现在宫外等候宣见。"

"罢罢罢！让番使进宫来！"汉元帝无可奈何地说。

匈奴使臣拜见汉元帝后，说道："呼韩邪单于差臣南来奏大汉皇帝：北国与汉朝自来结亲和好，但今曾两次差人求公主做匈奴皇后不成。现在汉臣毛延寿将一美人图献给俺单于。单于特差臣来，单索要昭君为阏氏，以息两国刀兵。陛下如若不从，俺有百万雄兵，即日南侵，以决胜负，伏望圣鉴不错！"

匈奴本为大汉属国之一，但凭其日益强盛，使臣对大汉主说话竟咄咄逼人，汉元帝心中一阵隐痛。但看到自己平时宠信的权臣惶惶恐恐，个个像霜打似的耷拉着脑袋，不得不强压怒火道："先请使臣到驿馆安歇去吧！"

番使去后，汉元帝环顾左右道："你们众文武商议，有好的计策快快献来，可退番兵，免叫昭君娘娘离汉和番。"

元帝说罢，左右仍是鸦雀无声。他接着厉声说道："你们大抵是欺娘娘软善。若当时吕太后在日，一言之出，谁敢违拗！如果像你们这样，以后就不用养着文臣武将，只凭佳人平定天下得了！"

汉元帝说到此处，仍未解心头的郁愤，面对文武大臣，大声骂道："我以为有什么重要事情这么急着忙奏，俺无那鼎锅边滚热油。文臣理应安社稷，武将理该定戈矛。然而你们只会文武班头，山呼万岁，舞蹈扬尘，说那声诚惶顿首！如今阳关道上，昭君出塞；当日未央宫里，女主吕后垂旒，我就不信你们敢胆大地差排吕太后？"

眼前的一桩桩、一件件，都看在昭君眼里，记在昭君心头。在国难当头之际，看着文臣武将一个个苟且偷安，她愤怒；看着汉元帝痛苦不堪、一筹莫展,她心痛……

王昭君思前想后,终于做出了决断。她走到汉元帝面前,郑重说道:"妾蒙陛下厚恩,当效一死,以报陛下。妾情愿和番,除息刀兵,也可留名青史。但妾与陛下闺房之情,也真舍不得啊!"

汉元帝不禁百感交集。他身为堂堂大国之君,喜欢上自己的臣民,却又不能决定她的命运,汉元帝实在难以接受这样一种事实。如今自己心爱的明妃就要远赴异域,嫁给粗壮黝黑、满身膻腥味的单于,弄得她有国难投,元帝怎能不心碎?

但五鹿充宗和石显等众文臣武将贪生怕死,怯懦无能,既不敢率军前去抵御匈奴人,又提不出其他使匈奴退兵的计策,只是力主昭君和番,对汉元帝紧逼不放。汉元帝无可奈何,只好吩咐下去:"你们今日先送明妃到番使歇息的馆驿中,待明日我亲到灞陵桥上为明妃饯别送行。"

"只怕使不得,以惹匈奴人耻笑!"五鹿充宗道貌岸然地劝说道。

汉元帝哽咽了。他用近似恳求的口吻说道:"你们的所言所语,我都依着,我的意思,你们如何不依?"停了一刻,他才又继续道,"明妃此行,永别长安,我与她被生生地扭成了牛郎织女!好歹我要去送一送。"

如此哀绝的话似乎也打动了宰相的心,他沉默了,继而又推责道:"不是臣等强逼娘娘去和番,无奈番主按图索要明妃,况且自古以来因女色败国者甚多。"

"虽然似昭君般成败都皆有,谁似这做天子的官差不自由!"汉元帝感愤万分。胡地八月尽风雪,那么严寒的气候,单薄的昭君能承受吗?饮血茹毛,喝酥吃肉,胡地的生活习惯昭君能适应吗?风沙袭击,到处游牧,瘦弱的昭君能坚持吗?远离故土,栖身异邦,重情重义的昭君会不会憔悴?……汉元帝越想越恨忘恩咬主的禽兽毛延寿,也越抱怨眼前那些一旦朝廷有难就诿过卸责的五鹿充宗等人,他也就越为自己竟不能保全一个爱妃而难过……

王昭君看到与之朝夕相处的汉元帝如此痛苦不堪,也凄楚地说道:"妾身这一去,虽为国家大计,但也舍不得陛下啊!"

一句话,锥子一样刺痛了汉元帝的心。汉元帝悲苦地对昭君说:"你临行时,我折一枝断肠柳,钱一杯送路酒。此一去,你就再也望不见汉室的凤阁龙楼了!"

字字血,声声泪,一对有情人生离死别的场面真是让人心碎肠断……

五

晚秋的灞陵桥头,一树枯黄的叶片在随风飘落,汉宫驿馆中传出的声声匈奴乐曲使人心碎。王昭君被送到匈奴使臣住的驿馆后,孤身一人,凄凉冷落,不免又哀伤起自己的不幸身世和眼前的遭遇。她想起了自己被选入汉宫,被毛延寿点破美人图后十年冷宫的辛酸,想起了自己和元帝短暂的夫妻情浓。如今匈奴人拥兵来索自己,如若不去,又怕江山有失,没奈何只得以国家大计为重,请行出塞和番,但那胡地的风霜,自己单薄的身体又如何消受呢?昭君想到这里,不由自主地垂下了滴滴眼泪,她不明白自己怎么会有这么多的不幸!北宋著名诗人欧阳修的《再和明妃曲》中"红颜胜人多薄命,莫怨春风当自嗟"真是昭君的极好写照!

这时,匈奴乐曲奏得更响了。在匈奴使臣的催促之下,王昭君起身赴灞陵桥头向汉元帝及汉廷群臣辞行。

没想到昭君从驿馆动身之时，汉元帝早已率领众文武来到了灞陵桥畔。他思量着心爱的昭君此时是否已脱下汉宫装，她身着胡服锦貂会是什么样子呢？本是一对金殿鸳鸯，如今遭人无情棒打，就要分飞一方，怎能不让有情人心碎肠断呀？旧恩为什么如此短暂，新恨为什么却要那么长？汉元帝质问苍天。

昭君出塞，已经到了不可挽回的地步。但置身灞陵桥畔的汉元帝心中仍存一线希望。为了昭君能留下来，他已顾不得做帝王的尊严，用近乎央求的口吻向群臣说道："你们再计议计议，看如何能退得番兵，以免昭君出塞和番！"

汉元帝的哀求，并没有打动那些平时恭恭敬敬山呼万岁的群臣的心。他们个个装聋作哑，似乎眼前什么事情也没有发生。

汉元帝彻底绝望了。周围死一般地寂静，唯有那灞陵流水给他更添惆怅，唯有那渭城河边的衰柳为他更助凄凉！

忽然，高亢的北国乐曲响了起来。王昭君身着匈奴服，在匈奴人的前呼后拥下，慢慢来到汉元帝面前。她那芙蓉花一样的凄惨模样，使汉元帝不忍细看。汉元帝悲苦地对群臣说道："你们暂且躲开，让我与明妃饯一杯酒去！"

汉元帝和王昭君的悲恨离愁，全部倾注在这杯酒中，他们的恩爱恋情尽在不言之中！

昭君跪饮，汉元帝急忙上前扶起。他凄楚地对昭君说："昭君，如今分离，天各一方。你今天就再为朕弹一曲琵琶做别吧！"

王昭君含泪点头。值此秋雁南飞、白露铺地、草木摇落、万物萧杀之际，昭君就要一赴绝国，永辞故里，她不禁百感交集，信手弹出一支凄婉悲怆的秋怨曲，那正是后来流传极广的《汉宫秋怨》：

> 秋木萋萋，其叶萎黄。有鸟处山，集于苞桑。养育毛羽，形容生光。既得升云，上游曲房。离宫绝旷，身体摧

藏。志念抑沉，不得颉颃。虽得委食，心有徊徨。我独伊沙，来往变常。翩翩之燕，远集西羌。高山峨峨，河水泱泱。父兮母兮，道里悠长。呜呼哀哉，忧心恻伤。

灞陵桥头，煞时万籁俱寂，只闻琵琶声声响。它时而如泣如诉，时而哀婉悲伤，时而如秋风落叶，时而如雪落黄沙，时而阴风飒飒，时而淫雨绵绵，时而萧杀肃穆，时而万马奔腾。

满腔哀怨，在即将离别之时，一泻而出。昭君肝肠欲断，百感凄恻；汉元帝意夺神骇，心折骨惊。

他们的生离死别，在匈奴使臣的心目中，只不过是一个平常的差事。他们只知道早早带领昭君回去，好得到呼韩邪单于的赏赐，于是不断催促道："请娘娘早行，天色已经很晚了！"

一边是重重别离，一边是归去得忙。王昭君看到这种情状，知道再也不能多待一会儿了，只好深情地对汉元帝说："妾这一去，何时才能再得见陛下？如今，我把汉家衣服都留下吧！"说罢，又吟诗一首：

　　今日汉宫人，
　　明朝胡地妾；
　　忍着主衣裳，
　　为人作春色！

听着昭君如血似泪的每一个字，看着昭君昔日穿过的汉服被无情地放在一边，汉元帝不由得又想起菱花镜中昭君的风流相。他泪眼注视昭君："想那苏武出使匈奴，卧窖吃雪，十九年得以持节还乡。如今娘娘出塞，何年何月才能归来？"

"请娘娘起行吧，臣等已来多时了！"番使又一次高声地催促。

"罢罢罢！明妃你这一去，休怨我怪我。你看我哪里像个大汉皇帝！"

王昭君向汉元帝和送行的大臣们深深地施了一礼,转身登上驷马彩车,跟随呼韩邪的使臣而去……

马车已经走得很远很远了,汉元帝仍觉得那哀婉悲怆的秋怨曲萦耳不绝,他一动不动地站在那里,凝神聆听,细细回味。

尚书五鹿充宗的心愿终于实现了,他心中的一块石头总算落了地,于是淡淡地对汉元帝说:"陛下不必再多挂念了!"

汉元帝一腔怒气,一齐射向这位大臣。他辛辣地讥刺道:"如今我做了别虞姬的楚霸王,但昔日守玉关的征西将都哪里去了?哪里再有保亲定巧计的李左车?哪里再有安社稷送女客的萧丞相?"

顿了一顿,汉元帝又道:"今日国难当头,祸害由娘娘去承当,做男儿的还有什么用场?我是枉养有满朝文武,枉养着那边庭上的铁衣郎!"

只要能安享富贵,只要不去边关征伐,任元帝的言辞如何激愤,讥讽如何辛辣,对于五鹿充宗来说,那不过就是一阵耳边风罢了。他仍然不紧不慢地对汉元帝说:"陛下,您不必再苦想她,不要伤了贵体。"

元帝仍一动不动地站在深秋的灞陵桥头,深情地望着昭君远去的方向,神思恍惚,吟下了千古名曲《梅花酒》:"呀!俺向着这迥野悲凉。草已添黄,兔早迎霜。犬褪得毛苍,人掇起缨枪,马负着行装,车运着馍粮,打猎起围场。他他他,伤心辞汉主;我我我,携手上河梁。他部从入穷荒;我銮舆返咸阳。返咸阳,过宫墙;过宫墙,绕回廊;绕回廊,近椒房;近椒房,月昏黄;月昏黄,夜生凉;夜生凉,泣寒螀;泣寒螀,绿纱窗;绿纱窗,不思量!"

汉元帝深沉地吟着这首曲子。昭君走了,自己回汉宫后该是何等的凄凉!当他吟完"不思量"一句后,觉得仍不能尽情,于是又吟出一曲《收江南》："呀！不思量，除是铁心肠！铁心肠，也愁泪滴千行。美人图今夜挂昭阳，我那里供养，便是我高烧银烛照红妆。"

悲凉、哀绝的吟曲，纵使铁石心肠也落泪，但五鹿充宗等人，却体会不到其中离情别绪的浓烈，他只会唠叨那句话："陛下回朝去吧，娘娘已经去远了。"

是啊，昭君是走远了，她那瘦弱的身子怎能受得了荒漠旅途的艰辛，她那花朵般的模样又怎能经得住北国风沙的袭击？那载满昭君离愁别恨的毡车，是否正吱吱呀呀地在空旷的原野上奔忙？

汉元帝仍沉浸在深深的悲思之中。猛听头顶几声呀呀的雁叫声，才使他从恶梦般的境遇中惊醒过来。严酷的现实汉元帝没法不接受，他在那些文武大臣的簇拥下，游魂似的回宫去了。

六

呼韩邪单于派遣使臣到汉朝求请美人和亲，已去了多日不见回音。当他正焦急地等待之时，忽听得部将禀报：使臣拥王昭君乘坐的毡车已近边关。呼韩邪急忙率众前去迎接。

毡车中的王昭君似乎显得有些疲惫，有些憔悴，但更有一种说不出的动人，说不出的妩媚，比毛延寿所献美人图上的昭君更迷人，更让人爱怜。呼韩邪不禁喜出望外，来不及回到单于庭内，就对他的部将们说："汉朝不弃旧盟，将王昭君与俺番家和亲。我今日就将王昭君封为宁胡阏氏，做我正宫。"

王昭君听到呼韩邪的突如其来的晋封并不动声色，但呼韩邪却难抑兴奋之情。他兴高采烈地对左右说道："众将士，传我号令，立即起行。"

车轮滚滚,马蹄声声,呼韩邪亲率大队人马浩浩荡荡地向北开进。走了一段路程后,王昭君向车外望了望,问番使:"这是什么地面了?"

番使赶忙答道:"这是黑龙江,番汉交界之处;南边属汉家,北边属我番国。"

王昭君听后,心中不禁打了一个寒战,然后慢慢地镇静下来。她转身对呼韩邪单于说道:"大王,请借我一杯酒,让我望南浇奠,辞了汉家,就可北行而去。"

正处在高度兴奋状态的单于,面对自己爱之不及的美人,还有什么样的要求不能答应呢?他亲手端酒,昭君接过,静静地来到江边,她望着滔滔的江水,生离死别、新仇旧恨,历历往事一齐涌向心头。她双腿慢慢地跪下,对着南方深情地拜了三拜,然后高举起酒杯,庄重地把酒洒向大地,洒向江流,对天长叹道:"汉朝皇帝,故土亲人,我今生已经完了啊!再见尚待来生了!"

王昭君说罢,扑通一声跳进了黑龙江内。翻滚的波涛带走了昭君一腔遗恨,也吞噬了一朵稀世之花!

呼韩邪单于万万没有料到事情会弄到这种地步。看到昭君纵身跳江,他惊呼抢救,但终归无济于事。极度的悲哀占据了他的整个身心。他环顾左右,惋惜地叹道:"嗨!可惜!可惜!昭君不肯入番,投江而死。罢罢罢!就将她埋葬在黑龙江边,墓冢要精心修建!"

埋葬了昭君,一向豪爽的单于也变得忧郁深沉了。昭君那美丽的面孔时常出现在他的脑海,但那只不过是一个美好的梦,他遗憾,他痛苦,他愤怒,而制造这场悲剧的罪魁祸首正是毛延寿!呼韩邪单于镇静有力地对他的将士说:"我想来,人也死了,枉与汉朝结下这段仇怨,这都是毛延寿那个东西搬弄出来的。众将士,立即将毛延寿拿下,解送汉朝处治!我依旧与汉朝结和,永为甥舅，却不是好？"

众勇士领命去了。呼韩邪勒马伫立黑龙江畔，南望汉地，回首北国莽原，心情再也不能平静。回想起事情的起末以及毛延寿的无耻行径，无限感慨地吟道："则为他丹青画误了昭君，背汉主暗地私奔；将美人图又来诱我，要索取昭君和亲。岂知她投江而死，空落得一见销魂。似这等奸邪逆贼，留着他终是祸根，不如送他去汉朝哈喇（蒙古语，杀的意思），依还的昔日礼，两国长存！"

吟罢，呼韩邪又意犹未尽地望了望滚滚的江水，扫兴而归。

七

自从汉元帝在灞陵桥头痛别王昭君之后，百日之内不设朝问政。在一个秋风萧瑟的夜晚，他坐在冷落的后宫内，无限忧伤。他思念昭君不得相托，想忘掉昭君但昭君的影子在他的脑际里又一刻不肯离去。

他怏怏地站起身来，恭恭敬敬地把昭君的画像挂在墙上。他望着这幅多难的美人图，昔日的景象又浮现在眼前。也就在这个地方，那时正值春风得意百花争艳的季节，他踏着皎洁的月光，随着悠扬的琵琶声，遇到了似天仙般的王昭君。眼下人去境迁，宫深人静，宝殿生凉，枕席单薄，一炉香将尽，只有一点寒灯照射着墙上的美人图，这一切让元帝更觉悲凉。

汉元帝呆呆地凝视着画像中的王昭君，不知过了几个时辰，后来脑中昏昏，觉得有些睡意袭人，便有气无力地对内官说道："小黄门，你看炉香快要尽了，再添上些香。一时困倦，我也要睡些儿。"

汉元帝刚刚入睡，就梦见王昭君到匈奴后，偷偷逃回汉宫。

昭君一看到他，就大声说道："陛下，妾身王嫱自北番逃回来了！"汉元帝十分惊喜，还未来得及答话，番兵就已经追到汉宫了。眼看王昭君就要被番兵捉住，汉元帝突然被惊醒。他懵懵懂懂地说道："刚才见明妃回来了，怎么一下子就不见了？"

"莫不是我老眼昏花，刚才看见的是图像中的昭君？怪不得寡人唤她，她却不来灯前答应！"汉元帝疑虑不已。

高唐梦，苦难成。慢慢清醒过来的汉元帝逐渐明白了刚才与昭君相会是在梦境，但他仍遗憾没有一觉到天明，做得个团圆梦。

醒后的汉元帝再也无法入睡了。他徘徊于宫门前的回廊，猛听得一只失群的孤雁在头顶叫了两三声，这在孤寂的深夜听起来格外揪心。汉元帝抬头对着那只大雁说："你的叫声凄厉，怎知道这里更有个人孤苦伶仃！"

那只孤雁好像通了灵性，只见它在空中盘旋了一圈，又飞到汉宫的上空哀鸣不止。

极度忧伤的汉元帝，听着大雁的哀鸣关切地问道："大雁大雁，你这样哀鸣不停是为什么？是不是秋令高，食水少，筋力短，毛骨轻？是不是待要南飞，又愁江南网罗宽；待要回去，又怕塞北雕弓硬？"

汉元帝对大雁设身处地地发问，愈激发了他内心郁积已久的忧伤："大雁啊大雁，为什么你的伤思似替出塞的昭君思念汉主？你的哀怨似唱着《薤露》的葬歌哭送自杀的田横？为什么你的凄怆似西楚霸王项羽携虞姬对和半夜四面楚歌响，你的悲切似反复吟唱离别的《阳关令》？"

凄厉的雁声又回荡在汉宫六院。

"大雁啊，大雁！你这泼毛团的叫声好凄楚啊！"汉元帝由悲转怒地自叹道："我本来神思不宁，又添你这个冤家缠定。你盘旋在深夜的汉宫上空,叫得慢一会儿,紧一声儿,更打动我灞陵桥头的离情;使我心碎泪横,肠断寒更!"

"我本来与明妃幽会在梦境,你偏偏把我叫醒。让我孤独一人,对影生情。即使是远离故土的明妃薄命,若不是你这个冤家哀鸣,我也耳根清静。"汉元帝抱怨大雁,但又觉得它是同声相应。他的极度悲苦辛酸,无以言表。

内官看到此情,对汉元帝说道:"陛下少烦恼,以贵体为重!"

内官的劝说,不但没有使汉元帝减少烦恼,而且又触动了他内心深处的苦痛。他转而对内官发泄道:"你怎么知道,那凄厉的雁声不比那雕梁燕语、庭树莺鸣,怎不叫我又生愁情!叹昭君离乡背井,知她在何处饮恨屈生?怎能让我不烦恼啊!"

呆滞的内官并没有真正听懂汉元帝的话,却又引来了雁鸣长空。

暮秋寒更,萧萧落叶声,烛暗长门静。汉元帝徘徊殿前,面对苍穹,听孤雁一声儿泣血,一声儿悲鸣,是别恨,暗添白发成哀病;是离愁,直思得他如痴似呆劝不省。

汉元帝深宫一夜,可谓如度三秋!

五鹿充宗等文武百官,自昭君出塞和番之后,觉得边塞宁静,天下太平,整日花天酒地,醉生梦死。

有一天,刚刚朝罢,呼韩邪单于又派来使臣在殿外求见。

五鹿充宗问明番使来由,急急地跑到后宫,向汉元帝奏道:"今日早朝散后,匈奴派遣使臣绑送毛延寿来朝,说他叛国败盟,挑起汉匈祸衅,明妃当时行至汉匈交界,已投江自尽,所以情愿两国讲和。伏候圣旨。"

汉元帝当听到心爱的王昭君不幸自尽的噩耗时,神色骤变。他欲哭无泪,欲言喉哽。他停了片刻,然后悲切地下旨道:"罢罢罢！既已如此，便将逆臣贼子毛延寿斩首，祭献明妃，并在光禄寺大摆筵席，犒赏来使，然后送他们回去罢了。"

有诗叹道：

叶落深宫夜叫时，
梦回孤枕夜相思；
虽然青冢人何在，
还为娥眉斩画师。

（张中良 改写）

琵琶记

[元] 高明 撰

"洞房花烛夜，金榜题名时。"作为人生最为美好的时刻，不知令多少封建时代的士大夫梦绕魂牵，孜孜以求。然而东汉著名的文学家、书法家蔡邕那流传千古、感人至深的家庭悲剧却正是由他的状元及第而拉开序幕的……

一

东汉灵帝建宁元年（168年），初春时节，河南陈留郡蔡家庄一深巷朱门内，眉清目秀的少主人蔡邕（字伯喈）为庆贺父亲蔡员外八十岁的生日大摆寿筵。眼下庭院中贴红挂绿、寿联高悬，宾朋满座，祝福声声。蔡员外和老夫人蔡婆身着吉服坐在大堂正中，笑容满面地接受来宾的贺庆；少夫人赵五娘满面春风，不停地为客人斟酒上菜；蔡邕更是喜不自胜，来回穿梭于人群之中，应酬不暇。

"祝老员外身体健康！"有的说。

"祝老员外寿比南山，福如东海！"有的说。

"说到福气，我看谁也比不上这蔡家二老。儿子是才高八斗，学富五车，娶个媳妇又是这般美貌贤淑，真是有造化啊！"左邻的马员外称赞道。

"是啊,"右舍的张太公也马上附和,"蔡公子沉酣六籍,贯串百家,早已成为咱们陈留郡头名饱学书生。从礼乐名物,到诗赋词章,皆能穷其妙;由阴阳星历,至声音术数,靡不得其精,真是令人艳羡啊!对了,蔡员外,今年正是大比之年,怎不让少公子前去京城应试?相信他定能冠压群儒,一举夺魁的!"

张太公的话恰似一石激起千层浪。蔡员外那舒展的眉毛渐渐地皱了起来,叹道:"是啊,昨日郡中有吏前来辟召,要孩儿上京取应。我也唯愿他早日脱白挂绿,金章紫绶。不料此儿心无大志,着实令我伤心!"

坐在一旁的蔡婆脾气最是急躁,闻言插嘴道:"员外不必犯愁,孩儿不想去就算了。想咱们都已年过八旬,土已埋住了脖子,还能和儿子一起再欢聚几年?为什么还非求什么金章紫绶呢?依我看,如能早一日'孙枝荣秀',那比什么都强多了。"

蔡员外正欲反驳,蔡婆怒目相向,众目睽睽之下,他只好暂且隐忍不发。

看到父母又为自己的事争执起来,站在一旁的蔡邕顿时心乱如麻,暗忖道:"人生在世,安乐最贵,为什么非要求名图利呢?如今父母寿高体康,妻子貌德兼备,自己才名远扬,家境虽不算太富,但也衣食不愁,全家人厮守一起共享天伦,其乐融融,不是很好吗?怎奈父亲如此执迷仕进……"但念及正当父亲高寿之日,他也不愿多辩,只道:"孩儿欲远离,实因爹妈高年在堂,无人侍奉。如今父母不必多争,容孩儿仔细计较再定!"

蔡邕的话合情合理,于是,大家都把话题岔开,大堂上重又响起了喝酒碰杯之声。

光阴如梭,转眼间试期已渐渐逼近。蔡员外、张太公不由得旧话重提,又不厌其烦地劝说蔡邕早日登程。张太公耐心说道:"公子,如今黄榜招贤,试期已逼;郡中既然辟召你,你的学问又好，还是快快动身吧！"

蔡邕赶快辩道："太公，小生还是不去为妥。父母年老，我正当行孝之时，怎能独自远游？虽新娶一个娘子，方才二月，实无法撑持门户！"

蔡公道："孩儿此言差矣！难道那些春闱里的大儒，都是没爹娘的才去的吗？"

张太公也劝说道："秀才，男子汉应当有凌云志气，你此回不去，不是干费了十载青灯，枉捱过半世黄齑？还是不要固执了吧！"

蔡婆一旁开了口："唉，太公，你难道不知，我家又没有七子八婿，如何去得？"

蔡公不以为然："你怎么说这种话？难道今天上京赴选的，家中都有七子八婿吗？"

蔡婆闻言生气道："老贼！你如今已是眼又昏，耳又聋，又走不动路。你叫他去后，倘若有个差池，那时叫谁照看你？恐怕没饭吃就得饿死你，没衣穿就得冻死你，你知道吗？"

"你懂什么？"蔡公挨了老伴一顿抢白，立即反唇相驳，"孩儿此去赴考，如若能得个一官半职，也可改换门庭，为何不叫他去？"

蔡邕心中叫苦不迭，只得从中劝解道："爹爹！母亲！你们休要争吵。非是孩儿不听父命，实是万不得已……"

没等蔡邕说完，蔡公就气愤地打断了他的话头："你不必说了，你意我最清楚！你无非是恋着被窝里的恩爱，舍不得远离家乡。说来你也是读书人，怎不想想那古代圣人大禹与涂山氏结婚四日便出门治水。你如今已毕婚两月，怎还如此贪恋春情？"

张太公笑道："秀才，你如一味贪图鸳侣守着凤帏，只怕会误了你的锦绣前程啊！"

"太公,卑人怎敢!只是存心尽孝而已……"蔡邕红着脸急辩。

"畜牲!"蔡公脸色已变得十分难看,"我叫你去赴选,也只是要改换门闾,光显祖宗。你竟七推八阻,不从吾命!还口口声声说要尽孝?殊不知,孝者,始于事亲,中于事君,终于立身。头发肌肤,受之父母,要注意保护,这便是孝之始。立身行道,扬名万世,以显父母,这才是孝之终致。你如果做得了官,替父母扬了名,这不是大孝是什么?"

蔡公越说越激动,张太公一旁不住点头称是。蔡邕见状,只好沉默不语。

蔡婆一旁红了眼圈:"太公,你们都劝我孩儿去赴选,我倒有个故事讲给你们听。在先东村李员外家有个孩儿,也读了些书。他爹爹每日闹吵,只是叫孩儿去求官,孩儿吃不过爹爹闹吵,就去了长安,在那里无人抬举,他就流落到街上乞食。有一天他见个平章宰相,就急忙跪在地上拜求,要宰相抬举他。那宰相对他说:好吧,我就让你做个养济院的大使,去管你爹娘。这孩儿谢了恩,内心思忖道:做个养济院大使,如何管得了自己的爹娘?等到他回家,不想他父母因无人供养,已流落在养济院居住。他父母见孩子回来,还说当初让孩儿去求官是对的,今日孩儿做了个头目,众人也不敢再欺负俺了。如今,张太公你们都劝我的孩儿去赴选,也千万要他做个养济院的头目回来,众人也就不敢欺负我了。"说完,她就哽咽着进了里屋。

众人苦笑。蔡公再次催道:"孩儿,不要听你母亲瞎说,快趁早收拾行李起程罢!"

事已至此,蔡邕只得点头答应,只是仍不放心道:"只是孩儿去后,父母年老,却叫谁看管?"

古道热肠的张太公一旁满口应承:"公子,常言道千钱买邻,八百买舍。老汉既然为邻居,你但放心前去,若是宅上有些小欠缺,老汉自应承应。"

蔡邕再也无法推托,只得抱拳谢了太公,答应马上收拾行李,即刻起程。

蔡邕低头闷闷地回到那仍贴着双喜的新房,却见妻子赵五娘正坐床头,双眼红肿,泪珠盈盈。此时此刻,五娘心中充满了痛苦:想到自己嫁与蔡家两个月来,本父母康宁,夫妻和顺,如今公公却偏偏要丈夫去应举,岂不是要生生拆散一对恩爱夫妻吗?她想去和公公说理,但又怕公公说她"迷恋丈夫,不贤",而最是孝敬的丈夫能拗得过固执的公公吗?……正担心间,五娘一见回屋的丈夫满脸沮丧,心中顿时冰凉如雪,她知道自己试图躲避的事情就要变成现实了。

"娘子,你怨我吗?"蔡邕走到床前,执了五娘双手,深情问道。

"你这一去,你我六十日的夫妻恩爱、八十岁的父母都不放在心上,教我如何不怨!"五娘泪水成行。

"娘子,上京赶考,本非我意,只是高堂不听分剖之词,我又如何是好?娘子,双亲年高,我这一去,还望你多多孝敬老人,饥时加餐,寒时加衣。"蔡邕悲凄地嘱咐道。

知书达理的赵五娘见事情再也无法改变,只得含泪点头。然后,她无声地为丈夫准备行李,默默地送丈夫上路。

常言道:人生自古伤别离,更何况别离的又是赵五娘和蔡邕这一对新婚刚两个月的年少夫妻!穿桃林,过柳溪,五娘含着泪水送了一程又一程,蔡邕更是黯然无语心欲摧。就这样,两人难分难舍地来到了南浦。

赵五娘含情脉脉地凝视着蔡邕,哽咽地说:"官人,事到如今,奴也不多怨你,只望你试期一过,早着归鞭。无论得官与否,莫要被路边的野花迷住,更莫恋十里红楼的娉婷……"

蔡邕深情地拉住妻手道:"娘子,我去后,你要宽心等待。卑人有父母在堂,岂敢久恋他乡?娘子不必多送了!"

蔡邕终于无奈地告别妻子,一步三回首地走了。赵五娘却像一尊凝立的塑像,一动不动地站在那里,任泪水无声地流淌……

二

蔡邕自从告别了父母和妻子后,一路忧忧郁郁地朝京城洛阳赶来。千里跋涉的困顿,思乡情浓的折磨,使得他整日眉头常锁,心神不定。终于来到了京城,蔡邕就寻一僻静的客栈住下,迫不及待地等候试期的到来。他只希望早日完试,好重踏归程。

终于到了应试之日。礼部试场内聚集着各地赶来的举子五百多人,真是人才如云,俊杰如雨。铁面无私的主试官别出心裁,连考三场。第一场考对联,第二场考猜谜,第三场考唱曲。结果,三场下来,蔡邕才冠群儒,独占鳌头,当场就被主试官点为第一甲头名状元。虽无心插柳,但柳已成荫,蔡邕脸上不禁显出了兴奋之色。

状元及第,蔡邕遂脱了白衣,换了冠带,并顶带花翎,佩上绶带。刚随试官入朝谢了皇恩,又骑马去赴杏园春宴……一霎时,蔡邕名扬京城,成了人们巷尾街头议论的中心人物,好得意,好威风,也好令人羡慕。蔡邕自己也感叹不已,试前试后,自己的地位竟有天壤之别,昔日做梦都不想的事情如今竟变成了现实,多少书生十年寒窗难道不就是为了这些吗?

然而,蔡邕手端美酒,听着纷纷而来的颂词赞语,看着那带着媚笑的一张张笑脸,心头却别有一番滋味。他想起了他那远在千里之外的双亲和爱妻。此时自己在此狂欢,而那年已八旬的二老又该是多么的寂寞,那娴静端庄的妻子又该是多么的孤单啊!想到这里,蔡邕再也难以咽下眼前的一杯杯香醪美酒,只恨自己不能插上翅膀飞到亲人的身边。

然而,既已入了宦海,况且又是煊赫一时的状元郎,莫说是自己的命运,就连自己的喜怒哀乐也将不能由己了。宦海犹如一张巨大的网,已将蔡邕这只小鸟罩在了里边,不管他是多么地渴望自由。果然,就在他被钦点为议郎官后,一件出乎他意料的事情发生了。

且说当朝有个势压朝班、威倾京国的牛丞相。他夫人早逝,膝下只有一女。这牛小姐今年已长到十八岁,仪容娇媚,体态幽闲。虽然生在富贵之家,却自小喜欢针线女红,琴棋书画,小小年纪,美貌贤淑之名,已是满城尽知。女孩子到了这个年龄,上门求婚的络绎不绝,今天不是张尚书的公子,明天就是李枢密的少爷,怎奈爱女心切的牛丞相百般挑剔,一个也不中意,他只想给女儿招赘一个才华出众的状元郎。

由于牛丞相早有此心,因此,才貌双全的蔡邕中了状元后,牛丞相便一心一意想招他为婿。恰巧这时,关心牛小姐婚事的皇帝,又主动愿意主婚。于是,牛丞相就让院子和官媒到蔡状元那里去说媒,并说事成后重重有赏。

官媒领旨后欣喜万分,她认为这份美差是轻而易举之事。是啊,此事一来是奉当今圣旨,谁敢抗旨不遵呢?二来托的是丞相的威名,谁不愿攀附呢?三来小姐才貌兼全,人所共知,谁不愿跟这样的小姐共结连理呢!看来这桩婚事确实是板上钉钉,十分牢靠的了。

官媒和院子兴冲冲地来到蔡状元住处。这时蔡邕正临窗独自嗟叹:想当初为父母所强,来京赴选,谁想逗留在此,竟不能归。虽占了鳌头,享了富贵,但终非己愿。奈万山阻隔,连个音信也不可捎。如今不知父母平安否？田园荒芜否？自己虽有意上表辞官，又不知圣意如何。唉，真好似和针吞却线，刺人肠肚系人心！蔡邕正自悲苦，听报说牛丞相差使来到，只得起身迎接。

院子开口道："状元相公，今日小人是奉了相爷之命，给您道喜来了！"

蔡邕听后一惊："在下离家万里，天涯飘零，又是初入仕途，凡事俱须老丞相指点，不知何喜之有？"

院子接口道："昨天老相爷上朝之时，皇上问起我家小姐的婚事，我家老爷说不曾婚配。皇上说既然尚未婚配，如今新科状元蔡邕，好人品，好才学，朕便与你主婚，把他招赘为婿，你意下如何。老相爷听后大喜，现在皇上已降下圣旨，要招你为牛家的乘龙快婿。如今我两人就是奉天子之洪恩，领太师之严命，特与状元谐一佳偶来了。"院子伶牙俐齿，滔滔不绝。

蔡邕听在耳中，急在心头，忙道："这……千万使不得……"

"状元，小姐生得可是十分美貌，你错过了可要后悔的！"官媒油腔滑舌。

蔡邕急辩道："我……我不是这个意思，只因蔡邕家有八旬双亲，二月结发妻子，不敢受此大恩。"

"状元，牛丞相势压朝班，威倾京国，你与他作对，只怕日子难过吧！况又有圣旨在此，难道是可以违逆的吗？"院子见软的不行，又用威胁的口吻道。

"唉，事已至此，院子不必多说。待我明日上表辞官，一并辞婚便是！"蔡邕无奈地说。

却说牛丞相打发官媒走后，就在家中静候佳音。想到自己位极人臣，女儿又将嫁个有才有貌、闻名天下的状元郎，心中十分得意。是啊，自己时时牵挂的大事就要办妥，也可以无愧于九泉之下的夫人了。

正寻思间，院子和官媒已悻悻而归。相爷开口问道："你俩回来了，事情如何？"

"唉，小人奉相爷之命前去说亲，不想那蔡状元道家中有垂白之父母，年少之妻房，不敢再受此大恩，请老相爷另择佳婿。还说待明日早朝上表，要辞了官辞了婚就回家去！"院子如实禀报。

什么？小小状元郎竟敢辞婚？唯吾独尊的牛丞相闻言不禁大怒。他想：难道我相府的门第比不上他状元的名头？难道我相府的千金比不上他的糟糠之妻？想当初，多少皇亲国戚、公子少爷前来求婚，我都不允，谁想到一个书生竟如此不识抬举、不明事理！这事情要是传出去，我的名声会如何？小姐的名声更是如何？……哼，还说什么明天要去皇上那里上表，我就不会先奏知？到时候看看是状元郎厉害还是丞相厉害！嘿，只怕你到时是辞官不成，辞婚也休想！骄横自负的牛丞相为了达到招赘状元郎为婿的目的，决心要一意孤行下去。

牛小姐知道蔡状元拒婚的消息后，心中自然有些失望。但她是个知书达理的名门淑媛，深知强人所难是不会得到美满姻缘的。她对父亲的蛮横做法虽深为不满，但身为女孩子家，哪好开口，只是心中埋怨不停。

三

第二天一早，夜色未阑，残星未散，辗转一夜未合眼的蔡邕就起床来到了皇宫，心中想好了一千条理由，单等皇帝早朝时上表辞官。

五更的寒气，逼得他瑟瑟发抖；不尽的夜色，更使他心急火燎。终于太阳渐渐升起来了，蔡邕赶忙重整了衣冠，怀着极大的希望来午门外拜见执掌奏事的黄门官。

"蔡状元,来得好早啊,不知有何急事奏给皇上?"黄门官开口问道。

"臣蔡邕,面奏皇上,只因要拜还紫诰。"蔡邕平静地回答。

"什么?你要辞官?!状元,你莫不是嫌官小吧?"黄门官有些吃惊。

"唉,臣岂敢嫌官小?怎奈家乡万里遥远,双亲老迈。只望吾皇施恩,放臣归田,万乞恩准。"说着,蔡邕就欲下跪。

黄门官忙止道:"状元,我乃黄门官,执掌奏事,不是皇上!状元有什么文表,就在此披宣吧!"

这时,蔡邕才意识到自己的失态。他苦笑一下,打开早已写好的奏表,向黄门官披宣起来。

蔡邕在奏表中,一一陈述了自己辞官辞婚的缘由,字字含情,句句真切,感情十分真挚。当他说到"况臣亲老,一从别后,光阴又几。庐舍田园,荒芜久矣"时,已是声音哽咽,泪水涟涟了。

黄门官听后同情地劝慰道:"双亲在堂,自然有人侍奉,状元不必过于忧虑。"

"臣之亲老,鬓发斑白,筋力羸瘵。而臣又形只影单,无一弟兄,谁来侍奉双亲呢?"蔡邕说完又哭了起来。

黄门官又劝道:"状元!圣上亲自为你作主,又是与太师联姻,这也是奇遇啊!"

"不告父母,怎谐匹配?臣又听得,家乡里遭了大旱,遇了饥荒。每思量臣的双亲,会不会已做了沟渠之鬼,也不可知,怎不叫臣悲伤泪垂?"蔡邕哭得更厉害了。

黄门官慌忙劝阻着说:"状元,此地不是哭泣之处,不得惊动天子!"

蔡邕止了止泪，恳求道："臣享厚禄，挂朱紫，唯念二亲寒无衣，饥无食。敢烦大人转呈陛下，遣臣归乡，得侍双亲，隆恩无比！"

"好吧！状元可在此等候，我这就转呈皇上。"黄门官感动了，携了奏表，转身离去。

黄门走了，蔡邕静静地伫立在那里，等候消息。此时，他心中波涛起伏，难以平静。圣意会允吗？苍天保佑！蔡邕不禁祈祷起来。

过了一会儿，见黄门捧了圣旨同两个昭容一起出来了，蔡邕心中怦怦乱跳，自己能否和爹娘相会，都在这遭了。他惶惶恐恐地迎了上去。

"唉，圣上看了奏表，说牛太师昨天已先奏，把你招为乘龙快婿了。"黄门官开了口。

"什么？黄门大人，你莫不是哄我？这怎么可能？"蔡邕陡地吃了一惊。

"圣旨到，跪听宣读！"二昭容齐声道，"皇帝诏曰：孝道虽大，终于事君；王事多艰，岂遑报父！朕以谅德，嗣缵丕基。眷兹警动之风，未遂雍熙之化。爰招俊髦，以辅不逮。兹尔才学，允惬舆情。是用擢居议论之司，以求绳纠之益。尔当恪守乃职，勿有固辞。其所议婚姻事，可曲从师相之请，以成桃夭之化。钦予是命，裕汝乃心。钦此。"

听完圣旨，蔡邕脑中"嗡"的一声，只觉天昏地暗，整个身子也好像掉到了冰窖中阵阵发冷。绝望之余，他再次恳求黄门转呈皇上，允他辞官辞婚。黄门官摇着头说："咳，你这状元好不晓事，圣旨谁敢违背？"于是，蔡邕也就不再哀求了，他明白再哀求也无济于事了。

蔡邕懵懵懂懂地转身离开。他的心中痛苦不堪：和牛氏完婚，妻子怎不怨他薄情？居京不返，双亲怎不骂他不孝？然而真龙天子的金口已开，他一个小小的议郎官又怎敢抗旨不从呢？罢罢罢，看来只有先答应下这门婚事，然后再图归计了……

牛府要招赘状元郎了，这消息不胫而走，传遍京城。合婚那天，牛府上下张灯结彩，喜气洋洋。城中权贵，都提着重礼前来，想趁机攀附牛丞相。一下子，牛府门前车水马龙，偌大的相府也被围得水泄不通。牛丞相身着红袍，得意扬扬地接受着人们的拜贺。

而状元馆的蔡邕却是愁容满面，如坐针毡。他虽早已听说牛小姐有才有貌，性情娴淑，举止端庄，但他的心已经给了家乡的赵五娘了呀！临行前妻子含着泪水叮咛他的话语又响在耳边。蔡邕浑身一震，心中对五娘哭诉："娘子啊娘子，不是我蔡邕薄情寡义，不是我喜新厌旧，更不是我有意负你，只是丞相权大，圣旨难违啊！蔡邕一入官场，怎就受到如此名缰利锁的摧挫？！娘子，你怨我吗？"

正悲伤不已，牛府派来招亲的人已吹吹打打地进了状元馆。蔡邕心中更是一紧。他麻木地听凭一大群妇人为他更衣梳洗，然后拥上花轿，被抬到了牛府。

婚礼开始了。蔡邕痴呆地接过别人递给他的赤绳，不过绳的那头拉的是牛小姐而不是赵五娘。至于来宾是如何喝彩，如何称颂，牛丞相是如何得意，新娘又是如何美丽，他都好像没有看到，没有听到……

四

再说赵五娘自从在南浦与丈夫洒泪别离以后，无时无刻不沉浸在巨大的思念之中。她本出身于陈留的小康之家，针线女红虽懂一二，但更喜欢琴棋书画，尤其是那一张琵琶，更让她心迷神醉。想丈夫在家时，自己拨弦，丈夫吟诗，极言琴瑟之欢，而今孤单单地剩她一人守着空房，对着冷衾寒帐，重情重义的五娘怎不悲伤嗟怨！但五娘毕竟是个知书达礼之人，既为人妇，她对自己年迈的公公婆婆还是悉心照顾，不计劳苦。

花谢了，暑退了，风凉了，望穿秋水的五娘非但没有盼回丈夫，而且连个报安的音信也没得到。她焦虑，她肠断，她伤感；莫不是丈夫腰金衣紫，就忘了荆钗与裙布？莫不是他迷恋十里红楼的娉婷？莫不是他贪享京城里的富贵？莫不是客途罹病？五娘百思不得其解，一日憔悴一日。

然而祸不单行。就在赵五娘被相思苦折磨得死去活来的时候，偏偏陈留郡又遇到了一场罕见的大饥荒。贤慧善良的赵五娘带着满腔的凄苦和委屈，毅然用自己娇小的身躯担负起了全家的生活重担。

灾荒是愈来愈严重了，蔡家眼看就要缺餐短顿。蔡婆常常旧事重提，一天到晚和蔡公口角闲争不断。蔡婆老是埋怨蔡公当初不该让孩儿赶考，蔡公也不服气礼让。只苦了贤慧的五娘，既要操持家务，侍奉二老，又要调解公公、婆婆的争吵。

一天，赵五娘忙完里里外外，已经是疲惫不堪，她刚坐下喘口粗气，就又听到邻屋传来一高一低的吵骂声。她知道公公婆婆又争吵了，就赶快跑了过去。

这边，蔡公和蔡婆已经争得面红耳赤。脾气暴躁的蔡婆正扯住蔡公的耳朵骂道："老贼！以前你抵死让孩子出去赴选，今日没有饭吃，他便做了状元，又济你什么事？若是现在孩儿在家，也不会如此狼狈。如今冻得你好，饿得你好，你这个老不死的！"

蔡公气愤地说："你这老乞婆！你不该整天埋怨我。难道我是神仙，会知道今日有此饥荒？这年头，谁家不忍饥受饿，谁像你埋怨不休？罢罢，反正饥荒也是死，被你埋怨也是死，不如就死了吧！"说着，蔡公便要往墙上撞去。

五娘忙冲过去，一把拉住公公，劝道："公公、婆婆请息怒，听奴家说几句。当初公公教孩儿出去时节，不知今日有大饥荒，婆婆不要再怨公公。今日婆婆见这般饥荒，孩子又不在眼前，心下焦躁，公公也体谅些婆婆。如二老闲争下去，让别人知道了，还认为是媳妇的差池。"说着，她就流下了眼泪。

蔡婆见状叹了口气道："媳妇，孩儿他一日不回，我就担忧一日。况且眼下又受饿难受。"

"伯喈是暂时离家，总有一日会回来的。至于眼下饥荒，奴家还有一些随嫁的钗梳首饰，待典当后换些粮米，以充公婆一时口食。婆婆请宽心，宁可饿死奴家，决不会让公公婆婆落后乡邻！"

有感于儿媳的至孝之心，蔡公蔡婆终于不再争吵了。然而天灾之下，五娘典当衣物换回的粮食又能维持多久呢？眼见得又要吃了上顿没下顿，五娘心里非常难过。最后，她只得不顾"妇人家不出闺门"的明训，含羞忍泪，抛头露面去请赈粮。

来到粮仓时，五娘看见面黄饥瘦的乡民已排了一长队，她只好站在了后面，好不容易轮到了她，粮官却报告说稻米全已赈完。五娘叫声好命苦，眼泪就刷刷地流了下来。差役见了，忙过来安慰，五娘哭诉说："若没粮，奴也不敢回家了。因我那八十多岁的公公婆婆已经挨饿几天了，今天天一亮就催奴家来领粮。现在我若空着手回去，如何向二老交代？！"

差役听她说得凄切，甚是同情。恰此时，有人举报仓中稻米不足数，是里正偷盗回去养老婆孩儿了。差役当即吩咐抓来里正，要他赔偿。

里正被抓来后，本抵赖不认，后听差役老爷发令用刑，只得从实招了,并从家中极不情愿地挑了几石稻米赔偿。

五娘总算领到了赈粮,她感慨万千地转身走了。那迁怒于她的里正却顿生邪念:"由你半路去,我好歹与你夺了回来。"

果然,五娘走到半途,里正突然蹿出,恶声恶气道:"蔡家媳妇,快把稻子还我,万事全休!"

五娘着实吃了一惊,忙分辩:"呀!这是我分得的粮食,如何还你?"

"哼,方才不是你哭个不休,官吏如何会要我赔偿?这是我卖老小家私的,你如何拿去?"说着,里正就要动手去抢。

五娘死死拉住不放,哀求道:"里正官人,你就饶了奴家吧!这可是我公公婆婆两个人的命呀!您要不允,奴家情愿拿身上的衣服来换。"说着,她就要脱外衣。

里正贼眼一转,假惺惺道:"不要不要,你身上也冷。念你一片孝心,我不要了,你去吧!"

五娘忙道了谢,转身就走。谁知她刚一转身,里正乘机一脚就把五娘踢倒,抢起米袋就跑。

五娘倒在地上,看着已经跑远的里正,一时悲从中来,放声大哭。她寻思如此空手回家,公公婆婆定是活不成了,待丈夫回来自己又如何向他交代?倒不如自己先投井死了的好……

赵五娘想到这里,决心以死来表达自己的悲愤——她含着泪水,一步一步地朝井边走去……

但是,当五娘走到井前时,忽然又想起丈夫临走时的托付,想起了饥饿中的公公婆婆从此将无人侍奉,形单影孤,赵五娘犹豫了。

这时,蔡公因见儿媳久去未归,正好沿途找寻到这里。五娘一时不及躲避,赶忙抹了眼泪,上前相见。

"儿媳,你如今怎么却在这里?领到粮食没有?"蔡公关切地问道。

五娘未及言语,泪已先流:"公公,奴家请了些稻子,到半途之中,却被里正抢了去。"

闻言,蔡公百感交集。他既恨恃强欺弱的里正,又后悔当初不该逼儿子赶考,使得五娘受此苦楚。他想到既然没领到粮米,家中值钱的东西都又卖光了,饿死估计只是早晚的事。左右是死,何不早一日死,免得再拖累孝顺的媳妇。想着,他嘱托儿媳好生养活婆婆,就要跳井自尽。

五娘见状忙上前拖住公公,哭劝道:"公公,您千万保重!您要去了,那还让儿媳依靠谁呀!"赵五娘已是泣不成声。

公媳俩正在井边哭叹,这时张太公挑着谷子恰好走过这里,见此情景,忙过来询问。五娘又哭着把里正抢粮的事说了一遍。

张太公义愤填膺,劝道:"里正那奸贼,越发霸道了!唉,五娘,请粮之事怎不事先与我商量,却自家出去,被那狂徒欺侮?蔡员外,你也不须忧愁,我也请得些官粮,和你分一半吧!"

"这是太公的,如何使得?"赵五娘急忙推辞。

"怎说这话?五娘啊,当初你夫出去,把爹娘嘱托与老夫!今荒年饥岁,还亏你独自支撑啊!"张太公恳切言道。

五娘和蔡公听了,十分感激太公的大义。真是饥时得一口,强似饱时得一斗。

五

蔡邕辞官不得,辞婚不能,被迫成为当朝声威赫赫的牛丞相的乘龙快婿后,虽享受着牛府无尽的荣华富贵和牛小姐的脉脉温情,那紧锁的眉却始终皱着,他的心是苦的。

转眼到了秋凉时节,牛府的荷池里荷叶亭亭,清香四溢。

晚饭后，蔡邕闲着无事，思亲心绪悠悠，于是便让书童摆焦尾琴于花园中，自己弹琴解闷。

牛小姐闻琴而来。"相公，原来在此操琴啊！"她兴奋地说。

"夫人，我当此秋凉，在此弹琴消遣！"蔡邕回答。

"奴家久闻相公长于音乐，如何来此以后，丝竹之音杳然绝响？今日难得相公有此佳兴，奴家斗胆请再操一曲，相公肯否？"牛小姐期望之情溢于言表。

"弹什么曲好呢？我弹一曲《雉朝飞》如何？"

"这是无妻的曲，不好！"牛小姐不悦道。

"那就弹《孤鸾寡鹄》吧！"

"两个夫妻正团圆，说什么孤寡？"牛小姐愠怒了。

"那就为夫人弹一曲《风入松》吧！"蔡邕慌忙改口。

"这个却好！"

蔡邕坐在琴前，十指挥动，叮叮咚咚地弹了起来。

"不对！相公，你怎么弹起《思旧引》了？"

蔡邕惊了一下，开始重弹。

"怎么又错了？"牛小姐怒道，"相公，奴家开始请你弹琴，你推三阻四，尽挑些不吉利的曲子来搪塞奴家。刚才先弹的是《思旧引》，这个曲牌竟是《别鹤怨》，还说是什么《风入松》。敢是相公以为奴家不识音律，故意戏弄奴家不成？"

"夫人言重了，蔡邕岂有此心！只是这弦不中用。"蔡邕满脸惶恐。

"这琴弦怎的不中用？"牛小姐委屈地问。

"我用惯了旧弦，这是新弦，我弹不惯。"

"旧弦在哪里？"

"旧弦撇下多时了！"

"为何撇下？"

"只因这新弦。"

"相公何不撇了新弦,用那旧弦?"

"夫人,我心里岂不想那旧弦,只是新弦又撇不下!"蔡邕话中有话。自他和相府牛小姐成婚后,整天就生活在这种矛盾痛苦之中。

但沉浸在新婚之乐的牛小姐哪知道丈夫心中深处的痛苦,她继续追问:"你新弦既撇不下,还思量那旧弦做什么?我看你是心不在焉,敷衍于我。相公,你敢是变了心吗?还是认为我不是你那听弦的知音?"

"夫人,我并无此意……"蔡邕正欲再辩,看到牛小姐已负气离亭,只好默然作罢。

坦诚地讲,蔡邕确有敷衍之意,因他心中想的是南浦离别时五娘那纤纤素手,那颊上颤动着的晶莹的泪珠,那充满哀怨和期待的眼神;他想的是爱儿心切的父母为自己曾有的几多争吵;他想的是如今的大饥荒中,八旬的父母能否捱过艰难的岁月;他想的是父亲逼试、皇上逼官、丞相逼婚的种种痛楚。的确,他心中的苦痛太多了,哪还有心思给夫人弹奏那欢快的曲子?他只希望找个知心人能一倾心中的苦水。他曾想到把自己的苦恼和忧虑告诉牛氏,但一想到她那刚愎自用、性情倨傲的父亲,就只得欲言又止。

万般无奈之下,蔡邕只得托一个名叫李旺的院子打听些家乡的消息。

忽一日李旺来报,说是有一陈留郡人,自称带有状元的家书。蔡邕喜出望外,忙出来迎接。

但他哪里想到,他的所谓同乡只是一个江湖大骗子。当他探到相府里的蔡状元家在陈留,尚有父母在堂,娇妻守房,就认准这是一个发财的机会。再加上他常在陈留郡走动,又熟悉当地口音,于是就假扮状元同乡之人,伪造状元家书一封,以便骗些钱财。

蔡邕正是思乡心切,哪加细察!当他读到家书上写着"幸得爹娘和媳妇,各保安康无祸危"时,真有些乐不可支。当即,他就兴冲冲地写了一封回信,亲备了一些金银,交与来人,托他带回陈留,交与自己的双亲。

怎奈,可恶的骗子一出相府之门,便撕了蔡邕的书信,只揣着银子逍遥去了。

六

陈留古城,一片荒凉景象。街上冷冷清清,两边虽偶而有些乞丐行走,但走着走着倒在地上就再也起不来了。

蔡家已经是好几天上顿不接下顿了,五娘心中急切如焚。看着受煎熬愈来愈不耐烦的二老和自己愈来愈干瘦的身子,她不禁又埋怨起不丰稔的年岁和一走不回的夫婿,于是只觉得珠泪难尽,愁绪难解,痛身难持,时荒难挨。虽想一死了之,但为了替丈夫行孝,照顾公婆,也只得苟延残喘。

一日,她好不容易将就做点早饭,就请公公婆婆出来享用。

"可有什么下饭的吗?"婆婆坐在桌边皱眉问道。

"没有。"五娘怯生生地回答。

"贱人,前日早膳还有些下饭的,怎的今日就只剩一口淡饭了?再过几日,恐怕连淡饭也没有了!不吃了,抬下去吧!"心烦意乱的蔡婆发了怒。

五娘含着眼泪退了下去。

蔡公忙安慰蔡婆道:"唉,这般时月,胡乱吃一口充饥算了,还分什么好歹?"

"你少啰唆！难道你没有看到，这几天一到吃饭时候，媳妇就推说吃过，回自己屋里去？我猜她是背着我们吃好东西！"蔡婆心有所疑。

"阿婆，休要错疑了，我看媳妇不是这种人！她近来越发脸儿黄瘦骨如柴了！"蔡公满脸惶惑。

"不用闲争，只待她自吃的时节，我和你暗地里去探一探，不就知道了？"蔡婆说道。

又一日，五娘打发公婆吃饭后，又躲回了自己屋中。她用手拢了拢零乱的头发，就从怀中掏出一把米糠，艰难地咀嚼起来。她吃糠忍饥已有好几天了，为了不让公公婆婆见了伤心，便背着二老暗地里吃。

"媳妇，你在这里吃什么？"公婆突然破门而入。

"奴家不曾吃什么！"五娘边说边把手往后藏。

"哼，拿出来看看！"蔡婆上前夺了过来，"媳妇，这是什么？"她一下子愣住了。

"那是米糠！"五娘含泪低声答道。

"唉，这是猪狗之食，你怎么能吃？媳妇，我原来是错怨你了，真是痛杀我了！"蔡婆悔恨地哭了起来。

"二老不用伤心，媳妇本就是你孩儿的糟糠妻室。"五娘忙安慰。

看到媳妇如此通情达理，年事已高的蔡婆更是愧疚，一口气没上来，竟然一头闷倒在地。

五娘哭天呼地，但蔡婆那双带着悔恨泪水的老眼再也没能睁开。五娘在邻居张太公的周济之下，含泪在南山安葬了自己的婆婆。

可是，"屋漏偏逢连阴雨"，婆婆死后，公公又病重在床，日子一时更加难熬。

赵五娘费尽心机，好不容易才赊回一些药来，每日精心煎熬，一口药一口粥地侍奉着重病的公公。

一日，五娘又煎好了药，扶公公起床。但蔡公无论如何也不吃。他老泪纵横地说："媳妇，你吃糠，却教我吃药，我怎吃得下？我宁可早些死了，也不能再连累你了！"

五娘哭劝道："公公，奴身不足惜。您可要宽心，这药您还是快吃了吧！"

蔡公摆了摆手，气喘着道："媳妇，我死又何妨，只怨孩儿不在家，全为难了你。只恨我当初逼他去赶考，把你如此相误。媳妇，我命已不久，待我死后，你不必将我的骨头埋在土里……"

五娘惊异地问道："公公，您百岁后，不埋在土里，却放在哪里？"

蔡公含着泪叹气道："如此全家惨象，都怪我当初一时糊涂造成。我甘受折磨，死后任凭尸骸暴露。"

五娘哭着阻止："公公，您休要这样说，岂不被人笑话。"

蔡公悲愤道："媳妇啊，你不知，我尸骸暴露，旁人只会说蔡邕不葬亲父，不会笑话你的……媳妇，我看来是不行了，快去请张太公过来。"

五娘哭着出门，恰张太公过来探望蔡公病情。蔡公见了张太公，挣扎着坐起来，流着泪说："太公，你来得正好！我不济事了，毕竟是个死。我凭你为证，写个遗嘱给我媳妇收执，我死后，教她休要守孝，早早改嫁便是了。"

"公公，奴家生是蔡郎妻，死是蔡郎妇，千万休写。"五娘哭着阻拦。

"媳妇，你千辛万苦，是我耽误了你。你不嫁人，身衣口食，如何张罗？唉，罢罢罢，都是当初我活活拆散了你夫妻。我如今死了,终不能再让你空守灵帏!"

"公公严命,奴非敢违。只是儿媳一鞍一马,誓无他志!"五娘坚决地说。

不料,五娘为蔡邕守节的决心立时又勾起了蔡公对儿子一去不归的满腔怒火。他拿起自己的拐杖,郑重地交给张太公,愤愤道:"张太公,我凭你为证,留下这条拐杖!待我那不孝儿子回来,替我把他打出家门。"说完,蔡公便气晕了过去。

此后不久,蔡公又撇下了五娘,含恨离世。

赵五娘心如刀绞。她看着家徒四壁,以何来作棺送之用呢?虽然张太公热心帮助,但人家刚刚助埋了婆婆,况荒年饥岁的,他自家生活都已窘迫不堪,自己又怎好再次开口相求呢?但也总不能让公公暴尸于野呀?实无他法,五娘想起自己所剩的只有一头乌黑的头发,或许剪下后能卖几个钱,她便决定祝发买葬。

可是,当五娘拿起剪刀时,她的手又不禁颤抖起来。是啊,虽然自己的头发没有富贵女子那样的珠围翠拥兰麝熏,但毕竟伴随她度过了近二十载的日日夜夜,她怎能不爱发如命呢?如今却要剪却满头青丝,棺送白头公公,想不到这头发竟沦为此用!唉,如果当初早些披剃入空门,做个尼姑,也不会有今日的艰辛!只可恨薄幸的结发丈夫一走了之,把如此天大的灾难留给她一人承受……五娘既悲且怨又感叹,但眼前的现实又使她别无选择,她流着眼泪,咬着牙关,毅然剪去了自己又黑又长的头发。

赵五娘手捧头发,来到冷落萧条的市面上,沿街喊着叫卖,但从早上一直到了晚上,从后街又转到了前街,五娘手中的头发竟无一人问一声。试想,在这饥荒的岁月里,人们连草根树皮都抢着吃,谁会花钱买这无用的香云?五娘又急又累又饿,终于跌倒在长街上。

这时,幸好张太公寻她到此,见状忙上前扶起。听五娘讲完祝发买葬的经过，太公感动得热泪盈眶。他反躬自责，说五娘受此苦楚，实是他照顾不周的罪过。他再一次减缩全家口食，助五娘葬父之资，把蔡公尸首敛入灵柩之中，抬到了南山，和蔡婆合葬。

五娘感激涕零。但灵柩既抬到了山中，总不免还要筑个坟台吧！刚强的五娘这次说什么也不愿再麻烦张太公，她便一人在山上十指当锄，麻裙包土，独造坟茔。纤纤的十指划破了，鲜血染红了黄土。头顶上的太阳西落，空寂的山上阴森可怖。五娘却因困顿已极，倒在山坡上睡着了。

传说是五娘的至孝感动了玉帝，他便派当山土地神助孝妇造坟。反正五娘醒来的时候，公公的坟茔已经筑好。高高的土堆，四周植满松柏。五娘又惊又喜。

既安葬了公婆，孤单一人的五娘便决心要去洛阳寻找不归的丈夫。为了路上不致饿死，她又拿出了自己搁置多日的琵琶。准备停当，五娘辞了张太公等乡亲，就踏上了她那怀抱琵琶、千里寻夫的艰难旅程。

七

却说蔡邕在牛府中，愁闷相伴，度日维艰。

又是个中秋佳节，看月色皎洁，月光融融，牛小姐邀相公陪她去花园赏月。牛小姐兴冲冲道："相公，你看玉楼金气卷霞绡，云浪空光澄澈。丹桂飘香清思爽，人在瑶台银阙。果然今夜好月色啊！"

倍思亲人的蔡邕听言，却轻叹一声道："唉，只可惜月圆人不圆！"

牛小姐闻言十分扫兴，冷冷问道："相公，你自来我家，不明不暗,如醉如痴,整日忧闷,究竟为何?是少了你吃的,还是少了你穿的?"

蔡邕摇头否认。

"莫不是嫌我父亲性情乖戾?"

"不是!"

"莫不是嫌妾没有服侍好?"

"不是!"

"莫不是绣屏前少了十二钗?"

"不是!"

"敢情是秦楼楚馆之中有了意中人?"

"也不是!"

蔡邕再次断然否定后,决定一吐心中积闷,他于是对牛小姐解释道:"今晚既蒙夫人追问,蔡邕只好以实相告。多日里愁眉不展,只因思念家乡八十岁父母和二月贤妻……"当下,蔡邕就将自己被逼入京、辞官不成、辞婚不许、家乡饥荒等事说了一遍。伤心之处,性情中的他自又流下许多泪来。

牛氏听后百感交集,怨、愁、悲、喜、恨、爱一齐涌上心头。她红着眼睛悠悠地说:"原来如此!相公,我和你共枕同衾,你还瞒我为何?明日我去对爹爹说说,和你同归家乡就是了。"

没想到牛氏如此贤淑,蔡邕十分感动。不过他又有些担心:"你爹爹如何肯放我回去?"

"相公你不必忧虑,我自有道理,不由我爹爹不从!"牛氏安慰道。

次日一早,牛小姐来到父亲书房,问了早安,即把蔡邕的心事如实禀告,并表示要陪丈夫回乡探望公婆。

果然如蔡邕所料,牛丞相听后勃然大怒:"啊,我乃紫阁名公,你是香闺艳质,何必顾那糟糠妇?岂能事那田舍翁?休听你夫之言，唯有从父之命！"

牛小姐不满道："爹居相位，怎说出如此伤风败俗、毫无道理的话？不是女儿家痴迷，已嫁从夫，怎违公议？"

"你这妮子，竟敢将言语来顶撞我！我不让你去，岂是害你不成？"牛丞相怒气冲冲。

"爹爹，不是女儿顶撞父亲，只因女儿罪孽太重。误蔡郎父母的，是女儿；误蔡郎娇妻的，是女儿；使蔡郎背上负心薄幸之名的，也是女儿。爹爹如不同意，那女儿就难有面目存世！"说着，牛小姐就哭了起来。

牛丞相一见掌上明珠寻死觅活，顿时慌了神，再加上作为一国太师，不能不考虑声誉和影响，他只得让步道："女儿莫哭。爹爹倒想得一法，不如现就派院子李旺，到陈留去把蔡邕的家人请来，一同居住。既让佳婿尽了孝道，咱们父女又不分离，岂不很好吗？"

牛氏听了，转怒为喜，连声说好。

八

再说赵五娘安葬了公公婆婆后，就抱着琵琶离开了陈留。她念几年间和公婆厮守，不忍一旦撇舍，就自描双亲真容一轴，随身背着，时时祭奠。一路上赵五娘登高履险，宿露餐风，历尽千辛万苦，终于赶到了洛阳。

这一天，洛阳弥陀寺中开了一个无碍道场，不论贫富男女，凡是荐悼双亲的，保安自己的，都可以来这里聚会。赵五娘得此消息，就早早地来寺一角，挂了双亲真容，拨起怀中琵琶，唱出劝人行孝的曲子。她想就此抄化几文钱钞，追荐那死去的公公婆婆。

没想到正弹唱间，寺中突然冲进几个如虎似狼的公差，说是有贵人要来礼佛，众人都要回避。五娘慌乱躲避不及，没能收了公婆的真容，就被当差的一把拉出了寺外。

原来，这来寺礼佛的"贵人"正是蔡邕。他担心双亲来京路上生病生灾，故特来求佛祖保佑。进得寺门，差人交给他一幅画轴，说得刚才拾得的，无人认领，他也就不大注意收了过去。

那五娘因丢了双亲真容，转回寺来寻找不见，正自着急，听有人议论刚才来的是蔡状元时，内心不禁陡地一紧。

"敢问师傅，这蔡状元唤什么名字？是何方人氏？"她急问寺中一和尚。

"女施主有所不知，这蔡状元唤作蔡邕，字伯喈，据说是陈留郡人。如今是皇上面前红人，又是牛丞相的乘龙快婿。"

"是他，是他，是丈夫，是蔡郎，我终于找到了……"过度激动的赵五娘几乎要晕倒在地。平静下来后，赵五娘遂决定寻街问巷径到相府去和丈夫相会。

"如今我人老珠黄，破衣烂衫，蔡郎他会相认吗？牛小姐能相容吗？"五娘的心中又生出种种疑虑……

九

第二天一早，五娘扮作乞丐来到了相府。牛小姐正欲找个精细妇人侍候即将到来的公婆，就收她住下了。为图吉利，她吩咐五娘不要一身白缟，改穿绸缎。

没想到五娘坚决回绝："小奴有一十二年大孝在身，所以不敢换！"

"呀，大孝不过三年，如何会有一十二年之说？"牛氏奇道。

"奴才公公死了三年，婆婆死了三年，薄幸丈夫留京不归，替他再戴六年，不正是一十二年吗？"五娘回答。

"唉，世上有如此孝妇，怪不得如此清瘦，却不知你公公婆婆是如何死的？"牛氏同情地问。

五娘悲从中来，当下就把丈夫入京不返，公公婆婆饥荒中相继丧生，自己糠糟自食、祝发买葬、麻裙包土、千里寻夫诸事一一讲了。

牛小姐大为感动，她走上前去扶住泪流不止的五娘，哽咽道："你我都是苦命之人。你侍奉公婆，孝感天地；我羁留丈夫，被人咒骂。"

"小姐何出此言？"五娘不解地问。

牛小姐长叹一声，也把她丈夫辞官不成、辞婚不许，招赘入相府后，愁眉不展，苦思八旬父母、二月娇妻，如今已派人前去接应家人之事讲给了五娘。

五娘听了牛小姐的一番话后，便知对蔡邕的诸般怨恨是冤枉了他，心中一阵潮涌。她试探着向牛氏："你那夫君原有妻房，要是接来了，将来怕不相和啊！"

"如她来到，我情愿居小，只是不知她旅途是何等辛苦！"牛小姐面露关心之色。

五娘再也不能抑制自己了。她拉着牛氏的手颤声道："小姐，我便是蔡伯喈的结发妻子赵五娘……"

"什么？姐姐……咱俩的命好苦啊！"当下两人就哭着抱在了一起。

停了一会儿，牛氏唯恐丈夫回府后不认满脸憔悴的五娘，就出谋让她先到伯喈的书房留几句言语，以打动他的心。

五娘计从。当来到丈夫书房，看到丢失的双亲遗容果然挂在那里，五娘不禁百感交集，信手在公婆的画像背面写了一首诗：

> 昆山有良璧，郁郁玙璠姿。
> 嗟彼一点瑕，掩此连城瑜。
> 人生非孔颜，名节鲜不亏。
> 拙哉西河守，胡不如皋鱼？
> 宋弘既以义，黄允何其愚！
> 风木有余恨，连理无旁枝。
> 寄语青云客，慎勿乖天彝。

题完之后，赵五娘便在牛小姐的指点下离开了书房……

却说蔡伯喈谢朝之后，一回相府，即到书房中读书。看看案头上放的《论语》、《春秋》等典籍，句句讲的都是忠孝节义，心中刀扎般地难受。猛一抬头看到了在寺中拾到的画轴，不禁又拿在手中端详。他总朦朦胧胧地感觉到画上的两位老人神似自己的双亲，但看到那蓬乱的头发、焦黄的脸色、哀愁的双眉、褴褛的衣衫，他就又摇头否认。忽然，他发现了画像背后有一首诗，读了之后，便觉锋芒在背，如坐针毡。他急急唤过自己的夫人，问道："谁人曾到我书房来过？"

牛小姐看了丈夫一眼，故意答道："不曾有人来过！"

蔡邕十分费解："我昨日去寺中烧香，拾到一轴画像，什么人在其背后题了一首诗？"

"敢是原来就有吧！"牛小姐不动声色。

"哪里是？你看这墨迹尚未干呢？"蔡邕面带急容。

"既是这样，这诗又写的什么？请相公与奴家讲讲。"

蔡邕点头后，指着诗道："唉，这诗中的字字句句都是讽刺我的！夫人你看，'昆山有良璧，郁郁玙璠姿。嗟彼一点瑕，掩此连城瑜'，说是昆山这地方产得好玉，价值连城，若有些儿瑕疵，便不贵重了。'人生非孔颜，名节鲜不亏'，说的是像孔子、颜回这样的大圣人，德行完美，而大凡凡人皆有缺点。唉，这几句话分明在讥刺我节行有亏啊!"

看牛小姐在静静地听,蔡邕又接着讲道:"'拙哉西河守,胡不如皋鱼'中的西河守指战国魏文侯时的吴起,母死不奔丧;皋鱼是春秋时人,他周游列国之时,父母在家里死了,他回家之后,便自刎而死。这两句自然是讥讽我不养父母。'宋弘既以义,黄允何其愚',宋弘是本朝光武时人,光武帝要把姐姐湖阳公主嫁给他,他说'贫贱之交不可忘,糟糠之妻不下堂',誓死不从;黄允是桓帝时人,司徒袁隗要把侄女嫁给他,他就休了前妻,娶了袁女。这两个相反的故事又分明讥我撇了五娘与小姐成婚之事。至于后几句,也是教人夫妻忠贞,勿违天伦……"

听丈夫滔滔不绝地讲完,牛小姐趁机问道:"相公,你说那不奔丧的和那自刎的,哪一个孝道?"

"自然是那个不奔丧的吴起乱道!"

"那不弃前妻的和休了妻求娶的,又哪一个正道?"牛小姐又问。

"当然是休妻求娶的乱道!"

"相公,话虽这么说,可比如你现今是腰金衣紫,富贵无比,做你媳妇的也应是大家闺秀,俊俏媚娇。假如原有糟糠之妇,衣衫褴褛,面目憔悴,不也是辱没了你!想你也必是休了她!"牛小姐把话引入正题,故意用话来激。

蔡邕听后动怒道:"夫人,你说哪里话?纵是她丑陋无比,终是我的妻房,义不可绝!"

"果真?"牛小姐含笑反问。

"果真!"蔡状元回答得义无反顾。

"那好,你看她是谁?"牛小姐当即掀了门帘,里面坐着一个破衣烂衫、泪眼汪汪的妇人!

"五娘,我的娘子,你怎么到此?"虽然五娘已和原来判若两人,但状元还是一下子就认了出来,他惊呆了!

见五娘哭而不答,破袄衣衫尽是素缟,蔡邕又猛地打了个寒战,急忙问道:"娘子,我那爹娘呢?莫不是他们……他们性命不保?"

五娘含泪点头。她指着蔡邕案上的画轴道:"这就是二老双亲!"接着,她又泣不成声地将丈夫离乡后,家乡如何遭灾,双亲如何苦盼儿归,而后相继含恨离世,自己如何祝发买葬、麻裙包土、自造坟茔等事重诉了一遍。

蔡伯喈早已悲痛欲绝,听五娘讲完,他大叫一声,便昏倒在地。好不容易牛小姐和五娘才把他唤醒,他又双手捧着二老的真容声泪俱下地哭个不停:"爹娘啊!蔡邕不孝,竟把父母这般相抛,真痛杀我了……"他又跪在五娘脚下哭道:"五娘,你为我受尽烦恼,你为我历尽艰劳,谢你葬我爹、葬我娘,你的恩情我蔡邕永生难报……"

牛小姐见状一旁流泪不止。她手扶蔡邕,哽咽着说:"相公,是我误你爹,误你娘,误你名为不孝。不如明天就上辞官表,贱妾情愿随夫君同回陈留,祭扫双亲坟茔!"

蔡邕甚是感激。第二天,他同牛小姐双双跪请牛丞相答应,又得皇上允许,便带了仆人,乘着马车,离开了京城,朝着久违的陈留故里行进……

做了官的蔡邕终于衣锦还乡了!蔡公生前的愿望终于实现了!如蔡公地下有知,不知会有何感受——欣慰、自豪,抑或悔恨、懊恼?

(远征 改写)

精忠旗

[明]冯梦龙 撰

公元12世纪初叶，日益强盛的大金政权兴兵灭辽后，就把进攻的目标直接指向了宋朝。金兀尤率领他的金戈铁马势如破竹，陷宋京城，掳宋二帝，大有席卷全国之势。在此民族危亡关头，南宋大将岳飞不畏生死，率军抵抗，有效地阻止了金兵马蹄的南进。然而就在他收复失地，精忠报国，试图重整旧山河的关键时刻，坚持和金"通好"的丞相秦桧却连发十二道金牌，命岳飞班师回京临安，并设下圈套，以"莫须有"的罪名残酷地杀害了岳飞。可怜这位民族英雄没能战死沙场，却成了本民族"窝里斗"的牺牲品。于是，历史用它沉重的笔墨，写出了一桩令人心颤的千古奇事、千古冤闻……

一

岳飞，字鹏举，北宋汤阴（今属河南）人。他出身行伍，精通兵法，最讲气节，眼下正在天下兵马副元帅宗泽部下任职。

这天正是初一，岳飞吩咐家中苍头备设祭礼，准备祭奠曾教他学射的师傅周同。自恩师病逝后，每逢初一、十五，岳飞是定要亲自祭奠一番的，这已形成了习惯。

一缕缕香烟升起来了，岳飞表情严肃地洒酒跪拜，昔日恩师教导他的情景不禁又浮现在面前。岳飞愁绪满怀地长叹一声道:"恩师啊,您临终前教导学生要尽忠报国的话,学生怎敢忘记!而今金兵竟敢入犯我大宋王朝,掠我土地,陷我城池,看来学生出力的日子到了!愿恩师九泉之下佑我尽扫胡尘,重补金瓯!只是不知为何,迟迟不见朝廷征敌御旨,虽叫牙将张宪前去打听,也音信全无,怎不叫学生忧心如焚?刚又听报,那金兵锐气正盛,已逼近京师,这可如何是好……"

祭奠完毕,岳飞闷闷不乐地在院中徘徊,忽报副将张宪已回。岳飞惊喜,忙请张宪入书房坐下,迫不及待地询问京城消息。没想到张宪未及开口,却泪已先流,他呆呆地望着岳飞,把"京城已陷,二帝被掳"的消息说了一遍。这消息不啻晴天霹雳,让岳飞震惊了。

岳飞虽为五尺男儿,也不禁为国家遭此大变而失声痛哭道:"我那圣上啊,是谁贻此大祸与您?只因文臣爱钱,武臣惜命,以至如此。这怎叫人不埋怨满朝的文和武!"停了一会儿,岳飞又悲愤地对张宪道:"张宪,请把战刀拿来,在我背上深深地刻上'尽忠报国'四字!"说着,岳飞一下子就脱了战袍,袒露出他那古铜色的坚强的脊梁。

张宪犹豫地说:"这……小人不敢,怕老爷疼痛!"

岳飞怒道:"唉!我岳飞死且不惧,还怕什么肌肤痛楚,快拿刀吧!"

张宪辩道:"老爷固然立志报国,何苦忍此痛楚?"

岳飞解释:"张宪,你看如今满朝为臣子者,都是面前媚主,背后忘君。我今刻此四字在背上,不仅明我心志,也要唤醒那些忘君背主者的良知!"

张宪含泪点头:"既如此,小人就大胆动手了!"于是,他手中的刀重重地刺落下去,顿时殷红的鲜血夹着张宪的泪水一串串地滚过了岳飞的脊背。

一笔一画,张宪的手不禁微微有些颤抖,好不容易才把"尽忠报国"四个字刻完,岳飞又命他趁鲜血未干,在那上面涂上墨汁,谓之"涅背"。随后,岳飞又吩咐张宪道:"张宪,你快去副元帅营前打听,他若兴师勤王,我们愿助一臂之力!"

张宪领命去了,屋里又恢复了死一般的沉寂,岳飞一言不发地坐在那里,仍沉浸在极度悲痛之中。这时,岳飞"涅背"一事已传至后宅,岳夫人急忙带着长子岳云、女儿银瓶一起来了。岳夫人心疼地说:"相公,为何在背上刻了四字,以损肌肤?"

岳飞不禁又悲从中来,慨然道:"夫人有所不知,如今那金人已攻陷京师,二帝都被他们拘留,难道我能与他善罢干休不成?"

岳夫人等闻言大惊失色,岳云、银瓶兄妹坚决支持父亲抗金的态度。对此,岳夫人却不免想得多些。她忧心忡忡地劝告岳飞:"相公,尽忠两字谈何容易?如果忠臣都能够真心出力,国家也到不了今天这个局面!岂不闻有道则见,无道则隐。我看相公您该效法晋处士陶渊明,却不是身名两全,忠智兼尽?"

岳飞摇头道:"如今国家正当用人之时,我怎能撒手不管,归隐山林?唉,自生下来,老天就没给俺岳飞避凶趋吉的肠肚!"岳云、银瓶也于一旁极力附合!

岳夫人长叹一声道:"唉!你们只想匡扶社稷,根本不想明哲保身。眼见满朝奸佞,怎容你忠臣尽力?自古道:飞鸟尽,良弓藏。只怕是根本就不让猎鸟啊!"

岳飞正欲再辩,张宪恰从宗泽元帅处归来。岳飞即令夫人、孩儿回避。岳夫人感慨道:"真是疾风知劲草,国乱见忠臣啊!"

岳飞这时忙问张宪道:"打听勤王一事怎么样了?"

张宪叹道:"宗泽老爷约了三路总兵勤王,怎奈那三人闭门不管窗前月,还说宗老爷非狂即愚。宗老爷无人相助,进兵不得,也是眼睁睁地无计谋。"

岳飞闻之,仰天长叹:"真真是无权有志苦难伸,忍见君王受艰辛。"

二

且说金兵攻陷北宋都城汴京后,就把宋徽宗、宋钦宗二帝掳至军营中,百般凌辱。昔日宋帝的宫眷或者大臣的妻女,稍有些姿色的,也都被逼成了金兀术四太子的婢妾,只得朝夕谨慎服侍。

金兀术四太子望着这些特别的战利品,十分得意,但转念一想,脸上的笑容慢慢凝固:"是啊,我大金军旅虽已杀得宋家京城瓦解,二帝蒙尘,怎奈那康王却僻处临安,手下的猛将仍砺齿磨牙,犹思一奋;文臣也呕心吮血献计献策,看来南宋那半拉河山,还不是朝夕之间能归俺掌管的。我眼下须采取两手策略,一面举兵南入,一面通和讲好。每年让他们敬献千百万两金银,长此以往,那南宋国库空虚,如人害中消病的,不久自然灭亡。对了,那随来的南官儿当中有个叫秦桧的,一向主和,不如就放他回朝,做个内应。只是他的妻子王氏,近来常常同我有枕席之乐,这又如何割舍得了?"金兀术皱了皱眉,嗟叹道:"唉,既为国家大事,也就顾不得这个私情了!左右,传令下去,召那秦桧进来!"

秦桧听得金兀术亲召自己,急忙入帐。他奴颜卑膝,曲意逢迎。当听到金兀术有放他南归的意思,更是主动表示回去以后定将促使南宋朝廷议和投降。金兀术大喜,就特赠秦桧明珠一颗,黄金千两。秦桧谢恩而去。

秦桧回到了南宋都城临安，假称是路上寻机杀却了监军，九死一生，才逃回本国的。昏庸的高宗竟对秦桧的一派花言巧语深信不疑，不久就又宠以丞相重位。但他哪里知道这是在自己的大本营埋下了一颗加速其自身灭亡的种子啊！

三

却说岳飞在家中，空怀尽忠报国的凌云壮志，却迟迟接不到出征迎敌的旨令，坐卧不安，十分心焦。一天他和夫人在书房闲坐，长叹道："夫人，想俺岳飞行伍出身，屡立战功，累迁官任，食邑千户，可称得上官已尊禄已厚矣。今二帝被那胡人掳去，尚无还期。我身受国恩，志存灭敌，怎奈奸臣秦桧自那北庭回朝，力倡和议，圣上宠信，拜他丞相之位。眼见得大功不遂，壮志难酬，如之奈何？"

岳夫人也叹道："相公，你平生忠义，我所素知，但事已至此，只好耐心等待。倒不知那随掳的后宫妃嫔如何？想已不似以前光景了！"

岳飞道："夫人，你还不知，闻得那些官眷宫人，今在北方食不蔽腹，衣不充体，好不苦楚！"说到此，岳飞看到夫人今日穿了一件绸衣，便劝夫人道："主忧臣辱，你还是把那绸缎衣服换下来吧！我既怀二帝之忧，夫人亦须念二宫之苦。"

岳夫人点头从命，当即卸去罗衫，洗去脂粉，布衣荆钗，与岳飞一起为国分忧。

夫妻俩正要续谈，忽听门外传来一太监的尖声："圣旨到，岳飞听旨！"

岳夫人回避，岳飞急忙整装出迎，跪接圣旨。原来因为金兵背约再侵，甚是猖獗，宋高宗虽属意秦桧"通和为上"的奏议，但也有自己的看法，他想派重兵抵抗一阵，挫挫金兵的锐气，然后再以战求和，想那金兀术也就不敢太小视南宋了。主意已定，连发诏书，特封岳飞为少保兼河南北诸路招讨使，命其即日出兵抗金。

日日厉兵秣马、急欲抗金的岳飞一听征讨金军的圣旨，不禁十分欢喜，随即召集精兵强将组为岳家将，封长子岳云为前部先锋，拜别夫人儿女，星驰前线。

经过几日的颠簸之后，岳飞虽然风尘仆仆，但仍精神饱满地站在操练台上，看着台下队队排列整齐的雄兵猛将，十分激动。他慷慨激昂地晓谕部下："众将士听言，寻常用兵必见胜负，今日胜负不比寻常！我们脚踏一块地，头顶一片天，何处能逃脱朝廷名分？穿一领衣，吃一口饭，都要思主上的深恩！"岳飞强忍一下即将夺眶而出的泪水，接着道："如今都城已破，二帝被掳，此仇不共戴天！譬如讲，父母被人家辱骂一场，必思报仇；自己被人打了一顿，也思回拳。今二圣就是父母，这羞耻比那被殴辱更甚万倍！想那昔日伍子胥孤身一人，尚报父怨；谢娥深闺弱质，计杀仇人。难道我们众好汉反不如红颜女子？就是拼了性命，也要报此国家大仇！"

元帅的一番忠义之言，将士们十分感动，群情激愤，士气极盛！

岳飞见状，趁机宣布军纪，晓以军令，然后命众将士身披铠甲，骑马演练。正操练间，不料岳云马蹄跌地，自己也被摔在了地上。岳飞一见怒道："平时不肯操习，前临大敌岂不误了大事！来人，给我绑出辕门斩首示众！"众将领一听，一齐跪下求情。岳飞哪肯饶恕，道："如今赴战在即，比不得平常操练，快与我斩讫报来！"

众将士闻言，齐齐死谏道："元帅必欲行刑，小将等情愿代替！"

岳飞无奈，叹一口气道："既然众将苦苦讨饶，姑免死罪，发军政司捆打一百军棍！"

岳云被发了下去。岳飞再一次肃令军纪，众将士继续操练。这时把门的前来通报，说四川宣抚使吴老爷前日来访，念岳元帅军中冷落，特花二千吊钱买一美女，服侍元帅。岳飞闻言微微一笑，摇头谢绝："国耻君仇在身，俺岳飞怎敢贪恋婷婷美姬！多拜你家老爷，美人还是快领回去吧！"

岳飞拒纳美女，众将士愈加钦敬，念及当时是誓师之日，就捧了酒杯相劝。岳飞当即宣布开始戒酒："平日吾不辞数斗，今蒙皇上亲谕征战，从此不再饮酒，除非直捣黄龙府，方可共群英痛饮！"

四

岳飞、岳云父子上前线征敌去了，却把无尽的思念担忧留给了全家。岳夫人、银瓶小姐日夜留心战事的进展；又见奸佞盈廷，内外扦格，主和呼声日高，更是愁眉难舒。银瓶暗恨自己是一个女流，不能像兄长一样随父出征，虽时时想起花木兰替父从军、缇萦写书天子救父的壮举，可惜也无法效尤。正感叹间，银瓶灵机一动：对了，自己何不一针一线，亲手为爹爹绣一领战袍、一面战旗，以表达忠孝之心呢？主意已定，她即唤侍儿拿来金针、彩线、玉尺、刀剪。整整一夜，目不交睫，未及天明，就已全部绣完。岳夫人见女儿屋内之灯一夜未熄，天刚亮就前来查看。当银瓶欣喜地将绣好的战袍和气势磅礴的"岳"字战旗展开给母亲看时，岳夫人惊喜不已，夸声不迭："绣得好！绣得好！瓶儿想得多周到啊！"于是马上唤来院中苍头，叫他立刻送往前线。临行前,岳夫人又格外叮咛道:"当今丞相主和,到前线见到老爷,务要他凡事小心,多提防着些。"苍头领命而去。

的确,岳夫人的担心并不是多余的。那卖国求荣的丞相秦桧自回南宋后,时刻都在执行着金兀术的临行之命,力主两国议和。为增强势力,他把文武大臣中素与岳飞有些不和的都一一勾结拉拢过来,正加紧密谋。

一天晚上,秦桧下朝回到私宅,有些闷闷不乐,他命家人摆上酒宴,独自饮酒。夫人王氏这时搔首弄姿地走了过来,嗲声道:"相公为何这般气恼,吃酒也不叫上我痴婆子(秦桧给她起的绰号)?"

秦桧怒道:"夫人有所不知,我秦桧力主议和,不过想保全两国人民。怎奈那些武夫只欲对金开衅,一帮文臣又要弄笔头,抨击议和就是投降,言辞甚是激烈;那素来言听计从的高宗皇帝不听我奏,竟令岳飞等征讨金兵,并连报大捷。叫我如何不恼?"

那王氏也是一个歹毒妇人,闻言冷笑道:"我想什么大事情呢!以老身所见,相公你还是把那些大道理放在一边,使出些歹毒手段来,难道这班人性命都是铁铸的不成?"

秦桧闻言点头:"夫人说得极是!"于是,这对臭味相投的夫妻阴笑着共同举杯。

这时,极力讨好丞相的大理寺中丞何铸、贞侍御罗汝楫、谏议大夫万俟卨三人提着重礼先后来访。当门人告知"今日丞相爷正设家宴,不便相见"时,那三位竟恬不知耻道:"我们都是老爷门下儿孙一般,就有家宴又有何妨?"于是,就径直前去拜见那秦桧奸相。

三人卑恭落座,秦桧故意慢悠悠地问道:"今日为北朝通和一事,朝廷主张不错,只文臣、武将议论不同,你们如何见教?"

这三人均为趋炎附势之小人,深知秦桧力主求和,于是都顺着他的意思说。

何铸首先开口:"还是和为上策。孔子云:'礼之用,和为贵。'又云:'和也者,天下之达道也。'这都是讲和的凭据。"秦桧摇头,认为太腐了些。

万俟卨连忙接道:"金兵即天兵,中国人脆弱,如何能杀得过呢?不如讲和,落得安静。况现有皇上,又迎回二帝何用?"秦桧微微点头,但又觉得太露骨,欠雅致。

罗汝楫最后献策:"自古兵凶战危,胜负难料。不如南北通和,可保国家无事。"秦桧大喜,认为此说最当,可以此上奏皇上。

接着,四人又一起密谋起如何扫除求和道路上的障碍。何铸道:"禀上恩相,如今大将不过张、韩、刘、岳。那张俊原是秦相门下,就是韩世忠、刘锜,只知道上阵厮杀。只有那岳飞文武双全,最难对付。"

秦桧思忖着点头:"是啊,此人若在,和议必不可成。"

万俟卨忙道:"就是,刚取些小捷,便耀武扬威。丞相不要太心慈,咱们一起参奏他一本。"

秦桧暗自点头。他捋着胡须,一个剪除岳飞、以保通和成功的阴谋形成了。

却说岳飞正在前线浴血奋战,要同那金兵拼个死活。宋军虽兵少将寡,但个个骁勇,不畏生死,再加岳飞指挥有方,常常以少胜多,克敌制胜。在常州一带,岳家军就四战四捷。金兀术看势头不好,只得改攻南京。岳飞得知消息,即招来岳云、张宪盼咐道:"那金兀术改攻南京,必打牛首山经过。此处山深林密,我军正可设伏以待。你二人各带百余精兵,都换黑衣,出其不意,混入他阵,令敌兵惊扰自相攻击,此必胜之策也。"

岳云、张宪得令急去准备。那金兀术果然中计,走至牛首山下,忽见一群装束相同的兵士冲出,还没等他搞清楚是怎么回事,金兵就已大乱,竟自相残杀,金兀术只得寻机狼狈逃窜。

众将士正欲追赶,岳飞却命鸣金收兵,勿追穷寇,暂且扎营休息,军营中一片欢腾。这时,岳府中的老苍头风尘仆仆地赶到,将小姐亲绣的一领战袍、一面"岳"字战旗呈上。岳飞双手接过,想起他那孝顺的女儿和明理的夫人,只觉身上力量倍增。

第二日,岳飞正在帐中和众将商议,忽报圣旨来到。岳飞急忙跪听。原来是宋高宗知道了岳飞孤军挫敌,义勇可嘉,特来抚问的。皇帝还特赐御制精忠旗一面,并绣鞍、铁简、金银等物,以此犒劳全军。岳飞谢主隆恩,手捧精忠旗,无比激动,当即下令:"今后出征,将岳字旗交与先锋打着前行。这御赐精忠旗便做帅旗,竖立中军!"

全军欢声雷动。士气高涨的士兵们望着帐外飘荡的军旗,恨不能直捣那金兀术的老巢。

五

转眼到了初春的时节。此时的西湖,日光融和,春光明媚,红映绿,绿映红,最可爱的六桥花柳,秀又明,明又秀。真真看不厌十里湖山!

此等芳辰,不可虚度。秦桧正带着夫人王氏等家眷数人,坐在自家画舫之上,饮着美酒,悠闲自在地欣赏着美丽的西湖风光。

秦桧见湖上游船如梭,游人如织,歌声阵阵,鼓乐声声,便笑对夫人道:"夫人,我今日也可算作与民同乐了。看一方泰和如此,还说什么俺是偏安江南?试看满朝公卿,哪个似老夫这等快活?"

王氏笑道："老爷所见极是。你看岳飞那厮，弄什么干戈，自寻劳瘅，也是活该。"

秦桧夫妻谈兴正浓，情绪正高，忽有探子来报，说那岳飞又一次大败金军，如今已杀过郾城去了。

王氏吃惊。秦桧闻听大怒道："这不是报告军情的地方，谁让你来，快滚出去！"

本想以报军捷邀赏的探子闪着迷惑不解的目光退下了，那秦桧却游兴顿失。他心烦意躁地命人撤了酒席，即刻返府。

回到家中，秦桧仍是闷闷不乐。王氏相劝，秦桧告知了岳家军连连告捷的种种恶果，并恶狠狠道："除非杀了那岳飞一家，方可去我心头病魔！"

奸险的王氏趁机献恶计："相公，你快叫人前去打听，倘若再胜，那时就设计招他班师回京，自可下手！"

秦桧听了，连连点头称是。

六

却说前线战事正忙的岳飞哪里知道后方的险恶？他不知道，也没时间打听，因为他的全部心思都用到如何早日收复中原、迎回二帝、报国家之仇、尽为臣之忠上了。

此刻，岳飞正招集众将商议如何迎接明日即来的一场恶战。岳飞先晓谕道："大小三军，金兵再至，今番大战不比往常，望各位将领用心！"

有一人说道："禀元帅，闻听金兵这次将拿出他们的法宝'拐子马'，又号'铁浮图'。也就是三马相连，军士皆是重铠护身，一旦行来，如铁墙一般，甚是厉害。"

岳飞笑道："这却容易，你等只须选步卒五千，各备麻扎刀一把,听我指挥就是了。"

等第二天双方列阵厮杀以后,岳飞只命兵士用盾护头,只砍马足。这一来,那金兵一匹马摔倒,另外二匹也不能行走,只有坐而待毙。一场仗下来,稀里哗啦,又杀得金兵大败。

金兀术没想到岳飞如此厉害,顿时吓破了胆。他逃出阵后,狂奔一日,到了一个偏僻之处,才敢下马稍事休息。刚想取些皮可可充饥,忽见远处有些黑影移动,吓得赶忙上马,嘴上喊道:"快走,快走,那又是岳家兵来了!"手下人忙禀道:"大帅,那只是山犬惊走。"

金兀术松了一口气,刚要饮水,忽又竖起耳朵,惊道:"听声音好像又是岳家军来了。"手下人又忙安慰道:"大帅莫怕,那只是山风吹动。"

金兀术到了这时才总算稳住了神,看了看身边少得可怜的残兵败将,不禁唉声叹气道:"俺自兴兵中原以来,全靠了拐子马铁浮图,今日晦气,撞着岳飞,杀得片甲不留,如何是好?"

听主帅哀叹,随从们才敢纷纷哭诉道:"我们听到岳飞二字便心胆寒,不敢再听他名字,只叫岳爷爷吧!"

金兀术见全军士气如此低落,哪敢再战,就只得决定先逃回老家,重整兵马再说。正待回返,忽有一书生叫着"太子归鞭暂止",拦住了金兀术的马头,又道:"太子不要走,那岳少保即退矣。"

金兀术惶惶恐恐道:"先生说哪里话?岳少保刚以五百骑兵破我十万之众,何谓即退?看来先生是不知'撼山易,撼岳家军难'矣!"

谁知书生微微一笑道:"如今宋朝,权臣当道。而小生从不闻权臣在内,大将能立功于外者!那岳少保自身尚且难保,还怕他如何?"

精忠旗

说完,那书生不留姓名,不要酬谢,飘然而去。

金兀尤感慨道:"宋朝啊宋朝,眼见得你是贤人尽隐,奇才难效,难怪你气数已尽。岳少保啊岳少保,看来你即是身败名丧,还敢和本帅较量吗?"

即刻,金兀尤来了精神,他跳下马来,命人速陈笔砚,写密信一封于秦桧,要秦桧立即除掉岳飞,用蜡封好。另又写情书一封给王氏,除极言思念之苦外,又要她助秦桧行事。

密信分别到了秦桧夫妻手中后,一对奸人哪敢怠慢,更加紧密谋加害岳飞的诡计。

七

岳家军取胜驻扎朱仙镇后,看到收复东京已指日可待,就群情激愤,加紧操练。岳飞的心头却别有一番滋味。他想到二帝未回,寸心如割;看到近日得到的劝退圣旨,忧心忡忡。不禁奋笔疾书《满江红》词一首,以表心迹:"怒发冲冠,凭栏处,潇潇雨歇。抬望眼,仰天长啸,壮怀激烈。三十功名尘与土,八千里路云和月。莫等闲白了少年头,空悲切。　靖康耻,犹未雪;臣子恨,何时灭!驾长车踏破贺兰山缺。壮志饥餐胡虏肉,笑谈渴饮匈奴血。待从头收拾旧山河,朝天阙。"

他暂忘胸中烦恼,又招岳云、张宪前来商议。

正谈话间,门人入报,说朝廷派人下金牌来了。岳飞一惊,忙备香案接旨。

只听那来使太监尖声念道:"诏曰:尔河北制置武昌郡公少保岳飞,久在行间,屡建奇绩,今特加尔太尉同知枢密院事,即日班师回家,以副朕眷。钦此!"

班师回京?岳飞惊呆了!他抬起了头,疑惑不解地问道:

"请问天使大人，贼势方张，下官连战俱胜，已飞报朝廷。汴京计日可复，便当奉迎二帝还朝，如何忽有班师之说？"

使臣道："这是朝廷旨意，小官不过捧之而来。太尉还是早日班师行赏吧！"

岳飞心中叹道："眼下班师，这不是让十年之功，毁于一旦！皇上啊，不是我岳飞无用，实是奸臣误你啊！"

正自感叹，怎料二道金牌又到。旨曰："敌势稍缓，安静为福。今发二道金牌，即催岳飞班师。钦此。"

岳飞心如刀割，岳云等将领也忧心如焚。正自苦恼，忽又听一阵马蹄声由远而近，来使同携了三号、四号金牌又到。使臣喘着粗气急声宣读："奉圣旨，连发三、四号金牌，催岳飞回京，勿得逗留生事。"

岳飞仰天长叹，正犹豫间，忽见探子来报，说那金兀术领兵又来交战。

岳飞闻言，转身对几位使臣道："非是下官违旨，只是贼势逼近。你们看征尘满天，事系兵机，可要多思量啊！"

几位使臣一起道："这使不得，朝廷只教太尉班师，不教出战！"

岳飞大怒道："敌已到前，岂可束手就擒？"勉强平定了一下情绪，他又接着道："朝廷发金牌之时，不知兵情若此。今事势已急，定须出战。三位使臣，且请馆驿安下。一战之后，班师未迟。"说罢，岳飞即命众将士一起出战迎敌。

双方又展开了一场恶战。岳家军众将领都好像要将心中无言的愤怒发泄在刀剑上，个个所向披靡，势不可挡，那金兀术很快就又被杀下阵去。岳飞即命岳云乘胜追击。

正此时，忽闻背后传来一阵阵哭声，岳飞扭头，看到是当地数百名百姓扶老携幼地来了。他们听说岳家军要班师，故而结队前来挽留。

一位年长老汉饱经风霜的脸上流着热泪，执手对岳飞诉道："岳大帅，我们久陷北朝，备受欺辱，实指望你岳家神兵收复燕云，重见天日，怎么就闻得朝廷下令班师，这到底是何缘故呀？"说着就泣不成声了。

他身后的群众呼啦啦跪下了一大片，齐声道："岳大帅，您可千万不能班师呀，我们都情愿跟着岳爷爷去杀那金兀术，望爷爷莫辞！"又是哭声一片。

岳飞十分感动，擦了擦眼泪向父老们解释道："各位父老快快请起！我岳飞也不愿回朝，要在此杀贼。无奈那朝廷金牌下来，叫岳飞我也左右为难啊！"

朱仙镇的百姓又哭着转求使臣道："还望天使转告吾皇，万不可让岳家军班师。我们都刚刚似燕归原宅，怎能就要拆下屋上的栋梁呢？"使臣也被感动了。

突然，又见二马飞腾而来。使臣下马宣旨道："奉圣旨，五号、六号金牌召取岳飞班师。如违，取罪未便。钦此。"

岳飞含泪跪接。未及言语，又报："枢密院差官又捧七号金牌到了。"又报："中书省又差官捧八号金牌到了！用词甚是严厉。"

岳飞表情严肃。听报那持九号、十号金牌的使臣又已到了辕门。旨道："奉圣旨，韩世忠、刘锜等俱已班师，岳飞孤军，决难独进。特差印绶监太监一员，和礼监太监一员同往军前，催取还京，不得少延取罪！钦此。"

岳飞眉头紧锁，面对十道金牌的压力，又闻友军俱撤，万般无奈，只得招回岳云、张宪等，商议班师。但又看到面前的父老，想到蒙难的二帝，眼前大好的战机，又委实不忍。这时，那持金牌的使臣附耳岳飞道："太尉啊！明告诉你吧，这都是丞相的主意。你若不马上回兵,怕就有灾祸临头了。"

岳飞的眉头皱得更紧了。岳云、张宪也无奈地向前劝道:"大帅不必再计较了,只是班师便了,须知从来都是天子尊啊!"

却说那秦桧唆言宋高宗同意岳飞班师后,就接连发了十道金牌,犹恐岳飞抗命不归,又命司农少卿李若虚持第十一号金牌来催。岳飞一见李少卿,泪如雨下,便道:"老爷乃国家大臣,必明当今形势。眼见得敌军屡败,二帝可回,如何频取岳飞回军?老爷还须与我等做主,回奏朝廷。"

朱仙镇的父老乡亲一齐跪请。

李少卿也感动得流下了眼泪,但天命如此,谁敢违抗?他也只能叹着气劝慰道:"岳老爷,学生此行,也出无奈。但事已至此,我又如之奈何?"

岳飞听后心更乱了。他流泪恳求道:"也罢,看来是非回京不行了。只是请李老爷先行,学生在此再住五日,等父老们安全离去,我等即回京受命,望老爷代禀皇上。"李若虚有感于岳飞一片忠义,稍加思忖,也就点头应允了。

父老们看岳飞已留不得,顿时哭声一片,只得乱哄哄地收拾包裹,准备逃难。岳飞泪眼拱手相送,感慨万千,真是:宁为太平犬,莫作乱离人。

正准备发令班师,朝使又持第十二号金牌宣道:"奉圣旨,发下十二号金牌,即取岳飞还朝,如再迟延,以抗违论罪。钦此。"

一天之内连发十二道金牌,可见事态之危,岳飞实无他法,只得命令大小三军,即刻班师。谁知岳家军刚走,那金兀术就又气势汹汹地卷土重来,烧杀抢掠,当地百姓备受欺凌,不禁都又深深地怀念起岳大元帅,同时也咬牙切齿地恨奸相秦桧道:"秦贼,秦贼,你身在南朝做大臣,反教北将害南人。到头一报还一报，远在儿孙近在身！"

八

岳飞总算被招回京了，秦桧又加紧了下一步的阴谋，那就是网织罪名尽快置岳飞于死地。他听说枢密使张俊原是岳飞手下将领，素来嫉恨岳飞之才，便召来相见。那张俊本就不是良善之辈，又与岳飞有些旧怨，今被秦丞相召见，真是正瞌睡时送来个枕头，哪有不从之理？于是他很快就成了秦桧的忠实走狗，日夜密谋杀害岳飞的奸计。

为找到擒拿岳飞、岳云、张宪入狱的借口，秦桧、张俊绞尽了脑汁。张俊突然想到岳飞手下两个部将王俊、王贵曾与岳飞父子有不解之仇，故就招其来软硬兼施，要他二人出首主帅。的确，王俊、王贵因手下将士违背军令，曾受到过岳飞鞭打，心存怨言，但今天一听是要出首一向精忠报国的主帅，置岳飞于死地，却又良心不安。他们俩吞吞吐吐，扯东拉西，不敢爽快从命。秦桧见他二人推三阻四，不肯服从，怒道："既然二人不从，也将他们并入岳飞一伙，先行敲死。"王贵、王俊闻言瘫坐地上，请求饶命。于是他俩只得昧着良心写了"张宪、岳云私营兵柄"的诬告信，交给秦桧，秦桧冷笑一声，命他二人退下。这二人一想到一代忠良将由此断命，不禁又负疚道："岳公，岳公，不是我二人有意负你。事到如今，我等也实在无暇顾你了。"

秦桧、张俊拿到诬告信后，得意万分。张俊当即差人私捕了张宪，不由分说就用大理寺中的厉害刑具毒打一阵，要张宪先招，再供出岳飞父子。怎奈那英雄张宪只是瞪眼相向，不开一口，张俊无可奈何，只得暂罢。另差当年与岳飞同时入伍的杨存中去捉拿岳飞父子。

杨存中现是掌管皇家禁军的大将,曾与岳飞结为兄弟,明知岳飞是被奸臣诬陷,又叹圣旨难违,只好一路心情矛盾地带军前来。走到岳府门口,便令众校尉门口等待,只身一人先进岳家。

却说岳飞这次从朱仙镇回来后,一直闷闷不乐,不少部将暗中告诉他秦桧之流正在罗织罪名,企图陷害他,但他并不在意。他总认为自己忠心为国,苍天可鉴,一帮奸臣又奈他如何!今见久未上门的杨存中来访,他心中才本能地感到有些蹊跷。

拜接杨存中后,岳飞开口直问:"兄长,汝来为何?"杨存中一面应付,一面又长嘘短叹,岳飞见状,心中顿时明白了八九分,他故意抽身入内,把个杨存中独自一人留在了外面。杨存中也就趁机拿出捕人的堂牒交与一侍儿,命她送给岳老爷看。一会儿,侍儿重又出来,只是手中端了一杯酒,说是岳爷爷特送的。杨存中暗自忖道:这酒一定是下了毒药的,想那岳飞已明白我不忍抓他去受极刑,要他自尽了事,他便要我与他同死。也罢,我既不能救他危难,能为朋友损生也是值得的,于是一饮而尽。

没想到岳飞这时倒是笑哈哈地从内室出来了。杨存中大疑:"我已饮酒,你怎么还不自决?"

岳飞道:"杨老爷真弟兄也,只是此酒无药。我知你是奉命前来抓我,只是不愿让我受极刑苦楚,要我自己结果性命。我岳飞平生忠义,何惧奸人诬陷。况皇天有眼,必不使忠臣蒙冤,怎能轻易自死?现在大兵压境,我还要报效国家呢!"

杨存中感动得热泪盈眶,哽咽道:"元帅既主意已定,那我就不再多言了。请唤出侄儿,我们一同到圣上面前去辩个明白吧!"

岳飞父子从容受擒。岳夫人、银瓶闻讯赶来,一家人不禁抱头痛哭。岳夫人哭诉:"相公遭此大难,是因你仗兵威,解重围,建奇功,违权贵,这到底该怨谁?"银瓶大哭道:"我父兄为朝廷出力，究竟怨着谁了？"

生离死别的场面，委实凄惨，在场之人，无不动容。

岳飞等人被捉拿后，就被关在了大理寺。那大理寺寺丞李若朴倒是正直不阿之人，对岳飞一案，自有他的看法，并不附和秦桧之意。他被秦桧召入私宅后，也是直陈己见："太师，那岳飞有圣上亲赐'精忠'旗一面，怎会有谋反之举？"

秦桧愠怒道："圣上赐旗，是一时之兴。如今他营还兵柄、拥兵不进的人证已有，怎不是谋反？"

李若朴也恼道："岳飞忠心，天地可知。今叫我李若朴去杀人、媚人，那太师是看错人了，还是让我解官自去吧！"李若朴说完，摘下纱帽，掷还官印，扬长而去。心中想道：那岳飞一案定是千古奇冤，我李若朴莫说为此丢了乌纱，就是拼了性命，骨头也是香的。秦桧，秦桧，我将冷眼观螃蟹，看你横行到几时！

李若朴走后，秦桧气极，过了一会儿，才命人去告诉何铸，要他审理此案。

何铸接得秦府家人来告后，也自喊倒霉。他虽是个软弱动摇之人，跟着秦桧也做了一些陷害岳飞的坏事，但良心毕竟还未全部泯灭。他不想插手此案，又怕秦桧致他重祸；审理吧，又明知岳飞是蒙受奇冤，良心实在不忍，况以后记入历史，那就更是遗臭万年了。思前虑后，何铸便决定明日只推抱病，不能出堂审理，看看事态如何再说。

次日，大理寺准备开堂审理岳飞一案，忽报中丞何铸有病不能前往，审理只得推迟。秦桧是又气又急，想到那谏议大夫万俟卨最是同自己意气相投，便改令万俟卨审理。

那万俟卨是哪种人呢？听听他的口头禅便可明白几分。他常言：若要做好官，好人撂一边；若要好官牢，好心用不着。此人心怀险恶，性赋贪污。哪家遭了祸殃，于他毫无好处，他也会笑上半年。谁人风声略好,并未伤他一丝,他也会恼成一病。要不,怎能会同秦桧如此情投意合呢?

果然,那万俟卨一接案,就先挑选几个彪壮力大的皂隶,取来大理寺的头号刑具,气氛森严地开堂审理了。

只可怜那岳飞、岳云、张宪这三位叱咤风云的大将身带重镣被推上了公堂。万俟卨恶狠狠地对岳飞道:"岳飞,你身上的多种罪过,一一快招,免受刑罚。"

岳飞凛然不屈,怒向万俟卨道:"我岳飞身上只有'尽忠报国'四字,不忠的事,怎么肯做?"说着,岳飞就愤怒地解开衣服,露出脊背,那深入肤理的"尽忠报国"四字赫然自见。

堂下一阵骚动,万俟卨急拍了一下惊堂木,奸笑道:"这四个字只在你背上,不在你心上。当年奉旨援淮西,你为何逗留不进?"

"淮西进兵,本不是故意停留……"岳飞一句话还未说完,便被万俟卨喝断:"不是故意,即是为何?还敢如此强辩,拉下去,重打四十。"

一听岳元帅要被重打,岳云、张宪急忙上前,争相替代,情愿加倍受刑。万俟卨又是一阵冷笑:"你俩自身难保,还要替他?"说完就再也不理睬他们的请求。

岳飞被那一帮骠悍的皂隶打得皮开肉绽,鲜血淋漓,才又被拖回到了堂上。万俟卨要他认罪,岳飞强忍疼痛道:"淮西停留,本是皇上批准,有御札之命的。"

"拿御札来给我看!"

"御札已被你收去,我手中怎能还有?"岳飞愤怒了。

万俟卨一拍案桌:"哼,你交不出御札,怎说有君王之命?矫称圣旨,罪加一等。岳飞,知罪吗?"

岳飞气极,怒目相问道:"要说我有罪,那罪名就该是我岳飞发誓扫尽胡尘，重补金瓯！"

万俟卨阴毒道："都是胡说，快给我夹起来！"岳飞遂被上以夹刑，拖到堂下。

万俟卨又审岳云："你为营还兵柄，私书张宪，要他虚申图报，以动朝廷，真是行险侥幸之小人也。快快招来！"

岳云大声道："岳云无罪，怎能冤招？"

万俟卨恼羞成怒，反问道："难道是我诬你不成？是秦太师诬你不成？你假造塘报，恐吓朝廷，算是忠良吗？"说着，又令手下将岳云上了拶刑，边敲边问："你招不招？"

岳云咬牙切齿道："纵然敲死也不招，只是我屈死朝廷心不平。"过了一会儿，岳云又反问道："你说我私书张宪，也罢，你拿出书来，我就招了。"

万俟卨本是无中生有，闻言心中一惊，反咬一口道："是你怕被发觉，命张宪当时就烧掉了。"

"既然当时就烧掉了，谁人看见？"岳云紧紧相逼。

万俟卨无言以对，便跳将起来，发疯似的吼道："好硬嘴，给我使劲用刑！"

最后，万俟卨又命张宪招供。他假惺惺道："张宪，你前日在枢密院已受过刑了，如今刑上加刑岂不更苦？你还是将岳飞父子写书与你的事快招了吧！"

张宪大骂道："汝等奸佞，要我招什么？我只招见到了御赐的精忠旗！"

万俟卨凶相毕露，无耻地说道："你说我奸佞，我就是奸佞！我这奸佞，偏要辖治你们这些忠良。"

万俟卨见无论如何用刑，要岳飞等人招供似乎都是不太可能的，就开始暴跳如雷起来。忽然，他想出了一个鬼点子，不禁拍头喜道："咳！我万俟卨真是聪明一世，糊涂一时，我何不替他们写了,让他们画个押就行了。难道那秦太师会找出破绽,与他等伸冤不成?真是笑话!"想到此,万俟卨就奸笑着令人给那三人松了刑具。

供词写好了,万俟卨又令岳飞等画押。三人哪里肯画,岳飞冷笑道:"我等无罪可招,当然也不必画押。你自己写的供词,你自己画押吧!"

万俟卨双眼眯成了一道缝,得意地说道:"怎么,你当我替你招得,替你画不得吗?反正是要经我手打发你们三人上西天的!"说罢,他竟又替岳飞三人画了押,并用红笔批上:"岳飞、岳云、张宪俱拟斩!"

岳飞三人顿时抱在一起。岳飞悲愤道:"我命饮刀不足惜,只可恨见不到二帝云车返故庭了。"岳云、张宪也叹道:"便是今朝毕此生,尽忠报国已无凭!"

九

再说那岳飞父子被抓走以后,岳夫人一气病倒,银瓶小姐日夜悲啼。好容易打听到探监的日子,银瓶早早起身,前去探望蒙受奇冤的父兄。想到母亲病重,父兄又不知被折磨成什么样子,她悲痛得几乎不能成行。终于来到了监狱门前,谁知狱卒一听她是岳少保的女儿,就单单不放她进去,说是万俟卨爷有令,今日探监,岳少保家属不得入内。银瓶一听,如五雷轰顶,几欲昏倒。她哭求道:"好心的大哥,念我爹爹是忠良负屈,奴家来一趟又委实不易,就让奴拜见爹爹一面吧!"狱卒只道上命难违,通融有罪。银瓶哭天喊地,只是不走。那禁子中有一个叫隗顺的,实在不忍,就走过来扶住银瓶道:"岳小姐,且自回去,下次再来吧!"银瓶哭道:"哪有什么下次?只是小女实在不明,忠良何罪,要遭这般惨毒?他的家属又有何罪,连探监的资格都没有?"她又向着牢狱哭道:"爹爹,孩儿不得入内见你一面,只得在此拜你一拜吧!"

银瓶一路哭着回去了。那隗顺望着她那跟跟跄跄的背影,也不觉流下了同情的眼泪。

监外的悲惨情景,岳飞哪里知道?他还一心一意地盼望妻女早点前来见上一面呢!见狱友一个个都被点着名字出去会视了,就是不点自己的名字,岳飞心中十分心焦。恰隗顺进监送饭,岳飞便问道:"今日探监,怎么不见我家属?"隗顺看四周无人,便低声告诉岳飞:"令爱小姐也曾来过,是万俟卨老爷吩咐不许相见,故此不敢放入,小姐只得流着泪归去了。"

岳飞闻言,不禁热泪盈眶,他哽咽道:"我那可怜的孩儿啊,爹临死不能见你一眼,实在心不甘呀!"

岳飞抗金反被诬陷,朝中也不乏同情之人,只是大都敢怒而不敢言。唯有枢密院韩世忠,原同岳飞共同抗金,最知岳飞忠心,见其遭奸人诬害,就在朝廷上为其辩屈。

韩世忠当面问秦桧:"敢问丞相,岳飞谋反一案,何者为凭?"

秦桧假惺惺答道:"枢密有所不知,那岳飞常言自己与太祖俱三十岁除节度使,这便是指斥乘舆了。寇犯淮西,前后受御札十七次,不即策应,即是拥兵逗留了。又其子岳云与张宪私书,营还兵柄。这都是该斩之罪!"

"三十岁除节度使,乃是事实,言及何罪?淮西停留,乃御札之命,实为粮草不继,怎成罪过?私书张宪,那书何人所见?所书何事?"韩世忠毫不留情地质问。

"书虽不明,事体莫须有。"秦桧强辩。

"'莫须有'三字何以服天下?况岳飞乃当代功勋,朝廷依仗,平生忠义,绣旗钦赐,怎么三个字就定了他的罪呢?"韩世忠愤怒到了极点。

朝臣开始窃窃私语,有的公开点头表示同情。

秦桧凶相露出,威胁道:"枢密休得朋党包庇。"

韩世忠一阵冷笑,道:"唉,我想起来,忠良的下场也不过如此,我韩世忠还有何面目佩这冠带?"说完,当即就解了官服,愤然辞官。从此以后,这位曾令金兵闻风丧胆的抗金名将杜门谢客,绝口不言兵事,只时时骑个毛驴,漫无目的地走来走去。

秦桧虽然气走了韩世忠,但在朝堂上他也明显地感觉到了人心向岳,这不禁使他心惊胆战,因此下堂以后,回到家中,仍是心绪忧闷。丫环送上了闽中新献的柑子,他也无心品尝,只是痴痴地立在东窗之下,拿着柑子的手不停地在空中画着岳飞二字,每次画完,又不住地用手指在空中乱画乱戳,仿佛要把这岳飞二字戳得稀烂才心满意足。

深谙秦桧心事的王氏这时走了出来,手扶秦桧的背道:"呀!相公,为什么在这东窗下独自发呆?!"

秦桧一声叹下,就把朝堂上所发生的为岳飞一案韩世忠乞休、众大臣同情的事一一讲了。王氏一阵阴笑道:"原来如此!相公,岂不知捉虎容易放虎难,不如尽快把那岳飞杀了,何必怕人议论?"

秦桧沉吟道:"说得有理。待我马上吩咐狱吏,即刻处死岳飞!只是那岳云、张宪如何处理?"

"一不做,二不休,不如就假写一道圣旨,把那两个畜牲也一同押赴市曹处决,岂不爽快?"王氏恶狠狠地说。

秦桧一面说着"我也算家有贤妻",一面就当即写了密谕一封,差家仆连夜送往大理寺狱中,限当晚三更时分风波亭处斩。

十

秦桧的手书密谕传到了狱中,就连隗顺等狱卒也吃惊不小,他们万没想到秦桧是如此的狠毒,又十分感叹当今忠臣被诬,小人得势,天地不明。但事已至此,他们也无可奈何,只好来到岳飞牢中,将秦桧手书交与他看,好一起有个商议。没想到岳飞倒很坦然,因他早已知道死只是早晚的事。

看了手书,岳飞轻轻一笑道:"想我岳飞久经沙场,难道还怕死不成?只是我岳飞死时尚未迎回二帝,收复中原;况又不死于抗敌的沙场,却死于内奸的狱冤,倒叫我千古伤心!"说完,岳飞整理了一下凌乱的衣冠,向着二帝被掳去的北方拜了几拜,然后高昂着头,从容赴死。

岳飞死了,最可恨那万恶的万俟卨竟下令不让收尸。隗顺实在不忍心让忠臣暴尸于野,就趁三更无人,偷偷地将英雄尸首背出了城外,掩埋在一荒山之中。为了日后有个证验,隗顺还流着眼泪将一枚岳府玉环系在了岳飞腰下,又从近处移来两株小橘,植于冢上。因为他坚持认为,这天大的冤枉终须有昭雪的那一日,到时朝廷必然会求尸改葬。埋完了岳飞,隗顺又撮土祷告了一番,暗辞家人,远逃他乡去了。

秦桧害死了岳飞,又急令万俟卨监斩岳云、张宪。问斩那天,法场上人山人海,人们都争相前来观看一代抗金英雄是如何被冤杀的。见到岳云、张宪披枷戴锁、血肉模糊地被推押而来,围观者竟有不少人落下泪来。万俟卨怕出意外,即令提前行刑,岳云、张宪悲惨地倒在了刽子手的刀下!这时,只见人群中冲出一人,高喊:"天哪!天哪!难道要把人间忠良斩尽吗?"然后就冲进刑场,扶尸痛哭。

万俟卨大怒，命人前去生擒。那人怒叱差人们道："你们这等杀人、媚人的小人，亏你们对忠良下得了手！"被抓获后，万俟卨审道："你叫什么名字？与张宪、岳云何亲何故，竟敢大胆到法场上哭他？"只听那壮士慷慨道："我乃布衣刘允升，因见你与秦桧、张俊诬陷忠良，已伏阙上书代他伸冤！"万俟卨大怒，下令将此人押往大理寺去。刘允升怒喝一声："我怎肯死于奸贼之手！"就一头撞向石柱，以死殉忠。

却说那围观者当中有一岳府家人，他见小爷既死，就心急火燎地赶回了府第，见岳夫人、银瓶小姐还正在香炉前祈祷苍天垂怜，就大哭着报告了老爷、少爷俱已被杀的消息。猛听噩耗，夫人、小姐当即就哭晕了过去。好一阵呼救，岳夫人慢慢地睁开了双眼，哭恨道："相公啊，孩儿啊，可怜你父子一样忠肠，一样惨局。好怨那一班官员，言不敢，怒不形，都只是趋炎附势。唉，莫说是人，便是皇天也不怜忠义！空有阳光，也只照人冤泪。"全府上下一片哭声。

银瓶小姐醒过来后，只又哭了声："我那冤死的爹爹呀，待孩儿此去诉之上帝。"即投井自杀。

岳夫人见女儿悲愤自尽，就强忍悲痛，抱起岳云长子岳珂，拜了拜院中苍头，恳切道："苍头啊，看岳家只剩岳珂一脉了，望您做一个保存孤儿的程婴，救这苦命的孩子出火海吧！"说完，就追随女儿跳入井中。

老苍头抱着岳珂，正欲吩咐人打捞夫人、小姐，忽听领秦桧之命来抄岳飞家私的差兵又到了，只得哭拜了一声："夫人、小姐，不是我老苍头贪生怕死，只是贼心太狠，不得不以孤儿为重了。"就连忙从后门逃离了岳府。

岳飞被害后，举国悲哀。然而那北方金朝却是一派喜气洋洋的气氛。金兀朮大块吃着羊肉，大口饮着美酒，喝着香甜的饫酪

精忠旗

浆,得意扬扬地宣布:"适才接到秦桧夫妇的密信,说那岳爷爷,不,如今就只叫他岳飞!岳飞已被斩杀,看来那南边的土地不愁不是我的了。告谕全国,欢庆三日!"金营将士无不额手相庆。待酒足饭饱,那金兀朮又一声令下,金兵就拔营前往阴山一带打围行猎取乐去了。正是:

　　楚杀得臣而晋喜,
　　宋杀道济而魏兴。

十一

那老贼秦桧杀了岳飞、岳云、张宪后,仍不甘心。为了斩草除根,以防后患,又将岳飞的四个小儿子徙往岭南,暗中吩咐道中一一结果他们性命。走到半路,可怜那岳门的四个小公子已是二个被杀,一个病死,只剩下了一个最小的孩子岳霭。他见哥哥先后撇他而去,料想自己断难存活,看路旁一个深潭,也就纵身跳了下去。岳府满门忠良,就这样一一惨死于秦桧之手。闻得岳云长子岳珂已逃,秦桧又到处张榜悬赏,说要一网打尽。

秦桧的丧尽天良,终于激怒了一个人,他就是殿前司军校施全。施全本一向敬重岳飞的为人,几次想脱离禁军,前往岳家军中效力,但由于种种原因均未实现。如今见岳飞父子已被冤杀,秦桧又如此残杀岳家后裔,实在是眼里再也看不得,肚内再也撇不下,他决心拼却性命,也要取了老贼头颅,替天下除了祸害。

一天,施全买了些香纸,到荒野外对天祭拜了忠良,就埋伏在相府门前。他等秦桧刚出了门,就不顾一切地冲上前去,大喊一声:"奸贼哪里去,看刀!"手中那早已准备好的明亮钢刀就直刺秦桧的咽喉。怎奈秦府人多势众,那一刀又被秦桧躲过,施全反受贼擒。可怜一个英雄,又丧生在秦府的屠刀之下。

眼中钉、肉中刺被一个个地拔去了，秦桧夫妇、万俟卨、张俊这帮恶贯满盈的贼人又设酒西湖画舫上相庆。怎奈那秦桧一抬头赏山，就会看见满脸是血的岳飞领着天兵天将来讨他性命；他一低头玩水，就又看到披头散发的岳云带着诸路水神取他首级。秦桧一面喊着"有鬼有鬼！"一面急令收船回府。自此以后，秦桧整天心神不定，疑神疑鬼。没几天，这个坏事做绝的老贼就一病不起，并且一日比一日严重，还没等差去东岳泰山进香许愿的家人何立回来，就一命归西，结束了他罪恶的一生。

秦桧一死，那秦府就没了往日的气象，请安问候的人一下子没了影，送礼结拜的人也一下子失了踪。不管那王氏是如何歹毒，如何工于心计，也只有天天在家哭天嚎地，再无伎俩可施。

善有善报。南宋绍兴三十二年（1162年）六月，宋孝宗赵昚继位。七月，下诏书为岳飞平反昭雪。又下诏书悬赏寻觅岳飞的遗体，并让岳门之后岳珂继承了岳飞的封号。隗顺的儿子趁机将其父负岳飞之尸埋葬荒山的真情说出。南宋朝廷遂将岳飞的骨骸重新礼葬于西湖边的栖霞岭下，这就是今天的岳坟。

至此，一场千古奇冤才终于得见了天日，岳飞精忠报国的事迹也一代代地流传了下去。明万历二十二年（1594年），按察副使铸秦桧、王氏、万俟卨、张俊四奸跪像于岳飞墓前，历史会让他们遗臭万年的。

（张中良 改写）

娇红记

[明] 孟称舜 撰

大宋朝一个秋风瑟瑟的黄昏,四川成都濯锦江畔垒起了一个并头高冢。夜深人静之时,冢头总有一对鸳鸯上下盘旋、哀鸣不已,人言那是墓主成都才子申纯和一代佳人王娇娘双双殉情后的灵魂所化。在漫长的封建社会里,男女婚姻只能凭"父母之命、媒妁之言",申纯和王娇娘这对有情人,因难成眷属而造成了一场感天动地的爱情悲剧也就似乎是不足为怪了……

一

阳春三月,百花正艳,青草正绿,然而祖籍汴京流寓成都的名士申庆及妻王氏却无心欣赏如此美景,只是躲在家中相对嘘唏长叹。却是为何?只因家有二子,长子申纶,次子申纯,既通诗文,又善鞍马,颇为人称道。岂料命乖运蹇,昆仲同场秋试,却双双铩羽而归,令人好不沮丧。幸而长子还有妻室之慰,好似不太介意,而申纯婚宦两无,痛苦不堪,任二老兄长如何开导,愁眉总难舒展,弄得痛子心切的双亲也郁闷挂怀起来。

沉默半晌,申庆开口对王氏说道:"贤妻,老夫忆及当日你生纯儿之时曾梦吞彩云一朵,醒时犹有异光在室,有此吉兆,想纯儿不会久居人下。怎奈孩儿近日胸中郁郁,难以自遣,如此长拖下去，终非良策。早闻你弟王文瑞有一女，名叫娇娘，才貌端妍，未及定婚，不如遣人给纯儿说合，你意如何？"

王氏喜道："是啊，纯儿同娇娘结婚，确为合适不过。只是咱两家两年多没有走动，不如先让纯儿前去问安，然后再探取这门亲事。"

申庆含笑点头。二人当即唤来申纯，只说考期已过，有了闲暇，应去在眉州为官的舅舅家探望一番。申纯也正想春游一次，排遣一下心中的郁闷，见父母之命，正合己愿，于是就一口应下。匆匆地打点完行李，申纯就到堂上拜别双亲和兄长，母亲谆谆嘱咐道："垂檐下花正肥，待花落须当便归。不要在那儿耽搁太久，让爹娘担心盼望。"申纯唯唯诺诺，答应不迭。

申纯出了家门，见春光明媚，心情不禁为之一爽。他攀碧山，涉绿水，左看花，右捉蝶，秋闱失利的苦楚顿抛脑后，不知不觉就来到了眉州舅家的朱门深院，着院子进去禀报。

却说宦处眉州的通判王文瑞，为官两年多来，社会安定，百姓称善，膝下娇子善父，年仅六岁，十分聪明。女儿年已二八，更是才貌端妍。只因妻子生女儿时梦天上仙娥折与仙葩一朵，娇艳异常，因此就取单名为娇字，小字莹卿，二老爱她如掌上明珠。全家事事畅达，其乐融融。近闻成都姐姐家二子落榜，就有意让外甥前来散心，同时还可帮忙操理府中诸事。听院子来报说二外甥申纯已到他门下，王文瑞高兴非常，急急同妻赵氏一起出门相迎。

甥舅相见，格外亲热。申纯执礼向舅妗问安，舅妗也垂询他家中二老的近况。寒暄过后，王文瑞即命院子摆上酒席为申纯洗尘。一家人围坐一起，你敬我让，十分和谐。突然，申纯像猛地想起了什么，问道："娇娘妹妹可好吗？怎不见同来入席？"

舅母赵氏歉意自己礼节不周，忙让身边侍女飞红去请小姐坐

娇红记

筵。飞红去后折回,附在夫人耳上低言几句,赵氏笑道:"三哥至亲,是自家人,便不装束,出门何妨?去请她出来同见!"飞红领命又去。

且说娇娘刚在绣房中绣完了一对活灵活现的锦鸳鸯,即放了金针赏看正盛开的海棠,见侍女飞红又来相请,只得乱云低绾,金凤斜插,袅袅娜娜地穿了花径,去堂上拜见远道而来的表哥。虽早听父母讲过,成都的二位表兄是蜀中贤士交相赞誉的名士,三哥申纯更是天资卓异,八岁通六经,十岁能属文,只不知是何种模样。到了华堂,娇娘抬头拜见,只见表哥神清玉朗,明眸流辉,衣冠楚楚,占尽风流,不禁一下子痴呆了。幸而这时赵氏吩咐:"哥哥远来,孩儿可把酒劝哥哥一杯。"娇娘猛醒,忙接了酒杯,莺声道:"三哥远道而来,小妹无以为敬,薄酒一杯,为三哥洗尘!"

申纯手虽接了酒杯,眼却再也离不开容如花、裳如霞、国色天香的娇娘,他被表妹的美震慑了,不禁有些魂飞魄扬,心迷意狂。直看到娇娘一双美目中露出似嗔似怒的光,他的心才咯噔一下,回到了现实,忙还了礼,一饮而尽。

素能豪饮且正在兴头上的赵氏命飞红再斟第二杯,早已心猿意马的申纯因贪看娇娘,不慎将酒打翻在衣襟之上。申纯怕再出什么差池,被他人瞧破,只得抱拳恳求道:

"长者赐,不敢辞,但小生失志功名,一向负病,不能多饮,望舅妗见谅。"

赵氏笑道:"贤甥量好,虽有小恙,一路劳顿,再饮几杯无妨,飞红斟酒!"

娇娘听罢,忙悄声对飞红说:"我看三哥似真不胜酒力了!"

飞红听在耳中,心中却酸溜溜地不是滋味。原来她一见申纯,心中也暗生爱慕之情。见小姐如此护着申郎,便低声笑着,揶揄娇娘道:"小姐初见,怎便如此相知?"

娇娘嗔怒,却蓦然翠靥生红,飞红吐舌不语。

正佯装搔头偷看娇娘的申纯见小姐双颊飞红,更具娇柔之态,尤觉难以自持。"小甥委实醉了,不能再饮!"这次,他几乎是用乞怜的口气再辞。这也难怪,此刻的申纯即使酒不醉人,人也早已自醉了。

看外甥坚辞不饮,王文瑞发话道:"三哥既然推辞,且暂歇息,明日再饮吧!飞红,可送小姐先归绣房。王忠快些收拾客房,让申少爷歇息。"

娇娘趁低首推整云翅的当儿,又暗暗地瞥了一眼申纯,即遵父命先行告退了。

申纯违心地向舅妗二人告辞道:"小甥受父母命来看望舅父母,不便久留,明日即告辞返回成都。"

王文瑞摆手道:"三哥远来劳苦,况我家事务,正欲要你料理,归去之话,且暂休提。"

申纯内心喜道:"小生不想今日有些奇遇,幸蒙舅妗相留,俺便在此住上一世,也心甘情愿!"他当即谢了二老,随院子搬到书房休息。怎奈一闭眼,心中想的竟全是娇娘妹妹的淡妆俏庞。他失眠于春夜……

二

自从玳筵前会了申纯,娇娘的心中就开始多了一桩心事。

一日午后,娇娘独坐空庭,轻嗟暗叹。她想人生大幸,无过于才子佳人共谐姻眷,卓文君自求良偶之举确令人羡慕不已,如能找一个意中人,虽葬身荒丘,情种来世,亦所不恨。否则红颜失配,就将抱恨终生。而自己年已及笄,未获良缘。那堂上申生，相其才貌，觉得可以托其终身，但不知他有意吗？父母应允吗？自己一个女孩家又如何开口呢？思虑重重，娇娘不禁抚针凝睇，怅然若失。

"姐姐，你停针不语，却是为何？"深知小姐心事的飞红故意问道。

"刚绣一对锦蝴蝶，身子倦怯！"娇娘随口答道。

"不是我多嘴，姐姐，我看你近来衣裙宽了三四褶，腰肢瘦怯，知你定有心事！"飞红试探。

"哪里？只是我从小性情特别，看花赏景，也会时时落泪。"娇娘应付。

"我看，姐姐身边，是少了个姐夫！待老爷回来，定有人来说亲，只不知姐姐心里要什么样的姐夫才好？"聪明的飞红一口道出。

"我是女孩儿家，这事怎么开口？"娇娘羞红了脸。

"这里无人，便说也无妨。像那李衙内、张舍人，弥天大富的可好吗？"飞红引导。

"他们虽金珠堆满穴，但性情恶劣，这样的婚姻怎能叫好？"娇娘上了路。

"这么说，是要拣个读书的才子好了？"

"便说那才子，也有不同。有的性情多变，喜新厌旧，不是可以相托终身的。薄命红颜，花好易折，我只想得个同心子，生同舍，死共穴，也就烧了高香了！"娇娘侃侃而谈。

飞红一听便明白了几分，于是干脆挑明道："姻缘分定，也拣不得许多。眼前那申家哥哥模样俊，天生绝，情意惬，和小姐正是天造地设的一双。"

"你小妮子家，怎如此说话？我和他兄妹相称，怎把婚姻相结？"娇娘闻言又羞又怨。

"表兄妹结亲,也是常事。"飞红面露不悦之色。

"你口没遮拦,我怕隔墙有耳。"娇娘低声解释。

已摸清了小姐心事的飞红更觉难受,她借故说道:"我在此久了,看看夫人去。"就红着眼圈离开了。

飞红走后,娇娘惆怅无语,暗忖道:心中不如意事常八九,可与人言无二三,我心中之事,怎对飞红明说呢?看天色已晚,还是进绣房歇息会儿吧!

正欲转身,申纯忽从花径中走来,低声问娇娘:"妹妹一人倚窗长叹,将有思乎?将有约乎?"

聪慧的娇娘答非所问:"天色晚了,兄怎一人到此?春寒逼人,兄感觉到了吗?还是快回书房吧!"说完她就独自进屋关了门。

申纯吃了闭门羹,一下子怔在了那里。想自酒筵相会以来,自己同娇娘庭中相遇,她都凝妆正色,如迎如拒,态度真似熟梅天气——半阴半暗。难道她年轻轻不解情义,那为什么时见她庭院观花,愁眉峰聚,无语而立,流泪不止?他真想径去绣房对娇娘细表衷肠,又怕"涨满春溪水,不许渔郎渡"之后果出现,要是那样不就误了好事?权衡利弊,申纯认为还应暂忍一刻为好。

又一日傍晚,申纯发现娇娘一人又在惜花轩处一边赏着牡丹,一边流泪不止,就上前搭话道:"请问妹妹在此看什么?"

娇娘开始一惊,继而低头不语。

申纯幽幽地说:"妹妹,你看眼前牡丹,欲开未开,似有惆怅之意。小生不才,题诗二首在此,请妹妹指正。"

娇娘展视诗稿,欲语又迟,泪花如诉。她明白申纯是借物言情,暗指自己的态度不明。但自己虽与表哥一见倾心,但又怕他是个见异思迁的风流才子,所以不敢贸然明志。

恰此时,母亲后厅相唤。于是,娇娘迅即将诗稿藏入袖中,疾趋而去。

此次努力仍无效果，申纯十分沮丧懊恼。想自己自来王家以后，功名之心顿消，一个心思全在娇娘身上，没想她如此薄幸无情，看来自己是单相思了。唉，不如早办归程，也省得再受此情感折磨了。申纯有气无力地回到书房，本想收拾行装，但娇娘那迷人的倩影又在眼前晃动，他心烦意乱，于是赋诗一首，贴于绿纱窗上，诗曰：

日影萦阶睡正醒，篆烟如缕午风平。
玉箫吹尽《霓裳》调，谁识鸾声与凤声。

夜深了，申纯仍是辗转翻侧，难以成眠。但他哪里知道，此时此刻的娇娘也同他一样只嫌夜长。

娇娘被母亲声唤辞别了申生，回了卧房就从袖中取出诗稿，反复赏玩，只觉伤情意多，愁思义浓，想申生如此多愁皆因自己一人引起，看来是自己疑心过重了。思虑到此，娇娘百感交集，又惊又喜，她决心找一机会向申生倾诉自己的相思之苦。

两日后的中午，趁家人午睡，娇娘独自一人，大着胆子悄悄闯进申生书房。怎奈申生不在，失望之际，猛见绿纱窗上题诗一首，念来更觉辜负了申纯的苦心孤诣。如何回报他呢？小姐略一思忖，信手和了一首，留在书房，诗道：

春愁压梦苦难醒，日回风高漏正平。
魂断不堪初起处，落花枝上晓莺声。

申纯因偶出未能同小姐书房相遇，回来之后见了娇娘和诗一首，字字幽香，言言清韵，且万种芳情，已见于此，不禁欣喜若狂。他庆幸自己的相思病总没白害，今何不以谢诗为名，到她绣房一聚呢？

主意已定，申生就急不可待地起身前去。见侍女不在，娇娘一人正在对镜淡描眉梢，申生就大着胆子拜揖道："妹妹所和之诗,风流蕴藉,芳情万种,愚兄真该好好谢你才是!"

娇娘既羞又喜道:"哥哥你彩笔生花,才调横溢,字字句句可见风标。妹的诗词,不过是枝头小语啼春鸟,幼女花前学弄箫,望哥哥莫再相嘲。"

申生听了喜不自禁。他见梳妆台上有满满一盒乌黑锃亮的灯煤,即换了话题道:"妹妹,敢问这是灯煤,还是烛花?愚兄想要一半回去写家书,不知可以吗?"

娇娘笑着点头,遂轻舒纤纤十指,将灯煤盒子递给申生。申生接过,不小心衣袖上也被弄污了一片,娇娘一旁窃笑,申生微红了脸为自己开解道:"我是故意留下点证据,好时时不忘小姐容貌。"

不料话刚一出口,小姐一旁就陡然变色,怒道:"我与你是兄妹之交,我一片好心,却被你看作闲花野草之流,如此奚落。走,咱们一同去诉知我爹爹妈妈,省得以后再遭你如此戏谑。"说完,就要上前拉住申纯。

申纯没料到自己一句笑谈竟遭来如此风波,顿时吓得六神无主。他扑通一声跪在娇娘面前,恳求道:"好妹妹,愚兄只求你饶这一次,不然我就一直跪到天明。"

余怒未消的娇娘见状只得同意道:"好吧,你先起来,以后再这样,不要怪我无情!"

申纯许诺再也不敢,就站了起来。他自觉没趣,讪讪说句"小生唐突妹妹,多有得罪",就转身离去了。

娇娘见申生走远,心中却猛觉空落落的,暗暗叹道:"申生啊申生,你的衷肠我已尽知,我的衷肠你可知道吗?既抢白了你,我也独自痛苦,想今晚我绣枕上又要抛下相思的滴滴热泪,你知晓吗?"

三

且说申纯话语冒犯小姐，怏怏退回书房之后，心中十分沮丧。他既悔恨自己言语有失，又想不通似有顾盼之情的小姐怎如此变色相拒。寂静春夜，申纯伏枕对烛，夜肠九曲，最后决定一定要再寻机会问娇娘个明白，看她到底对自己是有意还是无情。

再说娇娘，自她劈头盖脑地抢白了申家哥哥，使他不敢近前后，更是看花落泪，观景伤情。一日嫌春寒更甚，深闺独坐无聊，就同侍女小慧去熙春堂上拥炉小坐。见小姐黯然无语，长嘘短叹，年幼的小慧不解地问小姐："小慧服侍小姐，一日三餐，不知愁为何物，怎么小姐却日日愁眉紧锁，这是为何？"

娇娘闻言苦笑道："小丫头，你晓得什么？你先去服侍奶奶，若寻找，再来叫我。"

小慧一蹦三跳地走了，留下娇娘一人暗想心事：当初听人说起姻缘，全不放在心上，但怎么一见申家哥哥，就再也丢他不下，无论白日黄昏，梦魂儿不离他身，难道这是天公注定了今生要和他鸾凤相俦？我自看那申生，似不像寡情薄幸之人，若真能和他半晌贪欢，就是拼却一生为他守节也是值得的！只是申生受我抢白不再理我如何是好……正自伤感，一束带露梨花被扔到了小姐面前，娇娘抬头一看，正是申生从花丛中走来，口中还吟诵道："将好花，折在手，未识花心可也得似人心否？撇下花枝，和你两休休，你果若无情呵，免为你添忧愁。从今再不向花间走！"

弦外之音，娇娘一听便知。她十分爱惜地拾起了花枝，顺口吟道："花泪盈，花枝瘦。知它也为关情，害得这伶仃瘦。人面花容，一样两悠悠。还怕道人心不似花容久，风吹得零落，在那黄昏后。"

语义双关，申纯一点即通。他激动地问娇娘道："小姐此言何意？"

娇娘笑而不答，只拉了申生同坐炉旁，柔声问道："兄何事断肠？妾当为兄出谋解愁！"

申纯一声长叹过后，便开始滔滔不绝："妹妹无戏言。我自遇妹后，魂飞魄扬，不能着体。夜更苦长，终夕不寐，求一诉衷情而不可得。我每细察妹妹，言语态度，亦不像无情无义。怎我一言深情，妹则变色拒我；不知真是妹不谙世事，还是嫌兄孱谬之质，不足以当雅意？望妹明示……"说着说着，申纯忍不住流下了热泪。

娇娘十分激动，她用洁白的手帕替申生擦了眼泪，长叹道："君既疑妾如此之深，妾哪敢再不明言？君之心情，我早知道。但怕你只图一时欢乐，不能终始。遇你以来，妾寝梦不安，饮食俱废，君可曾知道？"

"妹既有情，为何一再拒我？"申纯追问。

娇娘微微笑答："岂不知男女婚姻，当图久长。兄既有情，自当归告尊亲，遣媒说合，怎能只求苟且之计？"

申纯虽觉娇娘言顺情理，但又虑及遣媒说亲，往返累月，如若求婚不成，怎生是好？他只是摇头认为不妥。

娇娘果决劝道："只要你我两下心坚，事终会成。如若不济，我当以死相谢！"

"小妹此言，生当铭记胸间。"申生闻言忘情，意欲揽娇娘入怀。

恰此时，小慧唤声传入，娇娘笑着轻轻盈盈地走了，但却给申生留下了一阵余香，已足令他眩迷。

薄薄的一层窗纸终于捅破了，申纯心情为之豁然开朗。怎奈好事多磨。以后两天,申纯竟无缘见娇娘一面。到了第三日,申生煞费心机又到绣房,娇娘即许他晚间到熙春堂下相会。可偏偏天公不作美,到了傍晚铺天盖地地下了一场大雨,整整一夜,没停一刻,恨得申生咬牙切齿,却也无可奈何。次日一早,二人堂中相见,相对苦笑。到了天黑,娇娘为报申生深情,冒了风险私到申生书房,又是推门,又是低唤,可是屋内却无动静,气得娇娘啜泣不止,以为是申生有意辱她。原来申纯见好事受了雨阻,心情郁闷,就借酒浇愁,已至于醉烂如泥,对娇娘的来访是一无所知。

陡生抵牾,直到申纯剪发书盟,双方误会才烟消云散。但机会已失,二人再也找不到密约的好时候了。

正自烦恼,申纯接到家书一封,说是番兵入犯成都,催申纯星夜起程回归。

家乡既开兵衅,父母严命招归,申纯不敢延误,但心中又实在不愿离开娇娘。好在舅妗二人再三嘱咐,烽烟息后,早些归来,帮理家事。申纯心理上稍得安慰。

娇娘的眷恋之情,更是甚而又甚。但看到申生不忍分离的神情,通情达理的她又含着眼泪劝解道:"拥炉之约,彼此铭之肺肝。今虽未获同欢,但定生死相伴!"说完,又题诗赠与申生。诗曰:

绿叶阴浓花正稀,声声杜宇劝春归。

相如千里悠悠去,不道文君泪湿衣。

重情重义的申生含泪和了一首:

密叶重帏舞蝶稀,相如只恐燕先归。

文君为我坚心守,且莫轻抛金缕衣。

颖慧非凡的娇娘看出诗中有疑她能否守诚的意思,表决道:"君勿见疑!只是去了以后别叫人倚楼望断万里归鸿。不管你何时归来，妾定还你个依旧春风花笑拥。"

申生感动非常，愈加爱怜娇娘不已。第二日到堂上别了舅舅全家，踏上了已违数月的归程。

四

申纯风尘仆仆地从眉山舅家归来了，因战事日紧，没及歇息就同哥哥申纶一起被排家编户，上城防守。幸喜两月下来，番兵被迫退去，但申生要去往见小姐可就难了。不仅途路遥远，又未得爹娘之命，怎敢遽行？于是为此郁郁成病，整日几案上挥笔，尽写娇娘的芳名。茶饭不思，日益憔悴。

父母看在眼里，急在心头。母亲心疼地问道："孩儿，你病体因何引起？是不是往来路途，饥饱劳顿，又加从军旦夕，忧劳过度所致？"

申纶关切地劝道："兄弟，难道你还是为了功名失志，七情伤损，妙药难医？果如此，弟弟还须遣闷停思，这病方可痊愈！"

申生的病因他自知，怎敢轻易泄露？看着家人焦灼的神态，申纯趁机道："这病连我自家也不知从何而起，可恨成都偌大地方，倒不如眉州，好歹有几个良医，善治无名之症，请来诊视可好？"

申纶接口道："眉州太远，医人怎肯到此？除非前去就医！"申庆夫妇认为孩儿说得有理，也只好点头同意。

申纯暗喜，即刻收拾起行李，扶病而行。

却说王娇娘自申生去后，整日多愁多闷，翠裙日宽。梦绕魂牵的唯有申家哥哥的千般丰韵，百般情分。扳指算着春尽秋来，仍不见申兄音讯，暗自垂泪伤神。这天，飞红突然来报，说是申家哥哥已到，奶奶请小姐前去相见。娇娘闻言愁容褪尽，笑上眉梢，即刻快步而去。飞红感叹，真是：欲识心中意，全看脸上容。

一对有情人历尽相思之苦后终于相见了。看着申生庞儿消减，病容满面，娇娘既怜又爱，当即约申生夜间相会。她决定不顾礼法束缚，以身相许申生。

夜幕终于降临了。申生为赴娇娘之约，逾窗而出，绕过荼蘼架，穿过熙春堂，悄悄地来到娇娘纱窗前，他的心咚咚跳个不停。

与申生相比，娇娘却显得平静稳定。纱灯下，佳人开窗扶几而坐。只见她红绢半弹，蝉鬓轻罗。眉横秀色，似方影春山；脸映蟾光，如玉沉秋水。偶而举首对天，露出十二分企盼之情。

申生知道娇娘正在等着自己到来，径自推窗而入，娇娘惊喜道："申生，你终于来了！"说着就先红了双颊，愈显娇妍。

申生并不答话，他深情地凝视着娇娘，猛地搂她入怀。溶溶月光之下，两人终于融为一体……

情浓嫌夜短。不知不觉，更漏将尽，娇娘违心地催申生回去。申生不忍，只是盯着自己衣袖上溅上的娇娘的初红微笑。

娇娘羞答答，即起身找了一把剪刀剪下，手捧衣袖，深情地对申生道："留此胭脂为他日之验。愿君今后休忘却了今夕韶华！"

申生庄重地点头。这时虬漏已残，鸡声报晓，娇娘再次催申生离去。为了两情久长，申生只得依依不舍地回了书房。

两情相娱，申生的病早已无影无踪，申生与娇娘双双沉醉爱河。不料两情正浓时，申生又接家书一封，言及他离家半载，家人思念，务要速归。申生无奈，只得堂上向舅妗告辞。舅妗虽颇得他力料理事务，但见有家书催返，也不便强留。娇娘立于母亲身后，欲语又不能，只有偷偷掩泪，以目传情。

申生看在眼中，苦在心头。

一路上百无聊赖，默默赶行。回到了家中，申纯拜见了父母。母亲哽咽道："孩儿，当初嘱咐你早早回来，你怎么就忘了，以至滞留于今？"

申纯忙安慰道："孩儿何敢有忘？只因舅妗苦意相留，因此未能早扬归蹄。拜启双亲悯念，恕儿之谴！"

父亲申庆一旁道："你去舅家，已逾半载，我叫你回来，一来是怕你书剑飘零，误了前程；二来是因你年已长大，婚姻未遂。曾闻你舅家娇娘小姐，容貌端妍，尚未婚聘，我欲遣媒前往，为求姻眷，不知孩儿可有此意？"

申纯听了，心中大喜。他忙拜了父母道："孩儿婚姻，全凭双亲作主！"

见申纯已许，申庆夫妇就备了聘礼，择一吉日便遣媒人前行。申纯心更急切，便背了父母，私下修书一封，交与媒人，让她亲手交给娇娘，并将自己与娇娘已有婚姻之约的事也一并告知了。李媒婆笑道："原来新人倒是旧人了！"申纯红了脸道："为此，还望你尽力促成！"

五.

且说惯会使花唇的李媒婆受了申家之托，就信心百倍地登上了行程。她对眼前的这桩美缘是志在必得的。一因两家是姑舅至亲，二因申公子风流俊雅，三因申生和娇娘已暗定终身。

一路奔波不提，李媒婆一行很快就到了眉州王通判家。代申庆夫妇问了安后，李媒婆即向王家提出求亲之事。王通判对这桩婚事自有看法，心嫌外甥上考落第，仕宦无成，故意推辞道："此事并非不愿，只因我家小姐和申郎，本是兄妹排连，怎做得夫妻匹配？"

媒婆闻言急辩道："这有何妨？申官人才俊聪明，想老爷素已知晓，招这样的女婿也不会辱了身份……"

没等媒婆说完，王通判就打断了话茬道："申郎的确才华独胜，有朝一日可向龙门高聘，我家小姐无分与仙郎配这姻盟，看来是空劳红叶传情了。"

王通判的话已明白拒绝。媒婆仍不甘心，请求道："申生和你家小姐，天生一对美满夫妻，还望老爷允诺！"

王通判见媒婆不善罢甘休，只得拉出夫人做挡箭牌："冰人，你既远道而来，且等见了奶奶，再作商议吧！"

赵氏被请而出。媒婆寄希望于赵氏金诺，于是赶忙上前，摇动三寸不烂之舌，诚恳真挚地劝说道："女儿家婚聘，是和非凭娘立成。申官人是天上仙桃，您小姐是日边红杏。双鸾并影，占尽了人间佳胜。奶奶与他二人成就了这段婚姻事，美恩情似天边乌鹊渡双星。"

说完，媒婆露出企盼的眼神，没想到赵氏说出的话儿委实令她沮丧："门当户对，两家至亲，论婚姻端然可成。但儿女婚姻大事，还须老爷作主。依我看，姑父姑母不必急于结姻，还是慎重为好！"

媒婆正欲再劝，王通判一旁下了逐客令："媒婆，姻事不成，不好留你。你见了姑爹就说婚姻不成，非我妆乔。申郎是才俊书生，有朝身显贵，再别选佳人结良盟。"

媒婆听似不太介意，游说道："老爷休嫌，这头亲事，哪个不说相当？且亲上亲，锦上花，的确好良缘啊！"

"我意已定，不必重提！"王通判变了脸色。

"媒婆千里而来，却亲事不成，叫我如何去回复？"李媒婆不悦道。

"要结良缘,须按人伦。如今朝廷立法,内兄弟不许定婚。你还是尽早回家去,这缕红线,向别人家牵定就是!"王通判满脸恼怒,说完就独自退出房去。

媒婆知事已不可成,只得请求小姐出见,并趁人不注意,将申生的书信偷偷交给娇娘,并说明老爷坚执不从婚事,她也无计可施。娇娘听罢,立时泪水涟涟,哭道:"婆婆,我和申郎曾花前盟订终身,指望百年谐庆,谁知一朝打散鸳鸯颈,这都怪俺红颜薄命!"娇娘愈诉愈悲,遂写书信交给媒婆,再表"生同衾,死同穴"的决心。

媒婆甚是感动,叹息道:"好好一头亲事,只因老爷不肯,耽搁了两下!"

这时,院子又奉老爷之命催媒婆回归成都,媒婆只得辞了小姐,悻悻而归。

六

申纯被召回家后,对于娇娘是白日情牵,晚上魂系,委实割舍不下。好在父母正有同王家联亲之意,并遣媒人前去说合,才使他稍稍宽心。

一天,成都贵族子弟陈仲游来访,硬要申纯陪他去名妓丁怜怜处饮酒,申纯推辞不过,只得勉强成行。

颇具姿容、兼通音律的丁怜怜见才子申纯来到,既怜又恨道:"申相公半载以来,不见踪影,约陈公子再三相请,也一再推辞,想相公已见弃奴家。今日是什么风把你吹到了?请先饮三大杯。"

申纯笑道:"领怜娘尊命!"然后一饮而尽。

怜娘见申生如此豪爽,心中芥蒂顿消。她高兴地取了乐器,弹起曲子，助申生和陈公子畅饮。

不料，数觥过后，申纯已是酩酊大醉，伏案不醒。怜怜见了心中纳闷，兴味索然。她只得让伴姐陪陈仲游别寝别室，自己则忙着铺排枕褥，侍侯申纯安寝。

收拾停当，怜怜即上前扶申纯上床，忽被申纯一把抱定，口中还含糊不清地念叨着："妹妹……娇娘……你让我想得好苦……"

怜怜始感愕然，复又不悦。她挣脱了申纯，冷冷道："什么妹妹姐姐的！申相公，我几次招你不来，原来你已另寻新欢！奴身虽为风尘贱妓，昔日曾蒙你错爱，今日就如此不瞅不睬，将人如此冷落，你也忍心？"说着，怜怜已潸然泪下。

此时，申纯的酒已醒了几分。听怜怜质问，惶恐道："怜娘得罪了，我心中情绪万千，实难相告！成都内外，再有谁能比怜娘，我去寻哪个？"

"那刚才你梦中唤谁？"

"怜娘既知道了，我也不敢相瞒。但我所遇的不是风尘女子，她姓王，名娇娘，是眉州王通判的小姐。我同她心眼相投，已暗订终身。"

"长得如何？"怜怜略带醋意。

申纯深情一片地回答道："我看世上没人堪匹。便是梨花带雪，海棠着雨，也比不过她！"

丁怜怜略一思忖道："既名娇娘，又美丽如此，岂非小字莹卿的那位？"

申纯吃惊道："怜娘怎么知道？"

丁怜怜道："前些日子川西节镇帅府的公子求婚慕色，遍地访画美人真容，百般挑剔共得九人，娇娘即其中之一。她色莹肌白，眼长而媚，爱作合蝉鬓，时有忧怨之态。我曾去帅府内室，因而记其姓氏,可真是此人吗?"

申纯听了失色道:"正是她!但帅公子此举,又如何是好?"

怜娘一时无策可献,申纯急忙告退,他想早些知道媒婆一行能带回什么消息。没想到一到家中,父母又将舅父拒婚一事告诉了他。雪上加霜,申纯不堪其苦,一下子竟卧床不起。

七

申纯为王家拒婚一事,恨在眉头痛在心。负病卧床之上,终日想的都是如何才能同娇娘再度相会。怕家父不允,他便偷偷唤来李媒婆,求她相助。李媒婆感申生与娇娘之情深意笃,也就同意了申生的请求。

李媒婆费尽心思想出一条妙计。她先施二两白金,找了最能禳病的张师婆,言称申生害了鬼病,求她相治。

张师婆受人之托,收人钱财,自当忠人之事。她一进申家宅院,便称有凶气缭绕。申庆夫妇本来也为儿子忽冷忽热、言语颠倒颇感奇怪,一听张师婆的话也就信了。于是就照师婆吩咐,虔虔诚诚地拈香烧符,拜祷诸神。张师婆口中更是念念有词,并用桃木剑猛击灵牌。良久,她才微睁双眼,悠悠地说:"申公子是让三个油光鬼缠身了,今已被我赶跑,可以唤醒公子了。"

李媒婆听言忙上前去摇申纯。申纯果然慢慢醒来,自称对刚才发生的事一无所知,可精神却好多了。

申庆夫妇大喜,连忙吩咐去备厚礼,答谢张师婆。这时张师婆却正色说道:"这几个女鬼,都是公子前世里结下的夙世孽缘。今虽已去,但五、七日后定要重来厮缠。天神已降敕令,特叫公子后日起身,到西南方数百里外躲避,方保平安!"

"神人之言虽是,但西南方何处可以躲避?"申庆夫妇又急又愁。

"只有舅家在西南方数百里外。"哥哥申纶接口道。

"前日求婚不成,怎好又去?"申庆道。

"只要孩儿病好,去也无妨!"王氏道。

"如此可先派人去说,随后起身就是了。"申庆吩咐。

再说那王文瑞拒了婚事后,一直担心姐姐一家心存不悦,总想找机会解释。因此当申家派人提出让外甥到他府上住一段时间,自然表示欢迎。

娇娘听说申家哥哥即来自家养病,既喜且忧。喜的是朝思暮想的人儿即来身旁,忧的是那申郎病体到底如何,听那捎信来的院子说病得很厉害……

一日,王通判夫妇受邀一起到隔邻王寺丞家看花,娇娘则独坐门口的秀溪亭上想着申家哥哥怎还不来,忽然背后传来熟悉的脚步声,她一阵心跳,忙转过了头,恰好迎来了申纯那如怨如愁、既怜还慕的深情的目光。

四目相对,默默无言,但那叙不尽的相思苦、别离泪、团聚情却尽在不言之中。

停了一刻,娇娘流着泪开口道:"三哥,听说你有病,脸庞果然如此消瘦了!"说着,她就伸出纤纤玉指,深情地抚摸着申纯的脸庞。

申纯泣声道:"娇娘,我的好妹妹,自别你后,我为你捱不尽更长漏永,我为你花前泪滴残红。幸而请命严君,冀谐媒妁,没料天不从人,竟辜凤望,怎不叫人断肠悲痛……"

娇娘执了申纯双手,坚决地说:"兄心果如金石,妾何敢有忘?倘若你我今生不得谐鸾凤,来生也要翠衾两共。哥哥,观天色已晚,想父母就要回府,你还是先拜了双亲,安顿下来再说吧!"

申生虽不忍离娇娘一步，但也实在无奈，只得到了堂上，拜谒舅父舅母。王文瑞夫妇见贤甥已到，且病容绕鬓，就关切地问寒问暖，并安置他仍歇息旧时书房。

　　这倒给申生、娇娘提供了重温旧梦的机会。一春一夏，两人频频欢会，申纯病容渐退，娇娘喜形于色。

　　这情形倒使飞红颇感酸楚。她虽为贱婢侍女，容貌也不及娇娘，但毕竟同是怀春少女。当初一见申纯，便魂飞魄扬，有事无事常找申纯搭话，虽然她知道自己无力和小姐抗衡。而今，申家求婚被拒，倒燃起胸中对申纯的烈烈春火，由她引起的风波竟差点使申纯、娇娘这一对爱得死去活来的情人分道扬镳。

　　且说有一天申纯独去娇娘绣房，见小姐不在，正欲归去，忽见锦衾角枕处露出金莲两瓣，夺目生光，煞是可爱，于是就顺手袖起，回到书房细细玩弄，碰巧，舅舅派人唤他到熙春堂陪客，他就只得将鞋置于枕下，匆匆而去。没想到飞红一直尾随于他，她发现这双旧鞋后妒意大发，赶忙收了起来，去见小姐。这边绣房内娇娘正为一双小菱尖不翼而飞暗自着急，飞红一见，即从袖中抖出鞋交给小姐，说是从申生床上得到的，并指桑骂槐地把小姐讥讽一通。娇娘心中暗恼："申纯啊申纯，这鞋定是你偷去的。只不知何故，又落飞红手上，敢是你二人有什么勾当？古云痴心女人负心汉，申生，想不到你竟如此薄情！"

　　说来也巧。又有一天申纯在庭中赏花，一双蝴蝶飞落花丛之中，他正要去扑捉，正好飞红走过，主动帮他扑捉，两人调笑戏嬉，甚是开心。娇娘来此，一怒之下，将飞红好生训斥了一顿。申纯自觉没趣，也就不声不响地离开。娇娘更加认为申纯与飞红中间有私。于是，她开始对申纯日益冷淡。

　　还有一次，申纯在院中花径中拾了飞红故意丢遗的情诗一首，认为是小姐所作，就珍藏起来，时时玩弄。娇娘见了，更加气愤,见申纯如同路人,不理不睬。

申纯心头乌云重重,如堕五里雾中,不明白娇娘为何突然与他反目。他下决心要千方百计地找机会亲自问个明白。

一日月照东墙,申生穿过花径,来到娇娘绣房。娇娘一见,没好气地说:"此乃妹子卧室,兄无事何以到此?"

申生一愣,忙做一揖道:"是小生得罪了!小生有一言请问,小生既为所弃,但见弃之因,乞请明示!"

娇娘闻言泣声道:"妾昔日与兄恩情不薄,不道一旦就成捐弃。今日是君弃妾,妾何敢弃君?"

申生急道:"小生有誓,生同衾,死同穴,请问妹妹,何事如此疑我?"

娇娘道:"兄自知,何待妾言?兄偶遗鞋,飞红得之;飞红偶遗词,兄就得之。天下偶然之事,怎如此多呢?"

申生听了仰天长叹:"怪不道你连日深恨于我,原来却为飞红之故!"然后,他就将这几件事的真相告诉了小姐。

娇娘听了破涕为笑:"君果然如此?"

申纯道:"怎不果然?可对天发誓!"

娇娘道:"后园中池有明灵大王之祠,此神正直明鉴,叩之无不应验。"申纯喜道:"好,现在就去,明灵大王,定知我心!"

二人手拉手,共跪神前,发下大誓:"申纯、王娇娘二人,形分义合,生不同辰,死愿同夕。在天为比翼之鸟,在地作连理之枝。暮暮朝朝不暂离,生生世世无相弃。赫赫神灵,望垂明鉴!"

八

一场天大误会,终于烟消去散。自此,申、王二人更是恩爱有加。

一日,风和日丽,娇娘便约申生同看牡丹。申生赴约途中又遇飞红,忆起因她所受之苦,即佯装没见匆匆离去。飞红暗恨道:"今日申生如此冷落于我,皆因小姐之故。今后他俩再有什么事,我便去告知奶奶,看小姐你如何收场!"

申生见了娇娘,两人携手看花。对此好景,申生不觉春情顿起,就欲在百花深影下同娇娘暗交鸳颈。娇娘急急推辞道:"妾丑陋之质,固不敢辞,但虑雨云初交,欢会方密,万一有人猝至,使妾无地自容。"

突然,枝头上一鸟高鸣,双方同时一惊,申纯春兴也打掉了几分。但他仍不甘心:"娇娘,我与你既盟为夫妇,今后休得再以兄妹相称。趁此无人之时,先唤一声:娇娘,我的妻!"娇娘含羞应了一声,低头也叫声:"郎夫!"然后就潜入花枝下不敢抬头。

飞红在远处看见二人卿卿我我,好不亲密,就不声不响地去见夫人,只说院中牡丹煞是好看,力劝夫人一赏。夫人经她一劝,随她前往,刚到花园,看见女儿和申生正并肩赏花,不禁怒道:"娇娘,你一个女孩儿家不在绣房,来此何干?"

娇娘大为尴尬,嗫嚅道:"女儿在绣房坐久了,身子困倦,来此看花消遣。"

母亲望着那已急急离去的申生背影,话中带话道:"冷澹园林,云迷雾凝,花妖魅,柳精灵,倘若碰到了,如何是好?"

"女儿再也不敢了!"娇娘怯怯地应答。

母亲吩咐飞红陪小姐回绣房,心中却暗想:近日申生、娇娘态度亲昵,好生疑人。明日还是尽早打发他回去为妙。

果然,第二日舅甥二人便唤申生到堂,说他离家多日,病已痊愈,该回去探视父母。申纯点头言是,但心中滋味唯他自知。

娇红记

娇娘得此消息，急到书房面辞申生。申生恨道："恨杀飞红离间，致有此事。不知何日才能相会？"

娇娘痛苦地嘱托道："山川有隔，此情难隔。只要你心常记忆，伺机便来，勿以疑问，遂成永弃。"

申纯含泪点头道："事已至此，还望小姐善自将息，以待后会！"

娇娘又鼓励道："郎君此去，转眼即是秋榜之期，只愿一举高登，重遣求婚，或许那时我爹爹会答应的。"

申纯苦笑点头。娇娘又从袖中取出香珮一枚，上面缀着金锁团凤，用珍珠百粒，约为同心结，实为罕见的宝物，递给申纯作为信物。申纯双手捧过，珍藏在怀。一对鸳鸯就这样再次天各一方。

九

申纯自眉山归来，虽无意功名，但为了名登高榜后再遣人求婚，以偿与娇娘百年偕老之愿，也不得不静下心来，和兄长同住书斋，日夜攻读。

果然，苍天不负有心人。到了八月秋试，申纯与兄长申纶竟然双双高中；次年春天大比，兄弟二人又同时进士及第。申纶被授锦州主簿，申纯因兼通弓箭，加授一级为洋州司户。兄弟二人衣锦荣归，名噪一时。申庆夫妇笑逐颜开，左邻右舍、亲朋好友纷纷祝贺。

真是贫在闹市无人问，贵在他乡有远亲。却说那拒婚的王通判，看了登科记，见申家二位公子一起登第，就差了院子王忠前来成都祝贺，并托亲姻，邀二个外甥到他家去，以使蓬户生辉。

申庆夫妇略一商量，就对申纯道："孩儿，你一向在舅家相扰，如今是该去拜谢了！"

申纯求之不得，欣然从命，又来舅家，向二老问安致谢。舅父王文瑞高兴地说："贤甥，你兄弟同登高第，老夫不胜喜悦。"申纯谦恭道："此皆舅舅福庇。"这时，舅父已安排下人设酒相待。申纯见舅母一言不发，只是盯着他和娇娘不放，忙道："舅母在上，容小甥一拜！"舅母赵氏道："三哥途中劳累，免劳下拜。吃了酒后，早些休息！"然后，她就吩咐家人打扫通判府大门之外的房间，供申纯歇息。

申纯吃酒完毕来到房间休息，见和小姐卧房相隔如海，暗叹道："这分明是舅母疑心于我，将我与娇娘隔开。刚才与娇娘彼此注视，竟难出一言。早知如此，便不来也罢！"

申纯这次探访，本以为婚事可成，不料却置自己于这般境地。不久，舅母因病而亡，飞红被王文瑞收纳为妻。儿子年幼，娇娘体弱，家中诸事全靠申生料理。王文瑞见申纯经理庶务，井井有条，且又年少登第，前程万里，就欲重叙前约。飞红看在眼中，主动撺掇，王文瑞于是遣人去申家说明，申家答应，申生同娇娘的婚事已是指日可待，专等择日遣聘了。

天将遂人愿，申、王二人甜甜蜜蜜。

十

申、王二人择日定婚后，双双喜不自禁。可万没想到乐极生悲，只隔几天，一场灾难又降临在他们身上。

原因就出在那个贪酒色的帅公子身上。他仗老子权势熏天，为所欲为。自他派奴才马小三、戈小十遍访各地佳人，得美人图九幅后，就挂在内室日夜玩弄。九人中，他越看越觉得王娇娘最是风流俊俏，摄人魂魄，就暗下决心一定要将王娇娘弄到手。

一日，帅公子又暗唤马小三、戈小十，密谋如何才能早日同王娇娘颠鸾倒凤。二奴才献媚道："大爷不须急，世上嫁女的，只要有财有势。凭老爷家的财势，世上有哪个不肯答应？多用些金帛就是了！万一有不允亲事，成都附近几百里，哪一处城池乡里不是帅家管辖之地？大爷放心，由奴才办理此事，公子在家等候天仙来临就是了！"

帅公子心花怒放，立即吩咐道："我派你二人去王通判处说媒，事成之后，重重有赏。"

二奴才连道"遵命"，随即就带着金帛前往王通判家做媒。到了王府，二奴才对王文瑞说道："我二人是帅府中人，有天大喜事，送来宅上！"王通判惊问："何喜之有？请明言！"二奴才告道："君家有女婵娟，俺大爷正青春少年，一双两美，合配文鸳。因此上把鸾书遣订，祈谐仙眷。"

王通判闻言赶忙推辞道："二君不知，这门亲事虽好，只是他家甲第云连，我乃寒门，攀高结贵，事不周全，况小女残妆陋质，难谐仙眷。望二君回府后多请包涵！"

二奴才不解道："如此怎好回复？他家已备下黄金千镒，白璧十双，彩缎百匹，珍珠二斛，就要遣聘哩！这段姻亲，多少公侯贵女，求而不许，你怎倒推辞起来？"

"只是寒门不敢相攀。有言道，有玉种蓝田。这个姻亲，非吾所愿！"王通判态度明确。

二奴才威胁道："老爷是仕途中人，怎不晓势利二字？令爱许了他家，将荣华无比。如若不许，你风波难免。两种利害你自权衡吧！"

财之引诱，势之威胁，王通判开始犹豫。他思忖道：是啊，那帅府威福，一省中谁不畏他？况帅公子年少风流，女儿许他，也不至辱没于我。女儿虽与申生有婚姻之约，幸而申家还没遣聘，只是青鸾尚杳，红叶空传，我便把彩绳换却，别成缱绻罢了。于是他对帅府奴才道："二君拜上帅爷，他既俯求，我怎敢不仰报？"二奴才见王家已允，就高高兴兴地回府复命去了。

小姐听到王通判悔亲之事，险些惊死。她对爹爹迫于权要，复背前言，既十分愤恨，又感叹自己红颜薄命，她不得不将这消息告诉申生，好有个商议。

来到书房，谁想到申生美梦正酣。娇娘轻声低唤，申生醒来见是娇娘，就欲紧拥香躯。娇娘推开他手，愁容满面地说："申郎，你还不知道？昨日做的你妻，今日就做不成了！"

"这怎么说？"申生吃惊不小。

"前日婚约复败。帅家公子求婚，家君迫于权势，已将妾身许他了。"

申生听完娇娘的话，如五雷轰顶："哎呀，泼天风浪凶，打鸳鸯两西东。你爹爹怎能如此行事？"

"是前生命悭，今生命凶。生愿不谐，死愿还在！"娇娘流泪表示。

申生摇头苦笑："离合悲欢，皆天所定。帅子既来求婚，亲期料应不远，小生便当告辞。今日缘分从此诀矣！你去勉事新君吧！"

娇娘杏眼圆睁，怒道："兄丈夫也，怎说出如此话语？妾身不可再辱，既已许君，则是君之身也！死向黄泉，永也相从。"说完，她掩面恸哭起来。

申生忙过去扶住，悔恨道："刚才所言实违心之语，但一时计出无奈啊！"

娇娘泪眼朦胧："你既不忘情于我，还望早为我计之。"

"事已至此，只得缓图。"申生安慰道。

但是没等申生想出妙计，申家就派人来到王府，称父亲患病不痊,要申纯急归。申纯无奈告别舅父。王文瑞道:"我女儿近期出室,家事纷忙,今后未必再相会了!"并吩咐丫环唤娇娘辞行。申生听了如箭穿肠。

娇娘为表示对父亲不满,拒不出门,只在绣房哭泣。

十一

申纯走后,小姐整日情思悠悠,欢喜时少,愁闷时多。金闺弱质,哪堪其苦?没几日,就芳容尽改,幽艳都消,梦里如啼,醒时成醉,病势日重一日。

飞红见状,又急又怕又感动,就暗中遣人送信给申纯,要他务必再来见上一面。申纯接书,不敢禀知病中父亲,黉夜买舟,私奔前来,约小姐悄悄于舟中一会。

无奈王文瑞在家,飞红心急如焚,也无计可施。到了第三天,王文瑞外出郊行,飞红看机会来了,就跑到小姐房中,将申生舟中等待之事告诉娇娘。娇娘听了急忙挣扎着起床,要扶病前去舟中相会。飞红忙上前扶住,道:"小姐气息如丝,身子瘦怯,怎么行走得动?只是机不可失,我们还是慢慢走吧!"

娇娘边走边喘,好不容易才捱到河边。飞红远远望见申生正在船头张望,忙唤了申生,交代道:"你二人快下船吧,我去岸边瞧老爷。"

申生忙接扶娇娘,心疼不已:"妹妹别来几时,怎病到这等程度?"

"申郎,我和你虽别两月,却胜似三秋了!"娇娘执了申纯双手,上气不接下气,"妾与郎当初相见,便以此身许之于郎,不料今日竟不能如愿。枉辜负,星前誓设;空冷落,神前香蓺。"

"这都是申生命薄所致,小姐休自嗟怨伤怀!小姐情意如山,我岂不晓?但既迫严父之命,便誓从他氏也罢了。"申生流着泪安慰。

娇娘摇头道:"申郎,此话休提了!妾曾与郎拥炉,谓事若不济,当以死谢,怎能够两鞍鞴一马,单轮辗双辙?"稍停,娇娘又从怀中掏出断袖交给申生:"谢郎厚爱。妾与君虽泣别数次,这一次怕要成永诀了!"

申纯已是泣不成声:"妹妹何出此言?……妹妹是为小生而死,小生断也不忍独活了……"

真是相逢一字一行泪,说与哀猿哀断肠。

飞红看天色已晚,就也进舟中,听到两人酸酸楚楚、呜呜咽咽的哀音,不禁抛下同情之泪。申生嘱她道:"飞红姐姐,我与娇娘恩情,你所尽知,今此一见,恐成永休。以后日子还望你多多照料。"

飞红哭劝:"姻缘成毁,辗转无常。怎知如此后,不可复合?你俩都须善自珍重为是。今天色太晚,老爷要回,你二人须分手了!"

娇娘闻言,扯住申纯衣袖不放,道:"妾与君生离死别,怎堪忍受?……"说着说着就倒在申郎怀中昏迷过去。

申纯、飞红急叫"小姐苏醒"。刚醒来,船家来催申纯,说要乘顺风开船。飞红也怕时辰太迟不好向老爷交代,也催个不停。申生、娇娘只得再次分手。

河水愁绝,离鸿哀咽。

十二

娇娘自舟中与申生泣别后,回到家中就卧床不起。父亲劝她婚期将近,好生将养,她干脆蓬头垢面,以求退亲。王文瑞无奈,只得让飞红前去劝解。

飞红刚走进小姐卧室,就听她自哀自叹:"人欲求生生不得,我今求死死偏难!"飞红忙惊问道:"小姐是何意思?老爷只望小姐病好,完成亲事,你怎只说个要死?岂不闻女子未嫁,当从父命。今你如此固执,怎得称为孝呢?"

娇娘辩道:"飞红有所不知。我始遇申生,虽则未获老爷之命,自念婚姻事大,古来多少佳人,匹配匪材,郁郁而终。与其悔之于后,岂若择之于始。至于中间,两次婚议,老爷也有成言,今乃一旦改许他氏,是负义之愆,不在我了。飞红不要多劝!"

飞红道:"小姐,我知你为申生甚是痴情,但若要飞红帮你什么,请明言!"

娇娘脸上现出一丝惨淡的笑容,对飞红道:"飞红姐,我有诗二首在枕席之下,倘我死后,你替我寄给申生,便是你的情了。"娇娘说完,已是气息奄奄。

飞红见势不好,忙去唤老爷。但等他们来到,娇娘已脸带泪痕,魂灵离去。王文瑞哭天喊地痛悔不已。飞红一面派人去帅家回了亲事,一面又差人通报申家。

且说那申纯探视娇娘回来,枕旁滴滴,尽是啼痕,袖上行行,无非血泪。哥哥申纶见了,煞是心疼,劝慰不已。这时,飞红所差院子到来,告知申纯娇娘小姐已亡去之事,并递上飞红捎来的书信一封。申纯大吃一惊:"怎么,小姐……小姐她亡了?"又拆了书信相看,见内寄小姐诀别诗二首,读之更是胸怀千裂,肝肠寸断,哀叫一声,一头撞地,昏迷过去。

申纶惊呼,并唤了爹娘同来。几人又是推拿,又是叫喊,才使申纯慢慢醒来。爹娘哭着责备他:"孩儿,有爹娘在此,你怎么这等短见?"

哥哥也一旁哭劝："兄弟，你怎如此痴见？大丈夫志在四方，何必区区眷恋一女子？况世间美妇人尽多，你今日为彼一人，上负二亲之望，下殒六尺之躯，为兄认为不妥。"

申纯强睁双眼道："兄长之言甚是！但我和娇娘曾有誓言，生不同辰，死当同夕。今她既待我九泉之下，我即使想悔前盟，谅老天也断不相容了。父母大人，孩儿不孝，不能终侍膝下，只望双亲休为孩儿之死过于痛伤，则孩儿之愿已足了！"说完，申纯慢慢地闭上了眼睛。任父母兄长如何呼唤，再也没能睁开。

母亲王氏哭着骂道："这都是阿舅的不是！三番两次地违背亲盟，自家断送了香闺幼女，又把别人家的孩儿辜负。"

十三

申纯追随娇娘死后，申庆夫妻差人报丧于王文瑞，并捎书信一封，痛责他两违婚约，以致申纯、娇娘双双殉情身殒。王文瑞老泪纵横，悔恨得几欲以死谢罪。幸得飞红一旁苦苦开导，才慢慢平静下来。王文瑞叹道："他二人生前之愿，老夫既已违之，今就与他结个死后之缘吧！"

飞红问道："不知这死后之缘如何结法？"

王文瑞道："我今复信与申家，将娇娘灵柩送归成都，使两人合葬。若魂灵不死，他们也定快然于地下了。"

飞红认为此法可施，当即差人去办。申家为慰亡儿灵魂，也就同意了。于是，经隆重的斋戒沐浴后，娇娘的灵柩就被护送到了成都。至此，申纯、娇娘的生前愿望才算终于实现了。

从此，成都濯锦江畔就多了一个并头鸳鸯冢，人间也多了一个关于鸳鸯冢的凄婉而美丽的故事。

（远征　改写）

清忠谱

[清] 李玉 撰

这是发生在明末天启年间的一个真实故事。

吏部员外郎周顺昌刚正不阿，嫉恶如仇，与专权乱政、残害忠良的阉党魏忠贤之流进行针锋相对的斗争。魏忠贤派其爪牙到苏州逮捕周顺昌，苏州市民颜佩韦等五位义士激于义愤，发动百姓，与阉党进行了殊死搏斗。后周顺昌被押解入京，惨死狱中；颜佩韦等五义士也被斩首示众。第二年，崇祯即位，阉党事败，周顺昌和颜佩韦等人冤案才得以昭雪。

一

公元1620年，明熹宗朱由校登位，次年改年号为天启。由于朱由校年幼懦弱，不理朝政，所以朝中大权完全落入阉党魏忠贤手中。

历史上，凡阉党专政，很少有不腐败不昏暗的。因为那些愿做宦官的，大多是不学无术、无执政才能而善于阿谀奉承谗害忠良的无耻之徒。魏忠贤就是其中一个突出的典型。

魏忠贤（1568～1627年），河北肃宁人，赌徒出身，被恶少所苦，恨而自阉。他不学诗文，不懂礼义，但却善于谗谄奉承，投机钻营。因和朱由校的乳娘奉圣夫人客氏勾结而被任命为司礼秉笔太监（皇帝的机要秘书），从而掌管了代为皇帝起草诏书的朝廷重权。后来，他又兼掌专门刺探情报的特务机关"东厂"和为朝廷捕人的"锦衣卫"，权势煊赫，炙手可热，简直可以与皇帝并驾齐驱，平分秋色。皇帝称万岁，他称九千岁。朝野那些趋炎附势之徒纷纷拜倒在他的门下，做他的干儿子干孙子。他羽翼渐丰，实行阉党专政，加紧镇压人民和朝中反对派东林党人。

所谓东林党人，是指当时江南地主阶级中一部分比较清醒正直的知识分子，其领袖顾宪成、高攀龙等在江苏无锡东林书院聚徒讲学，评议朝政。天启时，魏阉专权，朝政昏暗，东林党人与之对抗，被魏阉目为党人。附阉者编造"东林点将录"，即东林党人黑名册，阴谋将其一网打尽。吏部员外郎周顺昌就是其中之一。

周顺昌（1584～1626年），字景文，别号蓼洲，苏州吴县人。万历四十一年（1613年）中进士，任福州推官（掌管州中刑狱的官）。他为人正直廉洁，嫉恶如仇。他曾逮捕鱼肉人民的税监高寀的爪牙，严加惩处，毫不宽恕。而高寀正是魏阉的党羽。他在福州七年中，关怀民间疾苦，严惩地方恶奴，致使弊绝风清，闽人称其为冰条先生。后进入吏部，任文选司员外郎（掌管官吏的任免、考核、升降、调动等事），权力仅次于尚书。他虽掌管人事大权，但极清正廉直，拒一切贿赂于门外。他常说："五升米十文钱便可饱餐一日，要那些不义之财干什么？"他后来离京回家时，只有"行李一肩，都门叹为稀有"。

像他这样刚正廉洁、不畏权势、痛恨奸佞、深得民心的人，当然为魏阉所不容。于是被借机株连，削职归家，闲居苏州。但他心里仍然惦念着朝中大事。他想，近来朝中正直人物多被革职、贬谪、逮捕以至残害，左副都御史杨涟、左佥都御史左光斗均已被逮，权奸蔽日，忠良渐尽，朝政腐败，国事渐非，使他忧怀万缕,满腔义愤。然而他毕竟远离君门,只能是空流千行泪,徒付数声叹了。

二

一日,当地知县陈文瑞拜访。

这陈文瑞本是周顺昌的学生,多年困于书室,未能及第。后得周顺昌帮助,进入学宫,于是接连登第。陈文瑞对恩师感激不尽,非常敬重,经常前来看望。

师生落座,自然又谈到了朝政的腐败,阉党的专横。他们从倾危汉室的曹节、王甫,谈到几乎颠覆唐朝的程元振、鱼朝恩;从凌夷宋室的童贯、梁师成,谈到流毒三代的本朝宦官王振、汪直、刘谨辈。真是桩桩件件,令人发指,"阉宦之祸,今古皆然"。

师生二人作别后,闻知好友文文起因弹劾魏忠贤,被削职归家。这消息使周顺昌十分震惊。他即刻前往探望,一来问问朝政,二来会会好友,三来大家吐吐胸中不平之气。

文文起即文震孟,字文起,翰林院修撰(就是掌管撰写国家史书的官员)。住在苏州城西郊外的竹坞别墅。

周顺昌独自徒步,翻山越岭,急匆匆地向文文起的住处赶来。

两位老友相见,顿时悲喜交集,抱头痛哭。

"近日朝中光景如何?"周顺昌迫不及待地问道。

文文起攒眉摇头,悲咽地连连摆手道:"蓼洲兄,别提了!自你离开京城后,魏贼的气焰就更加嚣张了!"

"文兄,你不要着急,要一件一件地给我细细讲来!"

"说来真是气煞人呀!"文文起悲愤地说,"那王安虽是朝中内监，但他从不依附魏党。他做事勤谨公正，却被魏党假传圣旨杀害了。魏忠贤还杀害了光宗的选侍赵氏，又杀害了当今皇上的贵人胡氏，那被皇上宠幸的裕妃张氏也被勒令自尽，就是那皇后张氏已身怀六甲，已经成甲，但魏党密谋堕胎，可怜那母子双双毙命！……"文文起已泣不成声。

周顺昌不听则罢，一听气得七窍生烟，怒火中烧："竟有这种事情！"

"蓼洲兄，魏贼的罪恶岂止这些？更令人震惊的是，他公然违抗先祖的禁令，在宫廷内挑选心腹万人，披金裹甲，日夜操练兵马。朝堂上金鼓大作，宫廷内炮声震天。皇子刚刚诞生，就被炮声震死；皇宫附近火器作响，皇上险遭危害，魏贼飞马向前，流矢差一点击中龙体！……那魏贼的气焰呀，真是罄竹难书，令人发指啊！蓼洲兄，你说说，这还成何体统！"

"这还得了呀！"周顺昌越发怒不可遏了，"听说他的心腹比以前更多了！"

"这老贼的狼子野心，已经是路人皆知了！"文文起一声长叹，唾了一下唾沫，接着说下去："崔呈秀手握兵权，魏良卿冒滥封侯，要害处都安置有重兵，掌兵权的都是他的爪牙。各地为其营建的生祠，都是富丽堂皇，雕龙镂凤。修造的坟茔超越皇帝的墓陵，进香的如同皇上到此。配享已同孔圣，庙祀将入明堂。"

周顺昌听到这里，已经气得浑身哆嗦，心肝俱裂。

"老贼还有更可恼人的事呢！"文文起义愤填膺地说，"如今圣上昏庸，阉党窃国执政，假传圣旨，扫荡忠良；削夺未已，即已逮捕；刚刚逮到，即加屠戮。老贼用干儿许显纯、杨环为锦衣卫，制造了铁脑箍、闫王闩、铜挣子、红绣鞋、锡汤笼等多种酷刑，到处捕杀忠义之士。老贼密谋构陷杨涟、左光斗等十七人，必欲一网打尽。如今，魏贼的爪牙四出捕人，滥杀忠良，只恐你我也不能幸免啊!"

文文起说到这里,气得浑身颤抖,紧紧握住周顺昌的手说:"蓼洲兄啊,如此世道,难道不是天翻地覆了?"

周顺昌气得捶胸顿足,掀起头巾,大骂道:"魏忠贤啊魏忠贤,我就是吃了你的肉,寝了你的皮,也难解我心头之恨啊!"

三

天启五年(1625年)的一天,忽然传来魏大中被捕的消息。

魏大中,字廓园,浙江嘉兴人。自幼家境贫寒,奋发读书,中进士后曾在朝廷吏部做官。他为官清廉,不阿权贵。因反对魏阉而被罗织罪名,逮捕入京。

周顺昌深知魏大中生性耿直,视死如归。这一次被捕入京,定是凶多吉少。他打听到押送魏大中的船只必经苏州北上,便唤一小舟,每天等候在胥门江口,以便魏大中经过时见上一面,以叙别情。

几天以后,押解魏大中的船只果然抵达,周顺昌赶忙拦住。押解魏大中的校尉早闻周顺昌的刚烈之名,不敢阻挡,只得让他上船。

魏大中是朝廷罪犯,别人躲之唯恐不及,今见周顺昌冒险前来送别,心中十分感动。他气愤地说:

"蓼洲兄,自从我上书弹劾魏贼,被罢官归家,本想从此闭门谢客,教养子孙。没想到魏贼不肯罢休,重又罗织罪名,将我逮捕入京。这一去,恐怕是要粉身碎骨,不能再与仁兄见面了。……蓼洲兄啊,多少过去的同年好友,见我被逮,都怕受牵连而躲了起来。今天只有你不把生死放在心上,前来送别……"

魏大中说到这里,已是泣不成声。

"廓园兄，你这是哪里的话呢？我们是好朋友，前天一听说你要被逮入京，我就心如刀绞。如今生离死别，我怎不义愤填膺前来送行呢？"周顺昌异常激动，"今日事已至此，小弟我既不能学聂政去刺杀魏贼，又不能学孔融将仁兄保护起来。这已经使我十分惭愧了。如果仁兄还有什么未了之事，请托付小弟，我一定全力以赴。"

魏大中紧紧握住周顺昌的手，激动地说："我已经没有什么未了的大事，只是前日我被捕之时，全家人惊慌失措，号哭连天。弟晓以大义，全家人都能掩泪听命，唯有小孙子允楠牵衣痛哭，昼夜不停。因此离家两天以来，心里总感不安，小孙子的哭声犹在耳畔回响。"

听说魏大中有此爱孙，周顺昌忙问："令孙今年几岁了？"

"年方十三。"

"定婚没有？"

"覆巢之下，安有完卵？今天我是朝廷囚犯，谁还敢与我爱孙定婚呢？"魏大中摇头摆手说。"我恰有一女，年岁与令孙相当，今日就许配令孙。这样我们可以永结百世之好。我主意已定，还望仁兄不要拒绝。"周顺昌当机立断，推心置腹。

"蓼洲兄，不能啊，不能啊！"魏大中连连摆手，热泪盈眶，"眼下，我正遭不幸，恐怕连累你啊！"

"说什么连累不连累，你我是患难之交，只取'道义'二字便为聘礼，不须什么彩礼，也不必再占卜什么生辰合不合了！"周顺昌断然回答。

魏大中仍觉不妥，再三拒绝。

周顺昌执意坚持："大丈夫一言既出，重如九鼎，请仁兄不要再推辞了！"

两家就此订下婚姻。

清忠谱

两位老朋友还有千言万语，无奈校尉再三催促起程，他们只好互道珍重，依依作别。

押解魏大中的校尉让周顺昌上船送行，本想受些贿赂，但却毫无所获，已恼恨在心；又见周顺昌不但为朝廷罪犯送行，而且公然大骂魏忠贤，甚至竟敢与魏大中联姻，真是胆大包天了。

这时，恰巧江苏巡抚毛一鹭派中军向押解魏大中的校尉来行贿。校尉就趁机让中军把周顺昌如何为魏大中送行，如何辱骂魏忠贤，如何与魏大中联姻的事告知毛巡抚。

四

这江苏巡抚毛一鹭，也是魏忠贤的干儿子之一。

原来的江苏巡抚周起元，因为人正直，不肯依附魏忠贤，早被罢免。周起元也是周顺昌的好朋友。当年在周起元被罢官时，周顺昌曾写文章赠送他，其中有赞美周起元、斥责魏忠贤的话。这当然也是后来周顺昌被陷害的原因之一。

魏忠贤罢免周起元后，就让自己的干儿子毛一鹭做了江苏巡抚，又让另一个干儿子太监李实做了苏杭织造（明代专管为皇宫织造丝织消费品的机构）。

当时，魏忠贤在各地的孝子贤孙为溜须拍马，献媚取宠，博得主子欢心，达到了登峰造极的地步，其中之一就是为魏贼修造生祠。毛一鹭和李实当然不肯落后。他们派国子监生（国家最高学府有才学的人）陆万龄为总管，在苏州半塘修造了一座"赛过石头城、紫金城"的"魏公生祠"。

生祠落成后，毛一鹭、李实为大造声势，以示煊赫，遍发请帖，让苏州各界知名人士前来叩贺。

周顺昌送别魏大中后，眼见一个个忠良惨遭陷害，百姓遭殃,朝政腐败,国事日非,自己满怀报国之志却远离君门,而魏忠贤的干儿干孙们却飞黄腾达,心中好不抑郁悲伤。魏阉一伙为造生祠,又不知暴敛百姓多少钱粮。正在这时,接到地方官吏送来的请帖,要他前往半塘入祠叩贺。周顺昌怒发冲冠,撕毁请帖,大骂魏贼,直冲魏祠而来。

但见那魏祠,地侵阡陌,祠插云霄。世间少有,天上无双。金银钱钞,输将万万,一似尘土泥沙;木石砖灰,堆积千千,恰像峰峦山谷。日则鸣锣,锣响处,千工动手,一个个鬼运神输;夜则敲梆,梆打时,万桩齐下,一声声天动地摇。做匠的如狼似虎,好似罗刹临空;督工的喝雨呼风,赛过哪吒降世。观看的闭口无言,还怕死临头上;过路的低头疾走,尚愁祸到当身。费尽了百万钱粮,才得个一朝齐整。雕龙插汉,镂凤飞云。画栋流霞,碧甍耀日。城墙坚固,赛过石头城、紫金城,万年基业;殿宇巍峨,一似皇极殿、凌霄殿,千丈辉煌。头门上,高题着:三朝捧日,一柱擎天;两坊中,明写的:力保封疆,功留社稷。威仪雄壮,浑似玉凤楼前,行走的谁不钦钦敬敬;气象尊严,出入的如在建章宫里,哪敢嚷嚷喧喧!少顷的沉香像迎入祠堂,队队行行,尽拥着一个有庆;今日里普惠祠均瞻圣貌,挨挨挤挤,堪比着万国来朝。真是千载齐心来迎圣,百官何必去朝天。

魏祠内,金樽玉液,香烟缭绕。魏阉的贤子孝孙们一个个焚香礼拜,山呼九千岁。毛巡抚提议对魏忠贤的沉香像行五拜三叩之礼,而李太监向他摆摆手说:"不要这样,不要这样!别人要行这样的大礼是可以的,如今咱们两个都是魏爷的亲生骨肉一般,咱多给魏爷磕几个响头就是了。"

于是,这群狐朋狗党,都照着他俩的样子,在魏忠贤的沉香像前扑身下跪,磕头触地,如小鸡叨豆一般。

整个魏祠内,一派乌烟瘴气。

清忠谱

周顺昌不看便罢，一看气就不从一处来。

毛一鹭让周顺昌叩拜魏忠贤像。

周顺昌见毛一鹭、李实之流丑态百出，令人作呕，哪能学他们的样子呢？于是强压愤怒，冷笑一声："哼，我平生堂堂正正，劲节清操，怎能向阉党屈膝弯腰！"

李太监怒气冲冲地喝斥道："今天来这里叩拜魏爷的不计其数，只有你为什么如此倔强，不识时务？！"

周顺昌厉声回答："不管有多少奴才趋炎附势，我周顺昌独守忠义，决不与你们同流合污！"

毛一鹭如芒在背，一旁高叫："魏爷功德无量，难道不应该钦敬！"

周顺昌怒火中烧，针锋相对："那魏忠贤啊，凶残胜过赵高；贪婪赛过璜瑗。他诛杀妃子皇后，剿灭皇子，擅自在宫中操练兵马，遍结干儿，密布党羽，僭越先祖制度，梦想犯上作乱，身加黄袍。这哪一件不是罪孽深重，哪一桩不触犯天条？"

李太监气急败坏，大声喝叫："一派胡言！快来人，给我乱棒打出！"

周顺昌临危不惧，大声喝斥："哪个敢来！哪个敢来！"

打手们被吓得个个呆若木鸡，不敢向前。

毛一鹭知道周顺昌是个钢筋铁骨的硬汉子，不要说是棍棒，就是刀搁在脖子上也不会眨一眼。他生怕冲撞了魏像入祠的好时辰，便喝退打手，赶紧劝说周顺昌："老先生请回去吧，不能再招灾惹祸了！"

周顺昌毫无惧色："你们这班依附魏阉的狗奴才，暴敛了老百姓的多少钱粮，枉费了老百姓的多少血汗，建造了这座生祠。还题着什么'一桩擎天，力保封疆'，这真是害羞不害羞？依我看，终有一天，阳光普照，冰山融倒；逆像销毁，奸祠烧掉。如今是鸱鸮满巢,豺狼当道。到那时,猢狲散,树木倒。你们定落得遗臭万年,千秋耻笑。"

说罢,拂袖而去。

周顺昌去后,李太监恨恨不已,埋怨毛巡抚道:"真是可恼!真是可恼!今天是魏爷神像进祠的吉日,反撞着这不识时务的大闹一场。我正要教训教训他,却被你给拦住了。真是咽不下这口窝囊气!"

毛巡抚奸笑一声道:"凡事不可性急,要干得不露声色才妙。刚才即使打了他一顿,也解决不了什么正经问题。前日我已经把他与魏大中联姻、辱骂咱魏爷的事密报入京,如今再连夜修书一封,把今天的事再告知魏爷,将他与周起元案连在一起,说两周勾结,贪污袍料,平均分赃,把他拿往京城,了结他的性命,岂不更妙!"

李太监拍手称快,连连叫妙:"毛哥,可真有你的!"

毛一鹭得意地说:"恨小非君子,无毒不丈夫!"

李实咬牙切齿地自语道:"周顺昌啊周顺昌,俺此本一上,定教你浑身是口遍身是牙也说不清!你死将临头了!"

五

魏忠贤在京得知周顺昌与魏大中联姻,已是怒不胜怒;现在又接到毛一鹭、李实两个干儿密报周顺昌骂像一事,更是火冒三丈。立即依照密报,将周顺昌打入周起元一案,诬陷他贪污赃银三千两,连夜将矫诏发往苏州,即刻把周顺昌捉拿归案,押解入京。

天启六年(1626年)农历三月十五日,假圣旨传到吴县县衙,已是三更时分。知县陈文瑞接旨一看,不禁大吃一惊。眼看恩师就要罹祸,学生怎能袖手旁观?陈文瑞趁天未亮,立刻飞马报知恩师,以尽师生之谊。

周顺昌得知消息后,反而十分镇定:"我早就料到有这一天了!"

"恩师要速作处理,料理家中未了之事。"知县陈文瑞见恩师如此境况,自己又无能为力,不免心中一酸,泪水扑簌簌地落了下来。他本想多安慰恩师几句,但恐怕时间一长,泄漏了送信的消息,便挥泪告别,飞马回县衙去了。

然而,周顺昌的妻子儿女得知消息后,立时哭作一团。夫人涕泪双流,想到全家从此深陷不幸,禁不住埋怨几声:"你一生刚愎,招惹是非,明知道阉党势强,你却故意撩拨虎须。今日祸到临头,让我们母子们死无葬身之地了!看你怎样回避?"

周顺昌想不到夫人会说出这样的话,就大声责怪道:"妇人家,你怎么说出这样没有志气的话来!男子汉大丈夫敢做敢当!为了国家社稷,我已将生死置之度外,还有什么畏惧!你却如此悲泣!"

长子茂兰扑上前来,紧紧拉住父亲的衣襟,哭着说:"爹爹呀,这一去如投虎口,凶多吉少。要是有个什么好歹,这可如何是好?——我情愿捐躯救父,替爹爹受罪!"

周顺昌道:"儿实在不知内情,朝廷拿我,你怎么能够代替得了?"

女儿也上前恸哭道:"这都是女儿不孝,连累了爹爹。——祸患总是从联姻引起的!要女儿有什么益处呢,只是白白地连累了全家啊!"

周顺昌见全家悲痛如此,非常动情。他想到,自己生性刚直,确实带累了妻小。然而魏贼当道,朝政日非,忠良被害,百姓遭殃,自己身为有志之士,就应当挺身而出,挽救国家社稷。

妻小们只顾自家,目光短浅,如今遇事悲悲啼啼,让自己放心不下,实在不应当啊!他开导妻儿说:"你们真是可笑得很呀!大丈夫心事,虽非儿女所知,只是你们既然做了周顺昌的妻子儿女,就应当深明大义。现在却为何狂呼惨叫,不能鼓舞我男子汉的志气,白白地扰乱我的心意!"

这时,好友文文起得到周顺昌即将被逮的消息,也于深夜徒步赶到周家。

"蓼洲兄,想不到你也落得如此下场。"文文起气喘吁吁,一见面就感慨万端。

"这也是必然之事。"周顺昌显得很坦然。

"蓼洲兄,听说天明就要入城宣布逮捕。事情危急,不知仁兄作何处置?"

"作何处置,叫我去我就去,圣命难违啊!"

"蓼洲兄,我说的不是这种意思。我是说,魏贼当权,忠良惨遭杀害,朝野正义之士当然痛心疾首,就连老百姓也无不咬牙切齿。仁兄清名卓著,世人钦敬,今天遭此奇冤,必然引起故乡百姓公愤。何况苏州又是多出豪杰的地方,倘若有人倡议,百姓奋起向圣上请愿,说不定圣上还会被民心感动呢!"

"文起兄,如果真有此事,反陷弟于不忠了!"

"以兄之刚肠,志士定难坐视不管。我刚才说的百姓请愿的事,说不定真会发生。"

两位老友说不尽肺腑之言。看看天色发亮,文文起不得不挥泪作别。

文文起刚走不久,逮捕周顺昌的缇骑就到了。

世界上最难堪的事当属生离与死别了。眼看着周顺昌被凶神恶煞般的缇骑逮去,妻儿们怎不捶胸顿足、悲痛欲绝呢?他们扑上前走去,抱住亲人大哭起来。然而周顺昌面对儿啼女悲,大义凛然:"你们还啼哭什么!我已经视死如归,若是回一步头,也算不得男子汉大丈夫!"

说罢,迈开大步,昂首而去。

六

苏州是个好地方,素有人间天堂之称。俗话说,上有天堂,下有苏杭,说的就是这个意思。这里山清水秀,士民富庶,人情纯和,百姓安居乐业。当然,苏州也是个多出豪杰的地方。颜佩韦更是远近闻名的侠义壮士。他本商人子弟,约有三十来岁。一生落拓,半世粗豪。路见不平,拔刀相助。怪的是不忠不孝,不义之财毫不取;敬的是有仁有义,有些肝胆便投机。热血满腔,赤淋淋未知洒落何地;雄心一片,闹轰轰怎肯冷作寒灰。前些天在李王庙前听说岳传,因听到童贯杀害忠良,一时怒起,踢翻桌子,把说书的打了个稀烂,并因此在书场结拜了杨念如、周文元、马杰、沈扬等几位义士。

前天,颜佩韦忽然听到人们纷纷传言,说是上边差锦衣卫来苏州捉拿乡宦。他想,说是上边派来,一定是魏太监派来捉拿与魏贼作对的乡宦的。与魏贼作对的,没有多少个,但都是好乡宦。只是不知道这次要拿的是哪一个乡宦?这件事让颜佩韦一夜放心不下,禁不住到街上去打探消息。

走不多远,远远地望见那边飞奔来一个汉子,近前一看,正是结拜兄弟杨念如。杨念如上气不接下气地告诉他:"颜大哥,不好了,不好了!大街上人群喧喧嚷嚷,都说是北京来的缇骑,来捉拿周吏部的,马上就要在西察院开读了!"

颜佩韦听到这消息,怒不可遏,大叫:"有这等事!"他对魏阉残害忠良、祸害百姓的罪行早已是深恶痛绝。现在,魏忠贤又派爪牙来捉拿他所敬仰的周吏部，他怎能坐视不救呢？

他立即找来自己的几个结拜兄弟，分头到各个城门口拉人进城，并吩咐草庵里的和尚赶快敲梆催众，发动全苏州的百姓，同到西察院，请愿放人。

整个苏州城内万头攒动，熙熙攘攘，充街塞巷，手中执香，人情激愤，涌向西察院，为周吏部请命。

有人提议请求官府放人，颜佩韦大怒道："求他什么！他若放了周乡宦罢了；若不肯放，我们苏州人，一窝蜂，待我们几个领了头，做出一件轰轰烈烈、惊天动地的事来。众兄弟不可缩头缩脑，大家并力同心便好。"他清醒地认识到，请求是不行的。毛一鹭是魏忠贤的干儿子，这次捉拿周吏部，完全是毛一鹭做的手脚，他怎肯放过刚直不阿、受民爱戴的周吏部呢？

当愤激的人群似潮水般涌向押解周吏部的西察院时，知府寇慎和知县陈文瑞也乘着轿子匆匆赶来。百姓们知道他们是比较清廉的官员，于是便涌上前去，替周顺昌喊起冤来："周吏部是第一清廉的乡宦，老百姓最为信赖。今日如果真正是圣旨来拿周乡宦，就冤枉了周乡宦，我们也不再说什么了，但我们情愿进京代周乡宦受死。然而今日明摆着是魏太监假传圣旨，杀害忠良，我们老百姓是不服的。官府就是杀尽了满城的百姓，我们也是不放周乡宦去的。大家都等候二位老爷做主，鼎力救援哩！"说着就跪在地上大哭起来。

二位老爷见百姓如此填街塞巷、哀声震天地为周吏部请愿，更觉得周顺昌平日真正深得民心，非常感动；但是如今是朝廷拿人，他们也确实无可奈何："众乡亲们，这桩事不是府县所能做主的。一会儿，毛巡抚和徐巡按就要到了，你们百姓上前齐声叩求，我们二位自然极力周旋好了。"

这时，恰好巡抚毛一鹭和巡按御史（明代由中央派往州郡的巡察官，官级相当于郡守）徐吉乘轿到达。颜佩韦和众百姓潮水般地涌了上去。

毛一鹭见西察院人声嘈杂，哭声震天，不禁大怒。他气得脸红脖子粗，喘着粗气大喊大叫："反了，反了！皇上拿人，百姓抗拒，地方大变了，大变了！"

寇知府和陈知县迎上前来，跪在毛一鹭面前，齐声恳求道："老大人请息怒。周吏部深得民心，也是平日正气所感。或者有一线可生之路，还望老大人挽回。"

周吏部被逮，纯系毛一鹭所为。他唯恐对周顺昌加害不重，哪里肯为周吏部周旋。他见知府知县为周顺昌说情，也就更加恼火："咳！逆党聚众，抗提钦犯，叛逆显然了。有什么挽回？有什么挽回？"回过头来，毛一鹭又低声对知府知县说："不要再替周顺昌说话了。逆了朝廷，事儿还好说。今日要是违抗了魏爷，比违抗圣旨还要罪加一等，头上的乌纱帽，也就戴不成了！"

众百姓又大喊道："都大人，若不题疏力保周乡宦，我们情愿一个个死在你的面前！"

知府知县又跪在毛一鹭面前："都大人，我们也不敢多说闲话。只是如今情形，民情汹汹，还求都大人出来抚慰一下百姓吧！"

"抚慰些什么？拿几个进来打罢了！"毛一鹭凶相毕露。

知府知县再次跪下："都大人息怒。如今百姓哭声震天地，我们也实在不敢施威喝打。倘若一句话激怒了百姓，定会弄出天大的祸事来。"

毛一鹭沉思了一会儿，说："也罢了！既然如此，快去转告百姓暂且散开。如果要保留周乡宦，就需准备一件公文拿来，事情或者可以另作商量。"

寇知府和陈知县不知是计，高兴地站起，立刻领命而去。

望着寇慎和陈文瑞离去的身影,毛一鹭冷冷一笑,心想:好个呆官儿。

一会儿,周顺昌被皂隶(旧时衙门里的差役)押解过来。看到苏州百姓如此场面,他感动得潸然泪下:"各位素昧平生,多蒙厚爱。我周顺昌自感没有什么事,料到京城,也决丢不了性命。大家请回去吧!"

颜佩韦等不约而同地说:"当今魏太监掌权,有天无日,我们决不让周爷去的!"

周顺昌热泪盈眶,激动地说:"各位仁兄,今天圣上提我进京,我不能不去。我这一去,若能生还苏州,再与诸位相聚,那自然是万幸了。"

大伙听到周顺昌这些真诚的言语,更是悲痛不已。颜佩韦等人走上前来,抱着周顺昌哭了起来。他们说:"周吏部,你太糊涂了,你看以前被逮的各位忠良,哪一个保全性命回来了?还是不去的好!"

狡猾的毛一鹭从未见过今天这样的场面。他觉得硬挺下去,把事情弄僵了更不好办,便假称可以暂不开读,要周顺昌进了察院再作商议。

人们信以为真。于是在众目睽睽之下,把周顺昌押进了察院。谁想,他们一进察院,"咣啷"一声关上了大门;一会儿,人们就听到了开读和上刑的声音。这时大家才知道上当受骗。

等候在察院门前的众百姓见狗官如此奸诈,无不咬牙切齿。颜佩韦等五位义士更是怒发冲冠。颜跳上察院门前的台阶,对着百姓高喊:"众兄弟,我们冲进去,拼着性命也要救出周吏部!"

老百姓呐喊着,如决堤的大水涌向察院大门。率先冲入察院的颜佩韦、杨念如等五条好汉,如出山猛虎、势不可挡地追打着四下逃散的校尉。这班狗娘养的,昔日里狗仗阉势,气焰嚣张;

现在惶惶如丧家之犬，个个屁滚尿流，哭爹喊娘。

百姓们心里郁积的愤怒如火山一样迸发出来，把整个察院变成了一个打狗场，见缇骑就打。刚才还作威作福的爪牙们被揍得鸡飞狗跳墙。有一个缇骑吓得爬到屋梁上，被眼尖的百姓发现，拽下来，一阵拳脚相加，顿时一命归天。就连那昔日不可一世的毛一鹭，也吓得赶紧藏在厕所里，才算保住了狗命。

知府寇慎害怕事情闹得更大，把毛一鹭打死，就会更加不好收场，也会牵连自己，所以一个劲儿地劝说百姓就此罢手，各自回家。

颜佩韦等人见不到周吏部，断定是被官府藏了起来，便四下赶快寻找。

然而，就在这一夜，毛一鹭偷偷地让锦衣卫用船把周顺昌押解北上了。

七

苏州百姓为营救周顺昌大闹西察院，打死一名校尉，其余的四下逃窜，就连不可一世的毛一鹭也吓得躲进了厕所。这件事大长了百姓的志气，大灭了官府的威风，令人好不痛快。那毛一鹭对苏州百姓的恨劲就甭说了。就在周顺昌被秘密押解入京后，他立即向朝廷赶写了一道奏折。那奏折极尽夸张诬陷之能事，说苏州百姓如何聚众造反，屠戮缇骑，请求血洗苏州，平息叛逆。

说来也巧，当时在朝廷受理奏折的是通政院的徐如珂。徐如珂是苏州人，为官清廉正直，光明正大，也能体察民情。周顺昌在吏部任职时，二人交往甚密。周顺昌被矫诏逮捕，徐如珂也忧心忡忡。这一天接到毛一鹭"请旨屠城，以杜乱萌事"的奏折，不禁毛骨悚然。他深深地为苏州百姓的命运捏着一把汗。此折一奏，苏州百姓生灵涂炭；此折不奏，魏贼知晓，也难交差。徐如珂对此事十分为难。

正在这时，突然飞马来报，说苏州巡按御史徐吉的奏折送到。徐吉办事比较圆滑，也深知众怒难犯。他的奏折，语气平和，也很为苏州百姓辩解，大闹西察院的事，只须将为首的几人正法即可，其余可以一概不究。

徐如珂这才放下心来。他觉得徐吉的奏折较为可行，既追查了这次事件，又使苏州百姓免遭血洗。于是，他决定将徐吉的奏折先呈给皇上。待皇上准奏之后，再把毛一鹭的奏折呈上。他认为："圣上仁慈，自不免为先人之言所动，吴民尚可保全。即使魏贼深究，我徐如珂死也无憾矣！"

果然如此，皇上批准了徐吉的奏折。

几天之后，苏州城内开始了缉拿颜佩韦等五义士的行动。

颜佩韦、杨念如生性耿直，豪爽仗义，好汉做事好汉当。那日大闹西察院后，早已把生死置之度外了。所以，当得知官府正在缉拿他们五人时，就毫不畏惧地到官府投案。他们一见到官府差役就公开宣称："打死校尉的事，是我们自己干的。用不着去捉拿别人！"

惊得差役直伸舌头："真个是好汉！"

天启六年（1626年）七月，五豪杰英勇就义。

临刑这天，整个苏州城又是万民上街，塞道充巷，人山人海，纷纷为五义士送别。

毛一鹭为报前次被赶藏匿厕所之辱，决定把刑场设在打死校尉的西察院门前，以斩首示众。

百姓们见五义士被五花大绑，插着亡命牌，心痛欲裂，泪水潸潸。他们潮水般涌向刑场，向勇士们频频点首致意。

五义士却坦然大方，意气扬扬，喊着毛一鹭的名字大声叫骂。

颜佩韦昂首大笑道:"我颜佩韦打死校尉,万民称快,死也瞑目了。"

杨念如等四人接着说:"只可惜,没有救出周吏部,我们死有余恨啊!"

说罢,昂首阔步,走向刑场。

据说,五义士被砍头后,刽子手把头颅挂在城门上示众,他们面部的颜色一点也没有改变。真是壮烈至极令人钦敬啊!

八

再说周顺昌,由于在苏州与魏大中舟次联姻,面叱奸党,在魏祠又指骂逆像,所以魏忠贤对他是恨之入骨。周顺昌被押解入京后,魏忠贤就指派他的两个心腹干儿倪文焕、许显纯对其严刑拷打。不几天,周顺昌已是体无完肤,十指尽折,胫骨几断。

但是,残酷的刑罚虽然能摧残周顺昌的肉体,却丝毫动摇不了他与魏阉作斗争的坚强意志。他目睹左金都御史左光斗、亲家魏大中已被严刑迫害致死,左副都御史杨涟奄奄一息时,更是怒火中烧,决心与魏阉一拼到底,死也死得正气。

这一次是魏忠贤亲自审问。

法堂好似阎王殿,杀气腾腾,戒备森严;四周摆满铜拶子、铁夹棍、阎王闩、红绣鞋、披麻火烙、铜包木棍等各种严酷刑具,阴森森煞是令人毛骨悚然。魏忠贤威风凛凛,端坐正中。

周顺昌披枷带链,被锦衣卫押进了法堂。仇人相见,分外眼红。周顺昌一下子瞪直了眼睛,放射出愤怒的光芒,像两把利剑,直逼魏忠贤。

倪文焕、许显纯见周顺昌如此大胆,便怒喝道:"你没有眼的,上边巍巍端坐的是哪个?你还不跪么?"

周顺昌大怒,指着魏忠贤骂道:"原来是魏贼!呸!阉狗!你欺君虐民,残害忠良,我周顺昌就是吃了你的肉,寝了你的皮,也难消我心头之恨!"

魏忠贤如五雷轰顶,浑身打了一个激灵,险些从位子上栽下来。倪文焕、许显纯赶忙扶住,回头厉声道:"法堂之上,敢对千岁爷这般辱骂,真是大胆至极,快快拿下!"

周顺昌抢前两步,指着倪文焕、许显纯骂道:"你们两个奸贼,原来是阉家恶犬,东厂豪奴,也不过只会陷害忠良、溜须拍马罢了!我周顺昌也总是一死,我与你们拼了!"

说着就猛扑过去,踢翻桌子,挥动枷杻,向两个奸贼劈面砸去。

倪文焕、许显纯绝没料到周顺昌会在法堂上出此一招,毫无防备,因此被打得鼻塌口歪,乌珠迸流,满脸血污,一个个捧着脑袋直叫唤。

魏忠贤见状,霍地站起,声嘶力竭地喊道:"赶快敲掉周顺昌的门牙!"

周顺昌被敲掉了门牙,仍然奋力跃起,指着魏忠贤吐音不清地破口大骂:"魏贼,难道我断了牙齿,就骂你不成了?我牙虽断,舌还在!只要还有一口气,就休想让我闭口!"

说着将满口鲜血喷向倪文焕、许显纯。

魏忠贤见已不可收拾,忙令锦衣卫将周顺昌押下,同时与两个干儿密谋,在狱中悄悄结束周顺昌的性命。

周顺昌被带回狱中,一头栽倒在墙脚下,浑身疼痛,手足痉挛,挣扎不起。

昏迷中,他隐约听到有人叫:"爹爹这般模样了,好痛心也!"猛然惊醒,原来是孩儿茂兰扮做更夫跪在自己身边。

清忠谱

周顺昌被押解北上后,周茂兰便费尽百般周折,尾随来京。他虽写成血书,但无处投诉;叩击午门,也被乱棍打出。这两天幸得通政院徐如珂帮助,才得在夜晚扮作更夫潜入狱中与父亲见上一面。父亲体无完肤,气息奄奄,作儿子的肝肠寸断。周顺昌自知死期将近,想不到在此狱中与儿子相见,心中更是悲伤,禁不住老泪纵横。

周茂兰抚摸着父亲皮开肉绽的躯体,心如刀绞一般:"爹爹浑身这万千血孔,儿恨不能割下自己的肉为爹爹补好。"

周顺昌挣扎着坐起,擦去儿子的泪水:"阉党虽能打断我的筋骨,敲掉我的牙齿,伤了我的皮肉,但却动摇不了我的忠贞之志。你且牢牢记着,日后你要把这一切说与子孙知道,我也就死而无憾了。"

恰在此时,两个差官来到狱中,周茂兰赶紧藏在草铺下边。

差官一进狱中,就高声嚷叫:"我们奉千岁爷之命,送一件东西给周老爷受用。"说着,将一个布囊丢在周顺昌面前,"周老爷是晓事的人,不用我们多说了。你有什么话就赶快咐咐吧!"

周顺昌早有这种思想准备,大骂道:"魏忠贤,魏忠贤!我周顺昌活着不能击杀你,死后变作厉鬼也要击杀你这奸贼!"

两个刽子手扑上来,把他推倒在地,将布囊套在他的头上,然后使劲拽起了布囊上的绳子。

见此情景,周茂兰不顾一切,从草铺下蹿起,与刽子手几经搏斗,但终没救活父亲,只好乘乱逃出。

天启六年(1626年)六月十七日,周顺昌在狱中从容就义。

九

第二年,也就是天启七年(1627年),熹宗朱由校驾崩,其弟信王朱由检即位，改年号为崇祯。

　　崇祯即位后，深感阉祸惨烈，危害朝政，决定剪除魏逆，起用东林。崇祯首先罢免魏忠贤，发配凤阳（今安徽凤阳）去看守皇陵。魏忠贤自感罪孽深重，路过河北涿州时，畏罪自杀。崇祯下诏戮尸以平民愤，并将其帮凶一一捉拿惩办，毛一鹭、李实、倪文焕、许显纯等均被正法。同时，崇祯皇帝对被魏阉加害的，平反昭雪；罢免的，官复原职。对周顺昌特下诏书，表彰他"孤忠正气"，追授太常寺卿（朝廷九卿之一），谥忠介，为其营建祠堂，赐"清忠风世"匾额一块。周茂兰，赐中书舍人，赴京纂修国史。

　　消息传到苏州，民心大快。成千上万的百姓涌向魏祠，推倒牌坊，砸毁逆像，烧掉生祠，并将魏贼头像取下祭奠周顺昌和颜佩韦等五位义士。颜佩韦等五人就义后，贤士大夫吴因之、文文起、姚孟长用五十两银子将他们的首级买回，与尸体合葬一处，题曰"五人之墓"。此时，人们又把五人移葬魏祠旧址，墓前立一石碑，上刻"义风千古"四个大字。

（耿继周　改写）

长生殿

[清]洪昇 撰

公元712年，唐玄宗李隆基即皇帝位。其后三十余年，先后任用姚崇、宋璟为相，励精图治，广开言路，四海升平，国泰民安，风调雨顺，粟贱三钱，风清万里，民俗淳朴，真所谓"路不拾遗，夜不闭户"。这就是历史上有名的开元盛世。

然而乐极生悲，李隆基得志后，便高枕无忧，寄情声色。天宝（唐玄宗年号，742～756年）初，得其子寿王李瑁之妃杨玉环为贵妃后，更是春宵苦短，朝政不理，整天沉溺于声色歌舞，大权落入奸相李林甫、杨国忠手中，直至天宝十四载（755年）十一月，酿出安史之乱，"渔阳鼙鼓动地来，惊破《霓裳羽衣曲》"，引出了唐明皇与杨贵妃朝朝暮暮、生生死死的爱情悲剧来……

一

天宝初年，唐玄宗李隆基做了三十余年的太平皇帝，已把唐朝推向鼎盛时代。志得意满之际，倦于朝政，机务余闲，寄情声色。自武惠妃死后，宫中粉黛三千，无一中意。他整日闷闷不乐，茶饭不思，形容憔悴，若染重疾，急得太监高力士如热锅上的蚂蚁一般。

高力士（684～762年），唐代高州人，本姓冯，少阉，被宦官高延福收为养子，改姓高，累官至骠骑大将军，职掌六宫，权冠群臣。他善于揣摩主子心理并曲意奉迎，颇得玄宗欢心。

一天，高力士又陪唐玄宗在后花园散步解闷。这时，后花园一角，一群宫女正在嘻嘻哈哈地荡秋千。玄宗抬头一看，其中一位天生丽质，德性温和，额眉带秀，凤眼含情；酥胸丰腴饱满，粉面盛花正艳；恍如牡丹仙子临下界，月中嫦娥谪人间；可与汉家飞燕同称，堪与吴国西施媲美；真个是："回眸一笑百媚生，六宫粉黛无颜色。"玄宗很是中意，喜不自禁，忙问近侍，乃宫女杨玉环也。

杨玉环（719~756年），唐蒲州永乐（今山西省永济县）人，杨玄琰之女。父亲早亡，为叔父所养。通晓音律，擅长歌舞。据史书记载，杨玉环本为玄宗子寿王李瑁的妃子。玄宗爱其姿色，命其入宫做女道士，作为占为己有的过渡。后果然封为贵妃。那么前面为什么说杨玉环是宫女呢？这是因为从白居易的《长恨歌》起，就有意回避这段秽闻。

天宝四载（745年）八月，玄宗择一吉日，册封杨玉环为贵妃，礼同皇后。这天，玄宗传旨杨贵妃，赐浴华清池，出浴后的杨玉环，如出水芙蓉，娇艳欲滴。那脂肪一样洁白细腻的皮肤，让玄宗看得神魂颠倒。玄宗曾对人说："朕得贵妃，如获至宝。"并因此专门谱制一曲，名曰《得宝歌》，以示宠爱。当天，玄宗与贵妃相偕，夜宿西宫。

玄宗与贵妃相拥而坐，明月窥窗，花烛摇曳，二人细诉衷肠。玄宗说："朕与妃子偕老之盟，今夕开始。"说着从袖中拿出金钗、钿盒作为与贵妃的定情物。贵妃接过钗、盒，低头下拜："谢万岁！愿我们永结同心，地久天长。"从此，玄宗对贵妃宠爱有加。"后宫佳丽三千人，三千宠爱在一身。"二人整天缠缠绵绵，如胶似漆，卿卿我我，情浓无限。"春日苦短日高起，从此君王不早朝。"真是占了情场，弛了朝纲。朝中大权便渐渐落入杨贵妃的堂兄杨国忠手里。

杨国忠原名杨钊，玄宗认为"钊"字"金"字旁边带把"刀"，很不吉利，遂赐名国忠。杨国忠本是无赖赌徒，由于他工于心计又善于奉迎拍马，所以青云直上。天宝十一载（752年），奸相李林甫死后，他就接任了右丞相并兼任吏部尚书等四十余职。他结党营私，败坏朝政，横征暴敛，搜刮百姓，广收贿赂，屯聚财货，光家里积存的缣就达三千多万匹。他曾对别人说："现在错过机会不捞一把，谁知道将来会怎么样？不如尽眼前快活。"杨家亲眷皆因杨贵妃而加封，杨贵妃的三个姐姐分别封为韩国夫人、虢国夫人、秦国夫人，经常出入宫中。真是一人得道，鸡犬升天。一时杨门声势煊赫，炙手可热，骄奢淫逸，飞扬跋扈。杨国忠和三国夫人的府第，皆是万岁爷各赐新造。在这宣阳宫里，四家府门相连。俱照大内一般造法。这一家造来，要胜似那一家的；那一家造来，又要赛过这一家的。若见那家造得华丽，这家便拆毁了，重新再造。定要与那一家一样，方才住手。一座厅堂，足费上千万贯钱钞。

杨贵妃喜欢吃新鲜的荔枝，玄宗便命从四川涪州和海南两地进贡。荔枝是热带果树，生长在我国南方。"瓤肉莹白如冰雪，浆液甘酸如醴酪。"荔枝每年七月成熟又不耐贮藏："一日而色变，二日而香变，三日而味变，四五日外，色香味尽去矣。"但当时交通闭塞，道路崎岖坎坷。贵妃要想吃到新鲜的荔枝，必须派人日夜兼程飞马运送。为此，唐玄宗专门设驿站，训练马匹和差役。你想，涪州、海南离京城有多么远，送迟了送坏了，差役就要受到处罚。所以，为取近路，不知践踏了多少庄稼，让百姓衣食无着流离失所；天气炎热，又不知累死了多少马匹和差役。

为了贵妃吃荔枝，唐玄宗不顾百姓怨声载道，国家政治危机也就日甚一日了。

二

唐玄宗与杨贵妃整日歌舞游宴，惬意快活，相见恨晚。

三月三日，长安内外，春光明媚，空气新鲜，桃红柳绿，香溢四野。这是郊游曲江的好日子。唐玄宗偕杨贵妃同游曲江，命三国夫人随驾前往。

曲江池位于长安城东南郊。每逢三月三日，这里游人如织。这天，从长安到曲江池的路上，人声嘈杂，熙熙攘攘，宝马雕车，前呼后拥。杨贵妃及三国夫人更是风流标致，一个个天姿国色，惹得道旁百姓伸头踮脚称叹，闹腾得杨花像雪一样地飘落，妇女们的手帕装饰物挤得丢落了满地。杜甫的诗句"杨花雪落覆白萍，青鸟飞去衔红巾"写的就是这种情景。

游玩曲江池，住在望春宫。玄宗兴味未尽，吩咐在此摆宴。传旨韩、秦二国夫人宴别处，独召虢国夫人入宫侍宴。杨贵妃平日曾在玄宗面前夸赞过三姐虢国夫人杨玉瑶的姿色，但那不过随便说说而已，并未放在心上。但说者无意，听者有心。饮宴之中，玄宗与年轻寡居的虢国夫人交杯递盏，眉目传情。玄宗见她不施妆粉，但风流别致，丽出天然，如出水芙蓉，便触动了春情。不久便携手入帐，同枕共欢。

杨贵妃见自己的姐姐竟然做出这等事来，醋心大动，虽是亲生姊妹，此事也实难容。一气之下，独自哭哭啼啼回到西宫。虢国夫人虽尽一时之欢，但也深感不妥，贵妃毕竟是自己的亲生妹妹。人言可畏，于是再四辞归了玄宗。

玄宗觉得自己是大唐天子，与虢国夫人一次承欢，有何不可？你贵妃如此吃醋，一人回宫，竟把我李隆基撇在曲江池，不禁大发雷霆，命高力士把杨玉环送归杨丞相府中。

杨玉环被送归丞相府第，惊魂不定，满面泪痕。她自入宫闱，过蒙宠爱，只谓君心可托，百岁为欢。不想触犯圣上，龙颜大怒，放归私第。金门一出，如隔九天。禁中明月，永无照影之期；苑中飞花，已绝上枝之望。抚今追昔，好不伤悲。她登上御书楼，放眼眺望九重宫殿，别是一番滋味在心头。

高力士见贵妃被逐出宫后，玄宗似有后悔之意，整日唉声叹气。便飞马赶到杨府，劝贵妃破镜重圆，重修旧好。贵妃不相信圣上会有后悔的事，高力士劝解说："娘娘也不可太执意了！你如果有什么可以表明心迹的东西，交给我带回，奴婢找机会献给圣上，也许能感动圣心哩！"

"我想，妾身之外，都是圣上所赐。只有泪珠能打动圣心，但泪珠又如何能穿成串呢？"贵妃思前想后，忽然发现镜子里青云缭绕，心想：有了。这头发曾与圣上枕上并头相偎衬。如今，何不剪下一缕头发，进献君王略表衷肠？于是吩咐侍女取来剪刀，卸下钗环，打开发髻，"喀嚓"一声，青发在手，递给高力士，哭着告诉他说："你将去与我转奏圣上，说妾罪该万死，此生此世，不能再睹天颜！谨献此发，以表依恋！"高力士接过头发，搭在肩上便走。

再说玄宗，因贵妃妒嫉，自己心中一时发火，将其赶出。自贵妃出宫，谁想佳人总是难得，触目总是生憎，对景无非惹恨。他想起贵妃的绰约丰姿，后悔已极。想把贵妃召取回宫，却又难于启口；不召贵妃回宫，实在无法排遣心中的愁闷。因而半月来独坐宫中，长吁短叹，茶饭不思，进膳的内侍接连挨打。

此时高力士快步走上，玄宗见他肩搭一物，忙问："你肩上搭的什么东西？"高力士赶紧回答："是杨娘娘的头发！"睹物思人，玄宗的眼泪潸然下落，心中好不悲伤。他指着头发说："想寡人与妃子,恩情中断,就像这头发一样,被金剪绞断,再也不能与云鬓相连了!"高力士把头发的来龙去脉给玄宗叙述一遍,接着趁机进言:"奴婢想,杨娘娘既蒙恩幸,万岁爷何惜宫中片席之地,让娘娘沦落外边呢!"

"只是寡人已经放出,怎好召还?"

"有罪放出,悔过召还,正是圣主如天之度。"

说得玄宗点头称是,便命高力士速迎贵妃回宫。

贵妃初召回宫,一见玄宗,泪如泉涌,扑身下跪:"臣妾无状,冒犯圣上,今日能重见天颜,我就死也瞑目了!"

"妃子何出此言?寡人也是一时错见,以前的话,就不必再提了!"玄宗赶忙扶起贵妃,并为她拭去脸上珠泪。二人执手,泪眼相对。如今识尽愁滋味,从此方知相见难。

三

杨贵妃不但天生丽质,而且通晓音律,擅长歌舞,多才多艺。她知道玄宗喜欢音乐,又听玄宗常在她面前夸赞梅妃的"惊鸿"舞,就时常想谱制一曲新的舞曲来压倒梅妃的"惊鸿",用以引起玄宗的高兴,巩固玄宗对自己的宠爱。夜幕降临,贵妃夜梦入月宫,见桂树之下,仙女数人,素衣红裳,奏乐甚美。醒来追忆,音节还都记得清清楚楚。于是吩咐侍女,取出笔墨纸砚,伏在几前聚精会神地调配宫商。刚调配妥当,就听到侍女禀报:"圣上驾到!"贵妃赶忙施礼见驾。玄宗扶起贵妃,见几上文房四宝,问道:

"妃子,你刚才写什么来着?"

贵妃忙答:"妾在谱制新曲。"

玄宗一见,便赞不绝口:"妃子,不要说你娉婷绝世,只这一点灵心,有谁及得你来?"

贵妃说:"这要比起梅妃的'惊鸿'舞来,怕要逊色了!"

玄宗摇摇头说:"寡人第一次见到这样好的曲子,真乃千古奇音,'惊鸿'何足道也!"

贵妃倒也会谦虚:"妾凭自己的主观见解,草草创成。其中错误,还望陛下更定。"

于是唐玄宗与杨贵妃并肩把手,将曲谱从头到尾,细细勘查一遍,竟无半点破绽,惊得玄宗手捻胡须,赞不绝口:"哎呀呀!真乃人间仙乐!我平生确没见过,只是此谱不知取何名字?"

贵妃回忆道:"妾梦入月宫,见一群仙女奏乐,尽着霓裳羽衣。我想就用这四个字,以名此曲。"

"好个'霓裳羽衣'!"玄宗脱口而出。当即传旨,宣付梨园。又怕俗手伶工不解其妙,便先抄图谱,贵妃亲自指授,然后付给李龟年等,教习梨园子弟。待到六月初一贵妃生日时演奏。从此,唐玄宗与杨贵妃在《霓裳羽衣曲》中欢宴歌舞,酒醉金迷,忘乎所以。

旧历六月初一,烈日炎炎,暑气难挨。玄宗携贵妃来到骊山避暑圣地。恰逢贵妃生日,玄宗传旨在长生殿设宴,并奏《霓裳羽衣曲》为贵妃庆贺。

宴席上,美味佳肴,琳琅满目,山珍海味,应有尽有。三国夫人等皇亲国戚送来了各种寿礼贺笺。差役刚刚送到的新鲜荔枝摆放在晶莹的盘内,那美味让人馋涎欲滴。

唐玄宗从盘内取一颗鲜洁紫红的荔枝,亲昵地送到贵妃的面前:"妃子,因你特别爱吃荔枝,今日寿宴初开,佳果正好送到,朕为妃子送上一颗品尝。"

贵妃高兴地双手接过,低头下拜:"臣妾谢万岁!"

玄宗传旨李龟年,率梨园子弟上殿承应。顿时,长生殿内仙音绕梁，令人陶醉。

几盏美酒下肚，杨贵妃按捺不住喜悦的心情，换上舞裙，步入舞池，在自制的翠盘上飘然跌宕，宛若环凤回雪，恍如飞燕游龙。

宫内所有的人都屏息、聆听、观看，连唐玄宗也情不自禁地拿起羯鼓击节助兴。表演完毕，全场寂然无声，片刻又爆发出热烈的掌声和啧啧称赞声。

玄宗兴致勃勃地走上前去，将自己佩戴的瑞龙脑八宝锦香囊解下一枚，赠与贵妃。贵妃急忙双手承接："谢万岁！"

转眼又到了七月七日。传说天上的牛郎织女被狠心的王母娘娘拔出银簪划条银河分开，只有每年的七月七日才准渡河相会一次。所以天下的男男女女，都在这一夜遥望银河，一来向织女乞巧，二来也想偷听牛郎和织女怎样诉说分别一年来的相思之情。

说来也怪，人们都好睹物思情，自觉不自觉地把从周围看到的、听到的事情与自己联系起来。杨贵妃自己心里明白，虽然现在与玄宗恩恩爱爱、卿卿我我、难舍难分，但谁敢保证不被玄宗抛弃呢？况且玄宗身为大唐天子，宫中美女三千，艳情别移，是极为容易的事。前不久，玄宗还偷偷地在梅妃娘娘处歇宿，就连自己的亲生姐姐虢国夫人杨玉瑶，还背着她与圣上乱来呢！这样的事情谁也不敢保证今后不再发生。杨玉环独自来到长生殿里，遥望银河灿烂，牛郎织女星向她眨眼，不禁更加伤感。她拈香祷告双星，保祐这钗盒情缘地久天长。

贵妃正在跪拜双星，玄宗悄悄来到，忽听侍女惊叫："呀，万岁爷到了。"贵妃急忙转身下拜，玄宗连忙扶起，问道："妃子在此干什么呢？"

"今乃七夕之期，陈设瓜果，特向织女乞巧。"贵妃答道。

玄宗笑了笑："妃子巧夺天工，何须再乞什么巧呢！"

"万岁的夸奖,实在让妾惶恐惭愧!"贵妃不安地说。

玄宗与贵妃相拥而坐,遥望牛郎织女。一会儿,玄宗感慨万端:"妃子,你看牛郎、织女隔断银河,一年才能够相会一次,这种相思真是不容易呀!"

谁知一句话勾起了心事,贵妃不由得呜咽起来。玄宗忙问因由,贵妃答道:"妾想牛郎织女,虽则一年一见,却是地久天长。只恐陛下与妾的恩情,不能像他们那样长远。"

"妃子说哪里话!"玄宗安慰道,与贵妃偎得更紧了。

"妾受恩深重,今夜有几句话儿……"贵妃想说,又停了下来。

"妃子有话,但说无妨。"

"妾蒙陛下爱怜,六宫无比。只怕日久恩疏,不能白头到老。"说罢,贵妃拉着玄宗的衣襟又呜呜咽咽哭起来。

玄宗举起袖子为贵妃擦去眼泪:"妃子,你不要伤感。朕与你的恩情,难道是一般人可比的吗?"

"既蒙圣上如此厚恩,我们对此双星,乞赐盟约,以坚始终。"贵妃趁机提议。

玄宗慨然应允,立刻焚香设誓:"双星在上,我李隆基与杨玉环情重恩深,愿世世生生,共为夫妇,永不相离。有渝此盟,双星鉴之。"

杨贵妃赶忙拜谢:"深感陛下情重,今夕之盟,妾死生守之矣。"

自此,二人恩爱益笃。

四

再说丞相杨国忠,外凭右相之尊,内恃贵妃之宠,满朝文武,哪个不拜倒在自己脚下?他一人之下,万人之上,掌管着生杀予夺,肆无忌惮,为所欲为。要说还有一点不痛快的事,就是安禄山这小子,外面假作痴愚,肚里暗藏狡诈。不知圣上为何爱他,又加封为东平郡王,掌管了军事大权,把我当年对他的救命之恩,全然忘了。每每议事,他都与我顶撞,真是可恨至极。

这安禄山何许人也?

安禄山(?~757年),唐代营州(今辽宁省朝阳市)柳城奚族人。本姓康,当初其母求子轧荦山,回家后生他,故名轧荦山。后随母改嫁突厥人安延偃,改姓安,更名禄山,通晓诸番语言。安禄山不务正业,从小偷人家的东西几乎被杀。他原在节度使张守珪帐下投军,张守珪把他收为义子,授其讨击使之职,去征讨奚契丹。一时恃勇轻进,被杀得大败,只身逃回。按军律,当斩首示众。可是张守珪看他苦苦哀求,又顾念父子情分,就派人押解京城,听候圣上处置,也许还有免死的可能。到京城后,他用重礼贿赂奸相杨国忠。杨国忠见财眼开,在玄宗面前说安禄山是个人才,不仅诸般武艺都精,而且通晓胡汉各族语言,可当边将之任。结果,玄宗赦免了安禄山的罪,并复官兵部。

这安禄山不只会行贿,而且擅长奉迎拍马。一天,玄宗见他生得一个大肚皮,直垂过膝,便问这肚皮里装的是什么。安禄山思维敏捷,随即答言:"唯有对圣上的一片赤心。"玄宗大喜,自此更加宠信。他为了取得玄宗的信任,以达不可告人的目的,便施展各种手法,请求做贵妃的干儿子。他整天扛着个大肚皮在宫中一声声肉麻地叫干娘,并借机与三姨虢国夫人眉来眼去,明来暗往,偷鸡摸狗。

一次,安禄山生日,贵妃就在宫中脱去安禄山的衣服,把他当作婴儿似的,裹在襁褓中,让宫人抬着在宫中大笑大闹,说是洗儿(婴儿降生三天要洗身子)。玄宗知道后也赶来凑热闹,并且赏赐宫人洗儿钱。

唐代诗人王建写诗讽刺这件事：

> 日高殿里有香烟，
> 万岁声来动九天。
> 妃子院中初降诞，
> 内中争乞洗儿钱。

安禄山不久就被加封为东平郡王，执掌军事大权。这样，安禄山渐渐不把杨国忠放在眼里，处处与杨国忠为难。杨国忠见安禄山恃宠忘恩，哪能受了这口气？几次面奏玄宗，说安禄山有意谋反。安禄山也在玄宗面前说杨国忠如何瞒报了南诏兵败的事。玄宗并不把这些事当真，只是一味地与杨贵妃歌舞玩乐。后来看他们在朝堂上互相攻击谩骂，认为这是将相不和，难在一起共事，于是下诏安禄山为范阳节度使，克期赴任。

安禄山也确实早有反心。今日出任节度使，如老虎跳出了樊笼，心中好不高兴。他到任后，把部属三十二路将官，全部改用番将，并结连塞上史思明等诸蕃，招纳亡命之徒，日夜操练，兵强马壮，不多时便拥有精兵百万，伺机夺取大唐江山。

这期间，由于杨国忠等大臣多次上奏安禄山有反叛迹象，唐玄宗对安禄山的行踪也起了疑心，派一个中使以慰劳边防将士的名义前去安禄山营中打探虚实。安禄山非常狡猾，他明白唐玄宗派来中使的用意，就以礼相迎，把中使当成座上客，整日陪他饮酒游玩，临走时，还给他送了很多金银财宝。这位中使回到长安后，便把安禄山叛变的形迹全部遮盖了，反而为安禄山说了一大堆好话，这样就消除了唐玄宗的怀疑。

到了天宝十四载（755年），安禄山亲自给玄宗上了一道奏折，说要给皇上献上三千匹好马，每匹马配武士两名，赶车的两名，马夫一名，共一万五千人护送入京。玄宗得到这奏折后，十分疑心。于是下了一道诏书:"献马延至冬天,由地方官护送,不必本镇派人。"并邀安禄山十月份在华清宫相见。但安禄山一直没有回音,使玄宗好生纳闷。

十一月,安禄山见时机成熟,便对部下谎称:奉皇上密诏,杨国忠谋反,着本部火速入京,清君侧平乱。那二十万精兵强将浩浩荡荡从范阳杀出。大唐的军队由于天下太平日久,不加操练,军备不整,人心涣散,毫无战斗力。所以,安禄山叛军直下洛阳,所向披靡。

安禄山当皇帝心切,就在洛阳登基,改国号为大燕,年号为圣武。然后稍事休整,直下潼关,朝长安杀来。

五

唐玄宗一味地歌舞玩乐,对安禄山起兵的事丝毫不知道。

这天,唐玄宗与杨贵妃一同来游御花园。赏完了景色,排上了小宴,玄宗偕贵妃对坐对饮。饮至半醉,玄宗兴致更浓,忽然想起了一件前事:"妃子,朕与你清游小饮,那些梨园小曲,都已经听腻了。记得那年在沉香亭上赏牡丹,召翰林学士李白草《清平调》三章,令李龟年度成新谱,那词句写得非常好。不知道妃子还记得否?"

贵妃点头:"臣妾记得。"

"妃子可为朕歌之,朕当亲吹玉笛以和。"

这样,玄宗亲吹玉笛,贵妃歌喉婉转。一曲歌罢,玄宗命大酒杯伺候。夫妇递杯交盏。几杯欢酒入肚,贵妃与玄宗觉得有点飘飘然了。

玄宗又端起酒杯,示意贵妃:"妃子,如何?来,再干一杯。"

贵妃连连摆手:"妾不能再饮了!"她已经晕晕腾腾,额头冒汗,两腮如两朵牡丹初绽——好一幅贵妃醉酒图。

玄宗见状,煞是开心,回头示意宫女:"宫娥们,给妃子端起,跪劝。"

于是,贵妃又勉强饮了两杯,摇摇晃晃起来。

"妃子,何不乘此酒兴,再舞《霓裳羽衣曲》。"玄宗心血来潮,忘乎所以。

御花园内,笛声嘹亮,舞姿翩翩。

正在这时,杨国忠急忙闯入:"陛下,不好了,安禄山起兵造反,杀过潼关,不日就到长安了!"

唐玄宗酒醒一半,大惊:"守关将士何在?"

"哥舒翰兵败,已经降贼了!"

这正是:"渔阳鼙鼓动地来,惊破《霓裳羽衣曲》。"

唐玄宗战战兢兢,面如土色,不知所措,忙问杨国忠:"卿有何策,可退贼兵?"

杨国忠哪是用兵的料,前年他谎报军情,出兵南诏,结果弄得几乎全军覆没,他却押解一批逃难的老百姓到京,谎称打了胜仗捉的俘虏,向玄宗请功。他只会瞒上欺下,巴结奉迎,工于心计,事到如此他倒先埋怨几句,堵住了玄宗的口:"当日臣曾有三启奏,禄山必反,陛下不听,今日果应臣言。"

埋怨何用?大军已经压境,又缺乏能征善战之将,怎么办?杨国忠略加思索,三十六计,走为上:"陛下,事起仓猝,怎生抵敌,不若权且幸蜀,以待天下勤王。"

玄宗也没办法:"依卿所奏,快传旨,诸王百官,即时随驾幸蜀便了。"

朝事议定,回到宫中,玄宗边走边叹道:"唉,正在欢娱,不想忽有此变,这可如何是好!"看到酒酣入睡的贵妃,不禁心生酸楚，两行热泪滚滚而下："寡人不幸，遭此播迁，累及她玉容花貌，驱驰道路，好不痛心也。"

六

第二天五鼓声起，京城悄悄打开西门。玄宗偕贵妃与朝中百官、皇亲国戚，由龙武将军陈元礼统领三千御林军护驾，一路迤逦，向西逃去。出长安一百多里，就来到了马嵬坡（在今陕西省兴平县西）。这时人困马乏，暂住鸾驾，稍事休息。

玄宗看到贵妃疲惫不堪的样子，心中很不好受："寡人无道，误宠逆臣，悔之无及。妃子，只是累你劳顿，有什么办法呢？"

"圣上遭难，臣妾自应随驾，怎敢辞劳苦。只愿早早破贼，大驾还都便好。"贵妃固然劳累，却也体谅到玄宗现在的难处。

正说话间，听得御林军大声呐喊："禄山造反，圣驾播迁，都是杨国忠弄权，激成变乱。若不斩此贼臣，我等死不护驾。"

陈元礼看到军心已乱，实难应付，就赶紧安抚将士："众军不必鼓噪，暂且安营，待我奏过圣上，自有定夺。"

说来也巧，此时正有二十多名吐蕃使者进京，路遇变乱困在这里。杨国忠被御林军追赶，从此逃窜。吐蕃使者看到杨国忠穿的紫袍，料定是大官，便上前搭话，话没接上，众军士赶到，大叫："杨国忠专权误国，今又交通吐蕃，我等誓不与此贼俱生。要杀杨国忠的，快随我等前去。"一百多人蜂拥而上，杨国忠立时死于乱刀之下。

玄宗得知杨国忠已被乱军杀死，也无可奈何，传旨赦免擅杀之罪，即刻起驾。

但众军士仍然围着不走，又一阵大喊："国忠虽死，贵妃尚在。不杀贵妃，誓不护驾。"陈元礼上前谏道："众军士说，国忠虽诛，贵妃尚在，不肯起行，望陛下割恩正法。"

玄宗一听，大惊失色道："此话从何说起？国忠纵然有罪，现已被诛。贵妃随驾深居内宫，有何相干？"

陈元礼说："陛下是非常圣明的，只是军心已变，有什么办法呢？"这时众军士又喊："不杀贵妃，死不护驾。"陈元礼接着说："陛下啊，众军士这样哗变，叫微臣如何弹压。贵妃纵然无罪，国忠实其亲兄，今在陛下左右如此受宠，军心不安。若军心不安，则陛下不安矣。请圣上三思。"

唐玄宗沉吟不语。

高力士上前劝道："万岁爷，外边军士已把驿亭围住了。若再迟延，恐有他变，怎么办？"

这时玄宗无可奈何，令陈元礼去安抚三军，与贵妃抱头痛哭道："我堂堂的大唐天子，连一个爱妃也保不住，还算什么大唐天子！"

杨贵妃自知难保，泪水顿如雨下，跪在地上，拉着玄宗的手说："臣妾受皇上深恩，杀身难报，今事势危急，望赐自尽，以定军心。陛下能够安稳至蜀，妾虽死犹生也。"

玄宗魂惊魄散，赶快扶起贵妃："妃子说哪里话！你若捐生，朕虽有九重之尊，四海之富，要它何用！我李隆基宁可国破家亡，决不肯抛弃你！任凭军士们喧哗，我一味也装聋作哑，若他们再逼，朕愿意替你陨落于黄沙！"

杨贵妃更是哭得泪人一般："陛下虽则恩深，但事已至此，无路求生。若再留恋，倘使玉石俱焚，更增添了我的罪过。望陛下舍妾之身，以保宗庙社稷。"

高力士也擦着眼泪，上前跪下，再次劝道："娘娘既愿慷慨捐生，望万岁爷以社稷为重，勉强割爱吧！"

唐玄宗肝胆欲裂，顿足大哭，听得众军士又一阵呐喊："不杀娘娘，死不护驾。"他六神无主了："罢！罢！妃子既执意如此，朕也做不得主了。高力士，只得但凭娘娘吧！"说完，掩泪走向一旁。

高力士会意，向众军士喊道："万岁爷已有旨，赐杨娘娘自尽了！"

众军士一阵欢呼："圣上英明，万岁，万岁，万万岁！"

贵妃哭倒在地，高力士赶忙跪下："娘娘，有什么话，就吩咐奴才几句吧！"

贵妃拉起高力士，叮嘱道："力士呀，圣上春秋已高，我死之后，只有你是旧人，能体圣意，须烦你小心奉侍。再为我转奏圣上，今后休要念我了。"

高力士痛哭不已："这个，奴婢晓得了！"

贵妃又想起一事："高力士，我还有一言，说着从头上取下金钗，又从袖中掏出钿盒，"这金钗一双，钿盒一枚，是圣上定情所赐。你可将来与我殉葬，万万不可遗忘。"

"娘娘放心，这件事奴才记下了！"

正说着，陈元礼带众军士拥来，喝道："杨妃既奉旨赐死，为什么迟迟不动，耽误圣上起驾！"说着，就围了上来。

高力士赶忙上前拦住："众军士不得近前，杨娘娘即刻归天了。"

杨贵妃起身，见前边一棵梨树，哭着从腰间解下一条白练，再次叩拜，痛哭流涕："臣妾杨玉环，叩谢圣恩，从今再不能相见了。"说罢投缳自缢而死。

这一年，杨玉环三十八岁。

贵妃死后，玄宗命用锦褥包裹，钗盒随葬，记好地点，以待来日改葬。高力士一一照办。

埋罢贵妃，玄宗起驾西行。走了一程，留下太子李亨，主持军国大事，自己继续向成都进发。

不久，太子李亨转战到了甘肃灵武。

<h2 style="text-align:center">七</h2>

杨贵妃死后，她的魂灵在马嵬坡徘徊不前。她想起生前在皇宫内骄奢淫逸，寻欢作乐，何等荣耀，何等煌赫；如今一旦红颜断送，薄命归天，连曾有钗盒之誓、七夕之盟的唐天子也无可奈何，落得个白骨冤沉、孤魂滞留、月淡星寒、草埋荒野的结局，真是好生凄惨寂寞。杨贵妃又联想到自己的所作所为：弟兄姊妹，挟势弄权，坑国害民，罪恶滔天。这一切，自己是总祸根，真是让人后悔不已。谁料，杨贵妃魂灵的真诚忏悔，恰被巡行到此的马嵬坡土地听到，立刻禀报西岳大帝。西岳大帝即传敕旨，命土地保护贵妃肉体，魂灵暂栖马嵬驿内，以候玉音。

原来，这杨玉环本是天界的蓬莱仙子，偶然犯了一点小错误，暂且贬谪到人间。不想又同玄宗声色无度，酿出安史之乱。玉帝念其有错能悔，诸罪可宥，遂命复籍仙班，仍居蓬莱仙院。

再说玄宗一路西行，风餐露宿，饱尝艰辛，对贵妃旧情难忘，朝思暮想。面对鸟啼花落，水绿山青，夜雨闻铃，更是悲怀难禁。高力士劝解道："万岁爷，途路风霜，十分劳顿。你要多劝劝自己，不要过分地伤感。""唉，高力士，朕与妃子的感情，你也不是不知道，坐则并几，行则随肩。今日仓猝西巡，断送她这般结果，教寡人如何撇得下呀！"说着，玄宗就又掉下泪来。

又行了一个多月，来到四川成都。据前方送来的消息，太子李亨已在甘肃灵武即位，任用郭子仪为朔方节度使，统帅唐朝军队与安禄山几经厮杀，已遏止了叛军的气焰，稳定了局势，准备收复京城。于是玄宗顺水推舟，下诏传位给太子李亨，这就是唐肃宗。

一场长途跋涉，历尽艰辛，现在到了成都，远离叛军，总算有了一个安身的地方。玄宗又想起了难舍难割的杨贵妃，于是特敕成都府建庙一座，选高手匠人，用旃檀香雕成妃子生像，命高力士迎进宫来，亲自送入庙中供养。

雕像入庙这天，玄宗焚香祭酒，老泪纵横。一霎时，杨贵妃的丽质艳貌、幽闲窈窕、千般衷情、万种恩爱，一齐浮现眼前。他想到长生殿里七夕盟，沉香亭畔赏牡丹，想到《霓裳羽衣曲》，朝朝暮暮恩爱情。而眼下是人鬼异路，钗盒情断，自毁誓盟，真像刀裁了肺腑、火烙了肝肠一般。

八

安禄山自攻下长安后，本想席卷中原。不料各路军马被郭子仪杀得大败，心中好生着急。又因爱怜着段夫人，酒色过度，不但弄得身子疲软，而且连双目都看不见了。段氏见此情景，就施展计谋，想把自己的儿子安庆恩立为太子。不想这事被安禄山的亲信太监李猪儿探知。李猪儿从小就在安禄山的帐下，被看作亲儿子一般，想不到如今段氏弄鬼，这顶金冠不仅自己不能戴，就连安禄山的长子大将军安庆绪也无缘。于是，李猪儿就把这件事告诉了安庆绪。二人商议后就下毒手杀了安禄山。

安禄山被杀以后，大将军安庆绪传令：主上（指安禄山）被唐朝郭子仪遣人刺死，即着军士抬往段夫人宫中收殓，候大将军即位发丧。

此后，叛军溃败，郭子仪收复京城长安，安史之乱渐渐平定。

玄宗率众回京，路过马嵬驿，命地方官改建妃子坟茔。唐玄宗立在贵妃坟前，见蔓草凄凄，悲风日薄，睹物思人，泪水如注："想妃子生前音容如昨，教我怎么忘记她。即便有与她一模一样的姿色，哪里能像她情投意解，恰可入怀！妃子既然死去，朕此一生虽生犹死，假若死后能够重逢，可不强如独活。唯只愿早离尘埃，速赴泉台，和她在地下将连理栽。"

高力士见玄宗沉思冥想，便提醒道："万岁爷，珠襦、玉匣皆已备齐，工匠夫役肃穆静候，请万岁爷亲自启墓。"

玄宗如梦初醒："传旨，军士回避。高力士，你去监督女工，小心开掘。"

众女工掘地三尺，竟什么也没有挖到，只一个空穴，并不见娘娘玉体。又翻检了半天，发现了一个香囊，赶紧交给高力士。高力士仔细一看，正是贵妃葬时装钗盒的那个香囊，赶忙禀报上皇："启万岁爷，墓已启开，却是空的，连裹身的锦褥和殉葬的金钗、钿盒也不见了，只有一个香囊在此。"玄宗接过一看，大声哭道："这香囊乃当日妃子生辰，在长生殿上试舞《霓裳》，赐予她的。我那妃子啊，你如今在何处呢？"他想了想，问高力士："你是不是记错了地方？"

"奴婢当日曾削杨树半边，题字为记。怎么会记错呢？"

"那么，是不是被别人发掘了？"玄宗很是疑心。

"若经发掘，怎得留下香囊？奴婢想来，自古神仙多有尸解之事。也许娘娘尸解成仙去了，带走钗盒，留下香囊作为葬地的凭证。"

"真有这样的事情！"玄宗半信半疑。

"奴婢想，娘娘既已仙去，这香囊原是娘娘临终所佩，将来葬入新坟之内，也是一样的。"

"说得有理。"玄宗点头同意："高力士，你就将这香囊裹以珠襦，盛以玉匣，依礼安葬便了。"

高力士遵奉旨意，把香囊盛入匣内，然后命女工放入墓内，封起坟来。

坟封好后，高力士又奉旨赏女工每人一贯钱，各自回家。一个老婆子不肯离去，高力士问何故不走，那老婆子道："高公公，老妇人去年在马嵬坡下拾得杨娘娘锦袜一只，带来献给老万岁爷。"高力士接过袜子，转奏玄宗。玄宗接过一看："果然是妃子的锦袜。"说罢大哭。稍停，玄宗命高力士赐这老婆子五千贯钱，并让她在此看守贵妃坟墓，多给薪俸。老婆子非常高兴，满口答应。她掂出刚才封坟用的锄头，撂在一边，一旁道："无心再学持锄女，有钞甘为守墓人。"

九

唐玄宗回到京城，独自一人退居南内。夜雨淅沥，心中好不凄凉，于是便日甚一日地思念起妃子来。

他本想在马嵬坡改葬，一睹妃子遗容，聊慰残生。不料坟是空的，只留香囊一个，不知妃子果真是仙去，还是玉化香消。整日里辗转反侧，不知如何能见妃子一面。这一夜，面对着一庭苦雨，半壁残灯，心中更为凄凉。

日有所思，夜有所梦。蒙眬之中，二内侍奉贵妃之命，请圣上到马嵬驿中相会。玄宗紧随二侍前往。走不多远，碰上御林军统领陈元礼拦住去路，玄宗大怒："陈元礼，你当日在马嵬驿中暗激军士逼死贵妃，罪不容诛，今日又来犯驾么？内侍们，快将这乱臣贼子首级拿下！"杀了陈元礼，来到马嵬驿。正待进去，却好像又是到了曲江池，好大一片水，波涛翻涌，里面一个猪首龙身的怪物张牙舞爪地迎面扑来。玄宗大声惊叫着坐起来："唬杀我也！"高力士赶忙跑来，问万岁爷为何惊叫。玄宗定了定神，才知道是一场梦。玄宗非常遗憾，要不是那猪龙怪物，岂不是可以在梦中与贵妃见上一面。

玄宗整日思念贵妃，茶饭渐减，加上年事已高，身体消瘦，久而成疾。

一天，他忽然想起汉武帝思念李夫人，有李少君为之招魂相见之事，今日难道就没有这样的人？于是命力士传旨，遍觅方士为杨娘娘招魂。

说来也巧，有个叫杨通幽的道士神通广大，法术无穷，为玄宗的精诚所感，应诏前来。

他先到地府，后到天上，都没有找到贵妃的踪影，心中很是纳闷着急。后来在天门碰到了织女，他向织女诉说了玄宗对贵妃是如何的一片痴情，终于感动了织女。织女告诉他，贵妃在东海之外的蓬莱仙山。杨通幽依照织女指教，费了千辛万苦，来到蓬莱仙山，果然见到了杨贵妃。杨贵妃听说唐玄宗思念自己已经成疾，顷刻泪如泉涌，请杨通幽回去后向唐玄宗转述自己的钟情。杨通幽求一物作为凭证。杨贵妃取出当年定情时的金钗、钿盒："如今就分钗一股，劈盒一扇，烦仙师代奏上皇，只要两意能坚，自可前盟不负。"

杨通幽接过钗盒，说："贫道还有一言，钗盒乃人间之物，别人也会有，献给上皇，恐未深信。须得当年一事他人不知者，传去取验，才见贫道所言不是谎话。"

"这话也说得有理。"贵妃想了一想，"有了。记得天宝十载，七月七夕长生殿，夜半无人私语时，那上皇与妾并肩而立，因被牛郎织女生死不渝的爱情感动，秘密地发出誓言：愿世世生生，永为夫妇。谁知道安禄山那贼作乱，搅动得天昏地暗，使我们生离死别，轻分连理，不得比翼。想起当年，真是不堪回首啊！"

"有此一事，贫道可复上皇了。就此告辞。"

"且住，还有一言。今年八月十五日夜，月中大会，演奏《霓裳羽衣曲》。恰好这一夜，正是上皇飞升之时。我在那里专等一会，敢烦仙师到时指引上皇到那里。失去这个机会，便永远没有再见的日期了。"

"贫道记下了。"

杨通幽回到宫中，便立即把觅得贵妃的事一一向高力士细说。

玄宗得高力士禀报，知杨贵妃果然成仙，并许以中秋月中相会，煞是高兴，病体陡然见轻。只是现在才七月底，还须等半月时间，真是难挨。

等啊，盼啊，好不容易到了中秋佳节。

这天晚上，万里无云，明月朗照，碧空清澈如水。杨通幽掷拂子为桥，引玄宗飞升月宫。李、杨相见，抱头痛哭，诉不尽久别相思之苦。

这时，织女走来，宣玉帝圣旨：唐皇李隆基、贵妃杨玉环，你们二人，本系元始孔昇真人、蓬莱仙子，偶因小错，暂贬人间。今谪限已满，准天孙织女所奏，鉴于情深意重，继缘重续，命居忉利宫，永为夫妇。望你们遵旨执行。钦此！

这一年是唐代宗宝应元年（762年），李隆基七十八岁。

（耿继周　改写）

桃花扇

[清]孔尚任 撰

明崇祯十六年（1643年）的仲春时节，留都南京城的莫愁湖畔垂柳阵阵，莺颠燕狂，好一派明媚的景色。然而就在这江山胜处、良辰佳令所发生的复社才子侯方域和秦淮名妓李香君的爱情故事却是那样的凄婉，那样的催人泪下……

一

侯方域，字朝宗，本是河南商丘人。他出身于中州巨族，世代缨簪。祖父侯执蒲，为人正直，是官至三品的太常寺卿；父亲侯恂，万历进士，也曾为官至二品的户部尚书。他承秉父性，不附权贵，是明末进步士大夫所结成的东林党的重要人物。侯方域从小就在这样的家庭环境熏陶之下，博览群书，才华横溢，少年时常被家乡人视为神童，比做班香宋艳；年长后更是常吐苏海韩潮之艳，不知又令多少自命才高的文人钦佩敬畏！加盟复社以后，侯公子更是脱颖而出，被社友共推为复社五秀才之一，文名大震。但说来也怪，侯公子去年秋天来南京参加乡试，纵使他的文章才高八斗，却难入考官大人的法眼。秋闱揭榜，侯方域名落孙山，这无疑给初出茅芦、踌躇满志的侯公子以当头一击。烦恼懊丧之余，侯方域没有即刻返归故里，倒是在景色如画的莫愁湖畔寻了一个住处，日日同复社著名文人陈贞慧、吴应箕等在一起品茶斗酒，谈诗弄赋，日子过得倒也不算寂寞。

正当侯公子羁留南京之际，气数已尽的明王朝已到了灭亡的前夜。一方面崛起于东北地区的清政权羽毛已丰，不时兵窥中原；一方面李自成领导的农民起义军声威日壮，势不可挡。近日南京又传来消息，说农民军已席卷中原，与官兵正在黄淮之间大战。家乡兵衅既开，音讯阻隔，侯方域一下子陷入了有家不能归、家书无由得的窘境。

国家多事之秋，家乡战火正燃，家人安危不知，客居异乡之久，侯公子不禁思乡之情日浓。虽说眼下春光盈盈，在他看来却是春愁黯黯，无心赏鉴。他凝视着涟漪阵阵的湖水，长叹出声："莫愁，莫愁，教俺如何不愁也！"

一天早晨，侯公子在寓处卧起独坐，仍是心烦意乱。他想起了与陈贞慧、吴应箕的约会，便早早跑到湖边等候了。

陈、吴二人依约来到。陈贞慧兴致勃勃："小弟已着人打扫冶城道院，沽酒相待，那道院梅花果然是金陵一绝，不可不赏，还请二兄赏脸，一同前往。"侯方域一扫愁眉，欣然点头。怎奈这时陈贞慧的书童匆匆跑来，说道院赏梅人多，早已没有放置酒台的地方了。

闻言，三人未免有些失望。侯方域提议："既然如此，且到秦淮水榭，一访佳丽，不是也有趣吗？"年纪较长的吴应箕却说："依我之见，不必远去。二兄可知道泰州柳敬亭柳麻子说书最妙，闻他在此寓居，何不同往一听，消遣春愁？"

只听侯方域又道："小弟听说那柳麻子新做了魏忠贤的义子阮大铖的门客，人品不好，不去听也罢了。"

吴应箕笑道："那是以前的事了。魏忠贤败势以后，阮大铖漏网余生，不肯藏退，还在家里蓄养声伎，交结朝绅。小弟见他太不安分，就与社友们一起做了一篇留都防乱的揭帖，声讨其罪，敬亭等门客见了揭贴，才知道他是魏阉逆党，不待曲终便拂衣散尽了。"

"有这等事？"侯方域恍然一悟，并肃然起敬："竟没想到此辈中也有如此豪杰，该去拜访的！"

于是，三人就同去听柳敬亭说书，并很快同他成为至交信友。

二

却说侯方域三人前去访交柳敬亭，并未到秦淮河寻丽，倒也的确辜负了十里秦淮的一片旖旎风光。

这秦淮河，虽不宽大，却是纵贯南京城区的唯一大河。东晋开发江南后，那六朝的粉腻脂香，差不多统统地流进了秦淮河。到了此时，河中已尽是富丽的画舫、精巧的灯船，河畔也皆为杨柳烟花、风月之家。李贞丽、董小宛、柳如是、陈圆圆等名妓都是从这里发迹，而后名扬天下的。

眼下，只见仲春的秦淮河碧水清澈，垂柳婀娜，桃花正红，梨花正白，把个临岸的座座妆楼，装点得更加妖娆迷人。正是：

    梨花似雪草如烟，
    春在秦淮两岸边。
    一带妆楼临水盖，
    家家分影照婵娟。

且看名妓李贞丽家。朱门富丽，楼阁灵巧。门前车马声声，楼上应接不暇。为何如此热闹？只因早在数年前，李贞丽觅得一个美人坯子，收作养女，如今年界破瓜，长得温柔纤小，宛转娇羞，艳帜初张，便已惊动金陵，故而惹得一时名士齐来寻芳。

铅华未谢、丰韵犹存的李贞丽对眼前境况自然十分高兴,但她一坐下来,却又想起了自己的心事:养女年方二八,还是一个清倌人。然而按照门户人家的规矩,这个年龄早已不能只是陪茶侍宴,而是该入芙蓉帐了。是的,是该为女儿找个人前来梳拢了,最好是一个年轻俊雅、文采风流的公子……

正思想间,只见门口走来了自己的老相好杨龙友。这杨龙友,原为乙榜的县令,现罢职闲居,雅擅书画,性情随和,交友三教九流,最肯成人之美,近来时常到李贞丽家走动。

李贞丽慌忙起身迎接杨老爷,并陪他到楼上焚香煮茗,赏鉴诗篇。

杨龙友一边品茶,一边悠闲地问:"这是令爱的妆楼,她往哪里去了?"

"早起后正在梳妆,尚在卧房。"李贞丽随口答道。

"何不请来一见?"

"孩儿出来,杨老爷在此!"李贞丽对着卧室唤了一声。

略略停了一会,才听见一声清脆娇柔的应答。又过片刻,才见一位娇小袅娜的绝色少女挑帘而出,向杨龙友深深万福。

杨龙友眼前一亮,脱口道:"不敢不敢,才几日不见,就益发标致了。"他一面从头到脚仔细打量着眼前的佳丽,一面心发感慨:自己虽常涉花丛,可何时见过如此悦目的名花?真乃国色天香!

杨龙友不禁激动起来,转身对李贞丽道:"贞娘请赐纸笔。对此名花,不可无诗!"

贞丽答应,磨砚铺笺。杨龙友却又犹豫起来:"罢了罢了,客厅中张天如、夏彝仲这班大名公都有题赠。在下做他们不过,索性藏拙,聊写墨兰数笔,为贞娘点缀索壁罢了!"

"如此更妙!"贞娘道。

不一会儿，一丛疏密有致、淡雅高洁的兰花就栩栩如生了。

李贞丽忙道："杨老爷真真名笔，替俺妆楼生色多了。"

杨龙友喜极："此画还需落款，请问尊号！"

"小女年幼无号，就请杨老爷赏她二个字吧！"李贞丽道。

杨龙友并不推辞，他略一思忖，便道："《左传》有云：'兰有国香，人服媚之。'就叫作香君如何？"

香君！香君！艳而不俗，媚而不冶！贞丽、香君双双谢过。杨龙友便挥笔落款："崇祯癸未仲春，偶写墨兰于媚香楼，博香君一笑。贵筑杨龙友。"

"连楼名都起了，真多谢了。"贞娘喜道。

三人重又落座品茶。杨龙友端祥着香君，又问："我看香君国色无双，不知技艺如何？"

"一向娇养惯了，不曾学习。前日才请一师傅苏昆生，传她词曲。"李贞丽答。

杨龙友闻言，连声道："妙！妙！苏昆生和我熟识，的确是个名手！不知传了哪套曲词？"

"才传了半本《牡丹亭》！"香君莺喉轻启。

"快快唱来我听！"杨龙友急不可待。

香君正待开口，却见师傅苏昆生也恰恰来了，忙上前行礼。

苏老回礼，又给杨龙友打个招呼。后转向香君："趁杨老爷在此，随我对对昨日教你的曲子，好求指示。"

香君点头。展开娇美歌喉，把师傅教的歌词唱了一遍。

苏师傅惊喜，对贞丽道："恭喜恭喜，令爱聪明得实在了不得，不愁日后不是一个名妓哩！"

杨龙友却另有所思。他转向苏昆生："昨日会着侯司徒的公子侯方域，家产颇富，又有才名，正在这里物色名姝。昆老知道吗？"

"知道的。他是敝乡世家,果然天才!"苏昆生赞道。

杨龙友眨了眨眼:"眼前放着一段好姻缘,不可错过,不知贞娘意下如何?"

心事刹那间冰释,贞娘哪有不从之理?她大喜道:"这样的公子肯来梳栊,是再好不过的事了,只求杨老爷极力帮衬,成此好事!"

香君含羞退下。

三

出了李贞丽院门,杨龙友和苏昆生便结伴到了侯方域的寓处。在侯方域面前,杨龙友自然是极力夸赞李香君,称她如何如何妙龄绝色。苏昆生一旁也是极言其聪明伶俐,美貌无双。二人觉得佳人正合配才子,都劝侯方域捷足先登,前去梳栊。侯方域书剑飘零,归家无日,居六朝繁华之地,逢三月艳春时节,早已春情难按,只是苦于佳丽难觅。今听杨、苏如此美意,不禁心驰神往。只是提到梳栊妆奁费用时,侯方域却表现出了嗫嗫嚅嚅。因家信不通,家庭接济已经中断一时,虽暂时不致衣食无着,但要去梳栊一位绝色美人,就有些力不从心了。杨、苏二人虽表示理解,但一时也实在无好计可施,只得暂把话头搁下,再想办法。

杨、苏走后,侯方域却再也坐不住了,他满脑子想的都是香君的芳名,于是决定前去拜访,一慰渴慕之情。

那天正是清明节。侯方域出得门来,眼见杂花生树,柳絮吹绵,心情不禁为之一爽。正信步前行,对面遇到了柳敬亭。二人结伴,径直到了李贞丽河房,听说贞娘、香君都在卞玉京的暖翠楼赴盒子会,又寻踪而去,行至暖翠楼头,恰好又碰上了杨龙友和苏昆生。

杨龙友上前先打招呼："侯世兄怎肯到此，难得难得！"

侯方域脸色微微一红："听说杨兄今日去看阮大铖阮胡子，不想在这里碰到。"

"特为侯相公喜事而来！"杨龙友笑着打趣。

侯方域没再多说。四人便一起来到了暖翠楼下，这时手帕姊妹的盒子会正进行到了高潮。

何为盒子会呢？原来秦淮河畔的烟花院内，众名妓相互结拜为手帕姊妹，每逢佳节，便各捧一个盒子相聚一起，盒子内装上各种美酒佳肴。尽欢尽饮之后，八仙过海，各显所能，有的拨弹琴阮弦，有的吹奏笙箫，有的一展歌喉，故名曰盒子会。凡此盛聚，一概谢绝男客，男客不可到楼上来，只能在楼下欣赏。若有中意者，可以把物什抛到楼上。如果楼上也抛下果子来，则两厢再约定会期。

侯方域四人正在楼下静静欣赏，忽然楼上传来了几声洞箫声，吹得侯方域心灵颤动，魂飞天外。侯方域情不自禁地就把自己心爱的香扇坠抛到了楼上；只隔一会儿，只见楼上抛下了一个晶莹透红的樱桃，还用一条冰绡汗巾包着。众人认得，这汗巾正是香君珍爱之物，于是一阵感慨，齐道这真是有缘千里来相会。

盒子会结束以后，侯方域和香君终于在楼下客厅见面了。侯公子见香君果然容华绝代，顿时倾倒；李香君看侯方域风流倜傥，也暗自窃喜。于是两人你慕我恋，四目生情。

众人见二人你也有情，我也有意，遂借机要成人之美。柳敬亭借着酒酣耳热，一手拉住香君，一手扯过侯方域，说："才子佳人，难得聚会，你们一对儿，吃个交心酒如何？"

香君闻言，红云飞脸，只见她用袖轻轻一遮，就轻盈美妙地飘进了内室。

众人相对而笑。苏昆生道:"香君面嫩,当面不好讲得。前日所订梳栊之事,不知侯相公意下如何?"

侯方域比起香君自然洒脱得多,从容道:"这是秀才中状元,哪有不肯之理?"

李贞丽接口道:"既蒙不弃,择定吉日,贱妾就要高攀了。"

杨龙友出面讲:"这三月十五日,花月良辰,正好成亲。"

侯方域喜极,但又略一皱眉道:"只有一件,小生客囊羞涩,恐难备厚礼,这便如何是好?"

杨龙友从容道:"这不用愁,妆奁酒席,全包在小弟一人身上。"

"怎好如此相累?"侯公子惶恐。

"侯兄、香君大喜,当得效力!"杨龙友说得却也轻松。

侯方域还要推辞,只听李贞丽放开嗓门:"好,就定在三月十五,请下清客,邀下姊妹,奏乐迎亲吧!"

四

三月十五这一天,媚香楼热闹非凡。李贞丽早早起床,指点着众歌女安排铺陈个不停。杨龙友也早早地带人抬来了为香君置办的妆物,李贞丽忙让人抬入洞房。杨龙友随后又拿出白银三十两,嘱咐贞丽备一桌丰盛酒席。贞丽接过,煞是感激。

早饭一过,丁继之、沈公宪、张燕筑等清客就陆续到来贺喜,卞玉京、寇白门、郑妥娘等众姊妹也调笑着随后而至。

时至中午,贺客已经基本到齐。乐奏十番,婚礼开始。按妓院规矩,梳栊之礼只吃喜酒,是不拜天地的。

侯方域、李香君一对新人一身盛装,前来给客人一一倒酒。只听沈公宪提议道:"侯官人当今才子,梳栊了绝代佳人,合欢有酒,定情岂可无诗。"

张燕筑赶忙附和:"说得有理,待我磨墨拂笺。"

侯方域也不推托,道:"不用诗笺,小生带有白纱宫扇一柄,就此题赠香君,作为定情之物吧!"

于是香君捧砚,侯方域饱蘸笔墨,一挥而就:

　　　　夹道朱楼一径斜,
　　　　王孙初御富平车。
　　　　青溪尽是辛夷树,
　　　　不及东风桃李花。

"妙诗,妙诗,香君收了!"众人立时喝彩了一番。

香君一除羞涩,她无限深情地凝视了侯公子,十分珍惜地将白绸宫扇接过来藏于怀中。

不觉间月上梢头,贺客纷纷离去。侯、李二人无限恩爱,携手入了洞房。

第二天一早,热心的杨龙友便又赶来贺喜。李贞丽忙出来迎接:"多谢杨老爷,成全了孩儿一世姻缘。"

杨龙友忙道:"好说,好说,两位新人呢?"

"昨夜睡迟,香君他们都还未起床,有失远迎,我就去催着。"说着,就一溜烟地上楼去了。

不一会儿,侯方域、李香君二人穿戴整齐地下了楼来。杨龙友对贞娘道:"你看香君上头之后,更觉艳丽了。"

侯方域也在旁边笑着说:"香君天姿国色,今日插了几朵珠翠,穿了一套绮罗,十分花貌,又添二分,果然可爱。"

杨龙友转向侯公子:"世兄有福,消此尤物,可羡煞你这位老世叔了。"

众人大笑。这时香君却开了口:"我看杨老爷,虽是马督抚的至亲,却也是拮据作客,不知为何轻掷金钱,来填烟花之窟?

添妆所费,在奴家受之有愧,在老爷施之无名。今日想问杨老爷一个明白,也好日后知恩图报。"出身青楼的香君,自知那些老爷们不会毫无目的地在此轻掷金钱,见识果然非凡。

侯方域这时才从极度兴奋中冷静了下来,也对杨龙友道:"香君问得有理。小弟与杨兄萍水相交,昨日承情太厚,也觉不安。"

杨龙友见二人言辞恳切,追问得紧,便说:"既蒙问及,小弟只得以实相告了。这些妆奁酒席,约费二百余金,都出自阮大铖之手。"

"是那个安徽的阮大铖吗?"侯方域十分惊讶。

"正是!"杨龙友回答。

"那阮大铖原是敝年伯。小弟鄙其人,很早就断交了。他今日无故用情,令人不解。"侯方域道。

"阮大铖如此周旋,不过是想结交足下。二位别急,容我慢慢道来。"于是,杨龙友仔仔细细地说出下面一段因由。

这阮大铖本也是位读书人,天资聪颖,文采颇高,填曲作赋,更是出众,只是为人奸诈阴险,平生最喜趋炎附势。天启年间,宦官魏忠贤掌权,阮大铖便想尽法子投身卖靠,自称干儿子,廉耻丧尽,但他也捞到了给事中、光禄卿等官做做。魏党一败,阮大铖也被废斥。虽匿居南京,但蓄养声伎,结交朝绅,十分不本分。复社吴应箕等一帮文人为揭他罪状,联合弄了一张《留都防乱揭帖》,把他十六年前的丑闻一一抖出,并到处散发,搞得阮大胡子十分狼狈。特别是前些日子国子监祭奠文庙,阮大铖闲居无聊,也去观看盛典,不巧又被陈贞慧等复社文人发现,当着至圣先师的牌位,一齐起哄,大骂阮为客魏干儿,阉党余孽,唐突先师,玷辱斯文。骂声未绝,便又来了一个"吾觉小子,鸣鼓而攻之",结果挥拳的挥拳,扯冠服的扯冠服,捋胡子的捋胡子。遭此痛打之后，阮大铖只好每天躲在家里，再也不敢在大庭广众之下抛头露面，心中十分气恼。一日，盟弟杨龙友来访，阮大铖便把眼下窘境告诉了他。杨龙友十分同情，便又为阮大铖出谋划策："吴应箕是秀才领袖，陈贞慧是公子班头，如能让他二人罢下兵来，那千军不就自然解甲了！"阮大铖连声称妙，只又忧虑道："但不知谁可解劝？"杨龙友趁机道："别的没用，只有河南侯方域，与两君至交，言无不听。昨天听得侯公子闲居无聊，欲寻一秦淮佳丽。小弟已替他物色一人，名香君，色艺俱精，甚中其意，只是说出客囊羞涩。长兄如肯出梳栊之资，结其欢心，然后托他两处分解，包管成功。"阮大铖立刻首肯，遂出三百金，以成侯方域好事。

听杨龙友讲完这一番来龙去脉，侯方域对那阮大铖顿生同情之心，他思索着道："原来如此！俺看这阮胡子眼下境况，却也可怜。就便做过魏党，悔过来归，亦不可绝之太甚。吴、陈二人皆为我之至交，明日相见，定为分解。"

杨龙友喜极，忙道："果然如此，多谢世兄。况我又听阮大铖言道，他结交魏党一事，并非心愿，只为救护东林。不料魏党一败，东林也与之水火不容。今日能为其辩白者，只有世兄一人了！"

侯方域正欲点头，不料香君杏眼圆睁，怒不可遏道："这是什么话？阮大铖趋附权奸，廉耻丧尽，妇人小孩，无不唾骂。他人攻之，官人救之，官人是要自处于何等人？"

停了一停，香君又道："官人之意，不过因他助俺妆奁，便要徇私废公，哪知道这几件钗钏衣裙，原放不到咱香君眼里。人在世，穷何妨！布荆人，名自香！"说着，她就拔掉头上的钗钏，脱去身上的裙衫，掷于地上。

杨龙友尴尬了："啊呀，香君气性，太刚烈了吧。"

李贞丽皱眉了:"好好东西,丢了一地,委实可惜。"

侯方域汗颜了:"香君见识,我倒不如,真乃侯生畏友了!杨兄休怪,弟非不领情,但恐为女子所见笑。"

杨龙友还想劝止,侯方域又道:"那些社友平日重俺侯生者,也只为这点义气。我如果依附奸邪,那时群起来攻,自救不暇,怎能又救别人呢?"

杨龙友讨了个没趣,便要起身告辞。侯方域忙道:"这些箱笼,原是阮家之物,香君不用,留之无益,还求取回罢!"

杨龙友走了,真是:多情反被无情恼,乘兴而来败兴去。

侯方域这时凝视着余怒未消的香君,夸赞道:"俺看香君天姿国色,摘了几朵珠翠,脱去一套绮罗,十分容貌,又添十分,更觉可爱。"

香君闻言,破颜一笑,自此二人更是互敬互爱。

五

转眼到了癸未七月,三伏天气,金陵溽暑难耐。侯方域为消夏热,就到柳敬亭处听他说平话。

"请问相公今日要听哪一朝故事?"老柳问道。

"不拘何朝,你只拣着热闹爽快的说一回吧!"侯方域随口答道。

不料一句话引起了柳敬亭的十分感慨。他眼睛凝视着远方,悠悠地说:"相公不知,那热闹局就是冷淡的根芽,爽快事就是牵缠的枝叶,倒不如把些剩水残山,孤臣孽子,讲他几句,大家滴些眼泪吧。"

看到老柳如此忧国忧民,侯方域不禁肃然起敬。

柳敬亭鼓板轻敲,舌唇启动,侯方域座上静静地听。不料这时杨龙友急急忙忙来到，破门而入。侯方域就邀他一道入座听敬亭讲平话，杨龙友急忙打断："眼下何等时候，还听平话！"

"龙老为何这样惊慌？"

"兄还不知吗？镇守武昌的兵马大元帅左良玉有兵无饷，欲率三十万大军前来南京就食，且有窥伺北京之意。现在兵部尚书熊明已束手无策，故而托弟前来，恳求妙计！"杨龙友心急火燎地说。

侯方域闻言一惊："小弟乃一介书生，有何计策呀？！"

"久闻令尊大人是左良玉的恩师，如果令尊肯发一手谕，必能退兵。不知侯兄意下如何？"杨龙友献计。

"这样好事，怎肯不做？只是家父罢政家居，纵肯发书，恐无补于事。况且从这里到河南往返三千里，何以能解眼下之危？"侯方域忧虑道。

"吾兄素称豪侠，当此国家大事，岂忍坐视？何如代写一书，且救眼下之危，另日禀明令尊，料不见责！"杨龙友恳求道。

"应急权变，倒也可行。"侯公子点头应诺。遂挥毫泼墨，片时而就。

杨龙友端视书信大喜："妙妙！写得激切婉转，有情有理，叫他不好不依，又不敢不依。"

书已写好，只是如何派得可靠之士前去左营投书？这时柳敬亭自告奋勇，愿以一腔侠肝义胆，三寸不烂之舌，赴武昌下书。侯、杨大喜，事不宜迟，催他尽快起程。

柳敬亭匆匆收拾了行装，就上了路。一路上他风餐露宿，不畏艰难，昼夜兼行，很快就到了武昌城。又费了好一番周折，老柳才见到了左良玉，呈上书札。那左将军本也是精忠报国之士，他一读书札，叹道："恩师劝俺镇守边防，不可移兵内地，情理俱是。可他哪里知道，俺镇守的这座武昌城，缺草乏粮，军心浮动,连俺也做不得主了。"

柳敬亭闻言似乎来了气,他将手中茶杯"砰"地摔在地上,溅了一地茶水。左良玉怒道:"如此无礼,竟把茶杯掷地!"

柳麻子道:"晚生怎敢无礼,一时说得高兴,顺手摔去罢了。"

"顺手摔去,难道你心做不得主吗?"

"心若做得下主,也不叫手下乱动了。"老柳笑了。

左良玉会意,也笑道:"敬亭讲得有理,只是兵丁饿得急了,许他就粮内里,亦是无可奈何之一着。"

柳麻子道:"晚生远来,也饿急了,元帅竟不问一声。"

"我倒忘了,左右快摆饭来。"左良玉吩咐。

柳麻子作摩腹状:"好饿,好饿!"于是起身向内室走去。

左良玉又怒:"饿得急了,就许你进内里吗?"

柳麻子笑道:"饿得急了,也不许进内里,元帅竟也晓得哩。"那南京同武昌相比,当然南京是"内里"。

左良玉知又上当,笑道:"敬亭句句讥诮俺的错处,好个舌辩之士。"遂打消了就食内地的想法,并把敬亭也留在了帐下。

与此同时,南京城仍处在一片惶恐之中。兵部尚书熊明正召集大小官吏商议对策,罢职闲居的阮大铖、杨龙友等也应邀到会。会议刚开始,杨龙友就把请侯方域以家父名义修书左良玉退兵一事与众人说了一遍。

淮安漕抚史可法闻言大喜,极言称赞侯公子为豪侠正义之士。但是心怀叵测的阮大铖却在一旁阴险地说道:"万万不可相信侯方域。左良玉欲领兵东下,就是侯方域在暗中勾结,并且平日他们交往甚密,时常私通书信,若不除去此人,今后必将危害朝廷。"

史可法听此,十分气愤:"这简直是无中生有。侯世兄本是复社中响当当的人物，岂肯做这等事？"说完，史可法首先拂袖退场。

阮大铖心中暗暗得意，转身就对素与复社有隙的凤阳总督马士英道："怎么史道邻就拂衣而去了？小弟之言凿凿有据，闻得前日还托柳麻子去下私书的。"

杨龙友再也坐不住了。他慷慨道："说侯公子私通左军，这也太委屈他了。柳敬亭之去，系卑职所使，修书之时，卑职在旁；还亏侯公子写得情词恳切，怎反疑他起来？"

会场一阵喧哗。阮大铖并不惊慌，对杨龙友道："龙友兄你怎知道，侯方域所修之书，内中未藏字眼暗号？你又哪里晓得？"

杨龙友竟一时无话反驳。最后，马士英竟私自决定派人去捉拿侯方域。

杨龙友见已无法再次辩白，只好悄悄地跑到媚香楼去报信。

此时，香君正在楼上为侯君唱她新学的曲子。杨龙友哪里还顾得许多，径直跑到楼上，连珠炮似的将清议堂上发生的事，前前后后地告诉了他们。

这真是大祸从天而降，侯方域一时被搞晕了："我与阮大铖素无冤仇，如何这般害我？"

"唉，别说了，还不是因为香君却奁一事，使他恼羞成怒。"

情急之下，侯方域感到无计可施。"三十六计，走为上！"杨龙友、苏昆生等都劝侯公子速速逃离此地，前去投奔与侯府世交甚厚的史可法大人。

侯方域也觉此法妥当。只是看到他那娇小婀娜、新婚燕尔的香君，就又有些犹豫。

香君也是怎忍分离！但当此非常时刻，她还是果断地说："官人日常以豪杰自命，今日为何效儿女之态？"

此话一激，侯方域去意遂决。他背起香君亲手递过的包裹，消失在茫茫的夜色中。

香君那强忍的泪水终于夺眶而出……

六

再说侯方域自投奔史可法避难后,一晃已是半年了。虽然史大人慕他才子,视同骨肉,侯公子还是时常念及他的香君,但也无可奈何,后因南京大司马熊公被招到朝廷,史公补了他的空缺,升任为南京兵部尚书。哪知上任才一个月,就传来了李自成起义军攻占北京,崇祯皇帝被迫自缢于煤山的消息。留都南京城顿时人心惶惶。江山不可一日无主。为此,官员们每日为议迎立之事,各执己见,争吵不休,以马士英、阮大铖为首的魏忠贤阉党余孽勾结江北四镇,企图迎立就封河南的福王由崧,而以史可法、左良玉为首的正直大臣都表示反对。因此议立之事只得拖延下来。

一日侯方域和史可法正在殿内谈论国家大事,马士英差人送来书信一封,并要马上索取回函。史公启信一看,见马士英称圣上已死,太子失踪,应立福王为新君。

史公知道福王不是合适人选,但考虑到太子踪影全无,议立之事拖得太久也非上策,就欲附合马士英之意。

侯方域一旁断然阻止道:"老先生所言差矣。福王分藩敝乡,晚生于其劣迹知之甚详,那是断断立不得的,况且其又有'三大罪,五不可立'的原则。"接着侯方域就滔滔不绝地讲了福王的种种倒行逆施,使史可法也对昏庸无道的福王有了进一步的了解。于是史公就请侯公子代草一封回信,断然回绝了马士英、阮大铖邀他一起迎立福王的企图。

但是,马、阮二人并不就此罢休,对史可法、侯方域咬牙切齿。为独揽拥立大功，阮大铖不仅为马士英幕后策划，而且还亲自出马，勾结四镇武臣刘泽清、黄得功、刘良佐、高杰等，联名上书拥立福王。就这样，在马、阮二人紧锣密鼓的一手导演下，南京的一批官僚政客们，终于把荒淫无道的福王拥上了皇帝的宝座。马士英因拥立有功当上了丞相，阮大铖自然成了他的亲信。二人开始结党营私，代帝专权，气焰更加嚣张。

史可法自然没有好果子吃。因他当初写有"三大罪，五不可立"，反对马、阮迎立福王，所以新皇登基后，他很快就被排挤出了朝廷，被委派到扬州任督师。当时南明王朝所赖以守御江北的是黄得功、高杰、刘良佐、刘泽清四镇的兵力，赖以镇守上游的是左良玉的兵力。史可法到扬州后，本来满心希望出兵北伐，但江北四镇将领却为了争夺扬州地盘，引起了一场内讧，史公也实在奈何这些悍将不得。后来经过他反复苦心调停，恰值黄河告急，总兵高杰才同意离开扬州，前往开封、洛阳防河，从而了结了这场内部争端。鉴于防河一事是有关国计民生的大事，高杰又勇多谋少，史公便令侯方域随往，为高杰出谋划策。侯方域思忖回南京重逢香君的愿望一时难以实现，开封、洛阳又离家乡较近，兴许还能找机会回去看望父母一趟，也就欣然从命，同高杰一起离开了扬州。

七

昏君当道，奸臣受宠。且说由崧当了南明皇帝后，难改荒淫本性，根本不理朝政，小大事件全部委派马士英一人定裁。马士英趁机卖官鬻爵，起用同党。阮大铖、杨龙友、田仰等一批旧官僚就是在马士英一手庇护下重新登上政治舞台的。

田仰因是马士英的同乡，这次就被晋升为漕州巡抚。这家伙生性好色,临上任时,送给杨龙友聘金三百,托他寻一美妓,带往任所。一向不分青红皂白、只爱成人之美的杨龙友寻思了半天,青楼色艺之精,没有超过香君的,况且侯公子避乱之后,一直杳无音信,害得香君空守妆楼,终日孤独烦愁,就有心撮合香君嫁与田仰。但一想到当初侯方域梳栊香君,也是自己作媒,今日又说嫁他人,实在不好开口,于是就托歌妓郑妥娘来到香君家说媒。

空楼寂寂含愁坐,长日恹恹带病眠。郑妥娘见到香君正独自一人郁郁寡欢,便把杨老爷作媒,愿为香君新找漕抚田仰的事说了一遍,并当场送上聘金三百两。

没想到香君断然拒绝:"奴是薄福人,不愿入朱门,这三百两金子奴消受不起,还是请收回吧!"

"侯公子一时高兴,梳栊了你。今避祸远去,那里还想着你哩?但嫁无妨。"郑妥娘耐心劝道。

"既嫁侯郎,决不改志。侯郎一天不回,奴情愿守寡一日,绝无怨言。况侯郎定情诗在此扇头,抵过他万两雪花银。"香君回答得干净利索。

郑妥娘见软的不行,又来硬的,甚至用官府刑罚来吓唬香君。怎奈香君软硬不吃,下定决心要为侯郎守节。郑妥娘见状,也只好怏怏不乐地回禀了杨老爷。

然而,事情并未就此结束。一天马士英、阮大铖、杨龙友三人在马府梅香屋小酌,马士英提议请一旧院歌妓唱曲,杨龙友马上又想起了擅唱《牡丹亭》的李香君。马士英问道:"前日田仰用三百金,要娶去做妾的,想是她了?"

杨龙友点了点头,叹道:"正是。可笑这呆丫头,要与侯方域守节,断断不从。"

"竟有这样大胆的奴才?"马士英有些生气。

阮大铖一直对香君退他妆奁一事耿耿于怀,这时见马士英动怒,趁机道:"这都是侯方域教坏的,前番侮辱我的也是她。田漕抚是您的乡亲,被她拒绝,其中关系非小。"

阮大铖火上浇油,马士英怒气更大:"了不得!了不得!堂堂漕抚,拿银三百,竟买不去一个妓女,岂有此理!来人,给我拿着衣服彩礼,别管老鸨肯不肯,直将李香君拉上轿子,今夜就送到田漕抚船上!"

杨龙友没想到自己一时多嘴,又要给香君带来一场灾祸,这倒实实在在不是他的初衷。他急忙告辞了马、阮二人,随着那一班抢亲的轿马来到了李家旧院。

到了媚香楼,杨龙友借故先把轿夫差役们安顿在楼下,自己急急忙忙上楼,对贞丽母女二人说明了来意。李贞丽气道:"田家亲事,久已回绝,如何又来纠缠?杨老爷素来关照我们母女,为何下此毒手?"

杨龙友忙辩白道:"不干我事。马士英知道了香君拒绝田仰,动了真怒,差一班豪奴登门强娶。下官怕你受气,赶来将护,怎说是我下的毒手?"

李贞丽忙道歉道:"如此多谢杨老爷,还求杨老爷始终救解!"

杨龙友叹口气道:"依我说三百财礼,也不算吃亏;香君嫁个漕抚,也不算失所。你们有多大本事,能抵他两家势力?"

贞娘一阵沉默,终于经不起财的引诱和势的逼迫,思忖着说:"杨老爷说得有理,看这局面,拗不下去了。孩子你还是趁早收拾下楼吧!"

香君见贞娘态度改变,着急地反驳:"妈妈说哪里话!当日杨老爷作媒,妈妈主婚,把女儿嫁与侯郎,满堂宾客,谁没看见?现还收着侯郎定盟之物!"她从怀中取出片刻不离身子的白绸宫扇，又道："这首定情诗，杨老爷都看过的，难道忘了不成？"

杨龙友被问得满脸尴尬，只好说："那侯郎避祸逃走，不知去向，假若三年不归，你也只顾等他么？"

"便等他三年、十年、一百年，只不嫁田仰！况且阮大铖、田仰同是魏党，阮家妆奁尚且不受，倒去跟着田仰吗？"

李贞丽、杨龙友见香君主意已决，知她脾气，只要一较上劲，便是九头牛也拉不回来的，只好相对苦笑。

忽听外面喊声大起，说是夜已深了，快些上轿，否则就要上楼强逼了。

李贞丽怕再闹了祸事来，无暇再管香君愿意不愿意，只好叫人硬给香君穿衣，抱她上轿。

香君无法，气急之下，突然一头撞地，鲜血四溅，连那柄侯郎送给她的定情诗扇上也溅上了几滴鲜血，香君本人也竟昏迷过去。

李贞丽见状慌了手脚，杨龙友也是抓耳挠腮。这时又听到楼下差役等得不耐烦，大声叫嚷起来。杨龙友见状，对李贞丽道："看来只好寻个权宜之法了。香君既没造化，不如你替她享受去吧！"

李贞丽忙道："使不得！使不得！这叫我如何舍得。"

"明日早来拿人，看你舍得舍不得！"杨龙友道。

李贞丽又一寻思："也罢，叫香君守着楼，我冒充她走一遭吧！"于是梳妆打扮完毕，又嘱杨老爷照看香君，自己就被抬往田仰船上去了。

杨龙友长长出了口气，他独自解嘲道：贞丽从良，香君守节，雪了阮兄之恨，全了马舅之威！将李代桃，一举四得。只是母女分别，未免伤心。

八

　　李贞丽代香君上轿去后，只剩下李香君孤身只影，卧病空楼，冷帐寒衾，好不凄凉。她一方面想着为保全自己，嫁与田仰的养母不知境况如何，一方面又想起侯郎匆匆避祸，音信全无，不知现在流落何处，心里愈发难受。一阵伤心落泪，她又取出了侯方域的定情诗扇，看那上面已被鲜血污坏，不禁深情地端详着，抚摸着，不知不觉地竟伏在妆台上睡着了。

　　这时，杨龙友、苏昆生来到楼上看望香君。见她脸带泪痕，疲惫憔悴地睡去了，便不忍心唤醒她。杨龙友轻轻地从香君手中抽出诗扇，望着那上面斑斑点点的血痕，忽然灵机一动，心想：几点血痕，红艳非常，不免添些枝叶，替他点缀起来，岂不更好。想到此，杨龙友便兴致颇浓地借了那血迹画了几朵艳红的折枝桃花，又蘸着绿色画了几片绿叶和枝子。

　　"妙哉！妙哉！"苏昆生望着经杨龙友寥寥几笔点缀成的几枝桃花，赞叹不绝。

　　"真乃桃花扇也。"杨龙友也高兴地大笑。

　　香君被笑声惊醒，施礼之后，她端详着扇面上那一枝浓淡有致、典雅艳丽的桃花，不觉又愁上心头，叹息道："桃花薄命，扇底飘零。多谢杨老爷为奴写照了。"

　　苏昆生见香君这番苦节，深为感动。他忙劝香君道："侯公子去后，俺一直留心着他消息，知他在史公处住了半载，又随史公到了扬州，今又同着高杰到河南防河去了。刚好老生近日也要回河南老家，到时可为你好生寻访侯公子下落。但求香君修书一封，以为凭证。"

　　香君寻思半晌，双手持扇，颤巍巍地呈与苏昆生，道："罢罢！奴的千愁万苦，都在扇头，就把这扇子寄给侯郎吧！"

苏昆生收扇封好，不日登程。

香君独自抹泪，叹道："妈妈不归，师父又去，妆楼独闭，益发凄凉了。"

九

且说阮大铖成了马士英的亲信后，鸿运高照，不久就被提升为内庭供奉。专擅阿谀奉迎的阮大铖见由崧皇帝不思进取，沉溺声色，便投其所好，把自己仓促撰就的四种传奇献给了弘光帝。果然圣心大悦，立刻传旨，广搜旧院，大罗秦淮，要将《燕子笺》被之声歌，为一代中兴之乐。由于著名歌妓李贞丽已嫁给了田仰，所以李香君又被当作李贞丽给强捕来了。

这天正是正月初七人日，老天又下了一场纷纷扬扬的大雪。阮大铖特意约了杨龙友作陪，要在赏心亭宴请恩相马士英，以迎春赏雪。为了相助雅兴，阮大铖又吩咐下去，把准备送入宫中的歌妓们叫到席前来，为他们斟酒唱曲。

秦淮水榭的数十个歌妓被领了上来，她们一一向前作揖请安，接受酒热正酣的马、阮二人的仔细省察，但都难入宰相法眼。到了最后，见到上来一位玲珑娇小、仪态万方的小美人时，马、阮不觉同道："就留下这个，伺候酒席。"

那被留下的歌妓正是李香君，她一见到活活拆散自己夫妻、母女的仇人就在眼前，不禁怒火中烧。她既不作揖，也不请安，只是兀自站在那里，心想："难得他们凑在一起，今日就拼将一死，也要出出胸中这口恶气。"

正寻思间，阮大铖唤香君过来斟酒。香君不畏生死指着这帮无耻之徒骂道："在坐各位堂堂列公，东南半壁江山本应靠你们支撑,不想你们只贪图出身富贵,把一心寻欢作乐作为创业,不知《后庭花》又在你们手里添了几种,看来你们不弄个亡国破家是不肯罢休的。这么寒风雪海冰山般的大冷天,你们任意撮弄这些烟花女子,于心何忍?良心何在?"

堂堂丞相马士英,见一个弱小妓女竟敢如此放肆,气急败坏道:"呔!这女子如此胡言乱道,该打嘴了。"

阮大铖也跳将起来,怒骂道:"这奴才,当着内阁大老爷,这般放肆,可恨可恨,快快拉出去丢在雪中。"说着,他又恶狠狠地离席出去,一把将弱小的香君推倒在地,接着又狠狠地踢了香君几脚。

马士英摆手道:"罢了,这样奴才,何难处死,只怕妨了俺宰相风度。"

看到香君吃此苦头,杨龙友很是不忍,急忙道:"是啊,丞相之尊,娼女之贱,天地悬绝,何足介意。"

阮大铖余怒难消,又恶声恶语道:"也罢!启过老师相,把这贱人送入内庭,拣着极苦的脚色,叫她去演。"

马士英道:"这也是该的。"

李香君很快就被送入了内庭。由于皇帝亲看排演,发现香君才艺出众,又十分美貌,就不让她再演配角,而指名让她主演《燕子笺》。

十

在香君进宫的同时,侯方域奉了史公之命,随高杰北上防河到了河南睢县地面。由于性格执拗的高杰有勇无谋,又不听侯方域的苦心劝告,初到河南,便与睢州地方镇将许定国发生了冲突,最后被杀心顿起的许定国巧设计谋杀害了。

高杰一死，三军失去统帅，顿时大乱。侯方域此时既痛恨高杰不听从他的劝阻，落得如此下场，又深感未能完成史公之托，觉得无颜再见史公，只好抱恨乘舟顺黄河东下。

　　许定国既要了总兵高杰性命，也就一不做二不休，干脆提了高杰人头，投降了清兵。这样满清八旗顺着许定国的指引，很快渡了黄河，直逼江南。顿时江河两岸，败兵纷纷，百姓流离失所。

　　这里又说那苏昆生自带了香君的桃花扇，就雇了一头小毛驴，回河南老家探亲。不料在黄河沿边遇到了抱头鼠窜的一群高杰败兵，不仅抢走了驴子，还顺手一推将苏昆生推进了河里，苏昆生头顶包裹在水中大叫救命。

　　这叫声惊动了岸边的一只小船。多亏女船主心地善良，不顾黄河水大风急，急忙将船摇过，伸篙将苏昆生救出。浑身湿淋淋的苏昆生面色铁紫地爬上船来，十分感激地对船主道："多谢驾长，是俺重生父母！"不料那女船主忽然惊叫："原来是苏师父，你怎来到此地？"苏昆生不禁细细打量起眼前这位衣衫褴褛的老女人，好半天才认出："你是贞娘，为何来到船上？"两人执手哽咽，竟是再也说不出话来。

　　停了一会儿，贞丽找了干衣，给苏师父换上，又擦了眼泪急急问道："香君独住媚香楼，怎生过活？"苏昆生道："唉，姑娘命苦，自你走后，日日啼哭，不肯下楼，如今她托俺前来寻访侯郎。不料路上被那败兵抢走毛驴，又推下了水。"

　　李贞丽掩泪道："原来如此，命里注定不该师父命绝，也是奴家有缘，得以再见上一面。"

　　"贞娘，你那晚既入田府，怎生如今又在此处？"苏昆生不解地问。

　　"唉，说起来那晚匆忙间扮作新人，被抬到曹仰船上，那曹仰对俺也十分宠爱,不料他的嫡妻十分悍妒,第二天一早就把奴拉出洞房,打个半死,那曹仰本是惧内之人,只好忍气吞声。后来他俩就将奴转给了一个送信老兵。这船就是老兵送信之船,老兵现在上岸下文书去了。"

想不到贞丽也是如此多舛,苏昆生一阵感叹:"宁为太平犬,不作乱世人。"

苏、李二人半夜里的絮絮叨叨,吵醒了隔壁船舱熟睡的一公子,他侧耳静听,越听越觉得那男声好似苏昆生,女声也极熟,便急急地穿了衣服在船头冒喊,不料那苏昆生真的应了叫声,贞丽二人急急出舱。

原来是侯公子!三人谁也没想到会在这兵荒马乱的船头相见,都一下子愣在了那里。

清醒过来,三人互问近况,不禁又是一阵唏嘘悲伤。侯方域急急打听香君情形,苏昆生道:"自你避难去后,香君替你守节,不肯下楼。后遭抚田仰拿银三百,强娶香君,怎奈她执意不从,就故意撞坏花容,血溅侯君给她的定情诗扇。"说着,苏昆生小心地解开包裹,郑重地递给侯公子:"在下出门之时,香君嘱托在下千万找寻侯君下落。并说道,她的千愁万苦,俱在扇头,就把这诗扇当做书信寄给你!老汉今日也总算不负香君的嘱托了。"说着说着,不禁老泪纵横。

侯方域只觉视线一片模糊,他手捧诗扇,就像捧着香君一颗痴情的心,口中叫道:"香君香君,你如此深情,叫我侯方域如何报答与你!"

当下三人商量还是回南京找香君是第一要事。侯公子邀李贞丽同行,不想李贞丽竟然道:"你们二人还是快快动身为好,妾心已厌倦烟花,如今伴着老兵度日,虽然清贫,却也快活。"

侯方域知无法强求,便与贞丽道了珍重,同苏昆生一道开船扬帆，顺流东去南京。

十一

  侯方域与苏昆生一路披星戴月，不畏劳顿，到了三月中旬，才风尘仆仆地抵达了南京的浦口。侯方域留苏师父在客栈看守行李，自己心情急迫地向李贞丽旧院走去。走到媚香楼下，侯公子脚步反而慢了下来，他实在想象不出如今他的香君会是什么样子，他们的会面又会是什么样的情景！

  待极力地稳定了自己的情绪，侯公子才轻轻地走上楼去，慢慢地踱到香君卧室前，没想到迎面而来的却是铁将军把门，侯方域的心顿时一惊。"香君，香君，你在哪里？"侯公子不顾一切地大叫。

  回答他的却是一阵沉默。侯方域伫立楼头正自纳闷之时，却见推门进来了一个人，此人正是曾同侯公子极熟的画士蓝瑛。

  "蓝画士，香君在哪里？"侯公子急急地问。

  蓝瑛摇了摇头，叹了口气，便将香君被选入宫的事详详细细地说了一遍，侯公子顿时全身冰凉，呆若木鸡。他瘫坐楼上，眼望着满院盛开的桃花，想起与香君定情之日，也是桃花盛开，可今日桃花依旧，却已人去楼空，物是人非，不禁伤心地落下了泪来。他又用颤抖的双手从怀中掏出了那溅着香君鲜血的桃花扇，玩弄起来，不觉滴滴泪珠又掉在了扇上，使那扇上的桃花更加鲜艳。

  正在这时，杨龙友刚好来了，一见到侯方域，自然又将香君后来的遭遇详细地说了一遍，并劝侯公子快快离开此地。因为这几天南京风声正紧，马、阮又在大肆搜捕东林、复社党人。但侯方域想：自己千辛万苦刚来南京，无论如何也要想法见上香君一面。他决定留下来，日后慢慢再作打算。

侯方域回到客栈，向苏昆生说明了经过，并道出了自己的打算。二人闻得复社好友陈贞慧、吴应箕也寓在三山街蔡益所书坊，便径直前去拜访，好一起商量个计策。

历经坎坷，几位好友得以再次见面，自然十分高兴。然而，正在他们亲切叙谈之时，死对头阮大铖带着一班穷凶极恶的打手突然破门而入。

三公子行不改姓，坐不改名，大义凛然。阮大铖色厉内荏地急令打手们给他们一一上了手铐脚镣，送进宫廷大狱。打手们见一个青布直裰、相貌平平的老头也在这里，就没去搭理，苏昆生得以逃脱。

十二

苏昆生魔掌脱生后流落南京，一气之下沿江赶到了武昌。他想到那宁南侯左良玉乃侯公子世交，况有古道热肠的柳敬亭也在他幕下，兴许他们能救复社文人出狱。到了武昌军营，苏师父颇费周折找到了柳敬亭，在柳的引见下见到了左良玉，就把马士英和阮大铖一伙在南京的种种倒行逆施、恶劣行为细细说了一番。

左良玉听了大怒道："我辈戮力疆场，只为报效朝廷，不料朝廷却信用奸党，杀害正人，日日卖官鬻爵，演曲教歌。一代中兴之主，行的却是亡国之政。只有一个史可法阁部，颇有忠心，却被马、阮内里掣肘，不得施展。剩俺单身只手，怎去恢复中原？"左良玉气得捶胸顿足，接着道，"罢罢罢！俺没奈何，只有要做一个胁君主之臣了。"于是，他尽数马、阮罪状，修了一个参劾的本章，还请黄澍拟了一道发兵的檄文，声称将发兵征讨，以清君侧；大军所到之日，定要将奸党诛杀，使其死无噍类。

一本一檄写好了,派何人前往送书?大家都心中清楚,要穿过马、阮封锁,把本子送给皇上,定是羊入虎穴,凶多吉少,九死一生。左良玉不免踌躇,这时柳敬亭却笑嘻嘻地说:"还是老汉去走一遭吧!"

左良玉深受感动,他捧着满满一杯酒,道:"这位柳先生,竟是荆轲之流,我辈当以白衣冠送之!"

敬亭接酒,一饮而尽;众人含泪,执手话别,大有易水送壮士之慨。

敬亭走后,左良玉一气病倒,他的儿子左梦庚代理军务,竟瞒着父亲,轻率地带领三十万大军沿江而下,声称要罢黜昏君、清除奸党。

南京的马、阮奸党,听到消息,顿时吓做一团。马士英问阮大铖道:"难道伸长脖子,等他来割不成?"阮大铖阴险道:"没有别法,除非调黄得功、刘泽清、刘良佐三镇军马,早去堵截!"

"倘若清兵渡河,叫谁迎敌?"马士英急问。

"只有两法:跑,降!"阮大铖回答得轻松。

马士英点头:"说得也是,大丈夫轰轰烈烈,宁可叩清兵之马,不可试南贼之刀。吾意已决,即发兵符,调取三镇。"

于是,三镇兵马与左军在坂矶展开大战。左梦庚兵败而死。病中的左良玉听此消息,也一气身亡。

马、阮二人只顾保全狗命,移师三镇兵马,留下了黄河沿岸战线空虚,清兵乘机进犯,转眼已达淮境。史可法率三千孤军英勇奋战,但终因寡不敌众,扬州城破,史可法与全军将士壮烈捐躯。

扬州陷后,清兵直逼南京,南京城内顿时乱作一团。昏庸的弘光皇帝不思抵抗,就匆忙装了珠宝,领了妃嫔,打开城门,仓皇而逃。

一听皇帝不见了，宫内更是大乱。马、阮二人也是互不相顾，各管逃命，宫人太监趁机溜走。李香君和众歌女也一起逃出了皇宫。

关在监狱里的"罪犯"一下子也没了人看管，侯方域等复社文人们一起逃出了监狱。同逃的还有那天因奉左良玉之命来南京下书而被马、阮关在监狱的柳敬亭。

十三

李香君逃出皇宫后，无处可躲，只好又回到了媚香楼。不久，杨龙友也来此话别。香君正感孤苦伶仃，从左军连夜跑回南京的苏昆生师傅正好来了，香君忧乱之心稍稍得以平慰。当下，苏昆生与香君商议此处不可多停，要趁夜色逃出南京，暂时躲避到栖霞山中去。说来也巧，他们风尘劳顿地逃到栖霞山后，刚好遇到了早看破红尘，已做了栖霞山葆真庵庵主的卞玉京，于是便在庵中住了下来。

再说侯方域等逃出大狱之后，本想去投奔史可法，但未过江，就听到了史公早已投江殉国的消息，于是几人大哭祭奠一番后，分手告别。

侯方域和柳敬亭商议："如今北归怕是行不得了，只好到城东栖霞山中寻一深山古刹，暂避数日，待乱事稍定，再图归计。"柳敬亭点头。二人结伴也来到了栖霞山，正愁无处落脚，忽见当年秦淮河帮闲清客丁继之。原来他也受道人点悟，正在采真观修炼。侯、柳二人随之同住。

不觉二十多天过去了。一天晚上，丁继之告诉侯公子，说距住处不远处有座白云观，住持是大锦衣张瑶星。明天七月十五，要在观里广延道众，大建经坛，既与崇祯先帝修斋追荐，也一并超度那些为国殉身的文臣武将。丁继之随之邀请侯、柳二人同往拜祭。

第二天一早,白云观前果然聚集了上千人,男女老少纷纷顶香捧酒,来此同奠亡魂。身穿大红法衣、手执净盏松枝的年老道士张瑶星待奠酒化财,超度甲申殉难君臣归天后,便开口布道:"众愚民暗室亏心事少做,不然到头来是不会逃饶。相反即使有微功微德也会得到吉祥报。刚才贫道梦到那马士英阳数已尽,已被雷电击死于台州山中,阮大铖跌死仙霞岭上,一个个皮开脑裂,惨不可睹。"

台下一片兴奋,不觉一齐双手合十道:"南无天尊,南无天尊!果然善有善报,天理昭彰。"

侯方域也是暗自激动不已。抬起头来,忽然发现人群中有个女子极像香君,便不顾一切地挤了过去。近前仔细一看,真是他日夜思念的香君,便情不自禁地拉住了香君的手,颤声道:"香君,我的香君,是你吗?……你如何也在此处呀?"

香君先是一惊,随后身不由己地投入了侯郎的怀抱:"你是侯郎,想杀奴了。"

两人悲喜交集,不觉哭出了声。侯公子无限珍爱地从怀中掏出了桃花扇,深情地送给香君:"你看这扇上桃花,叫小生如何报答你。"

两人共同凝视着那代表他们爱情的桃花扇,不免又是一场儿女情长。这时,正在布道的张瑶星见此情景,拍案大怒:"啐!何方儿女,敢在此处调情!"说着,张道士跳下祭坛,冲到二人面前,抢过桃花扇,撕了个粉碎。

张道士又责怪道:"当此地覆天翻之时,你们难道还如此留恋情根欲种?岂不可笑!"

侯方域不满地回敬:"大师此言差矣!从来男女室家,人之

桃花扇

大伦,离合悲伤,情有所钟,先生如今管得了吗?"

张瑶星听言大怒:"呸,两个痴虫,你看国在哪里?家在哪里?亡国之恨尚未雪耻,偏这点花月情根,就割不断吗?"

侯方域、李香君听言大悟,也深悔在这国破家亡之际,仍沉湎于儿女情长,不觉大汗淋漓,万分羞愧。于是,双双跪拜作揖道:"弟子晓得了!"

"既如此,男的就拜丁继之为师,女的就拜卞玉京为师,各自回山修炼吧!"张大师指点道。

侯方域、李香君唯唯听命。于是各随其师,一个往南山之南,一个往北山之北,修真学道去了。这次分离,他们似乎都看得很淡,只麻木地相互点了点头就离去了,谁也没有回首再多望一眼。

(远征 改写)

雷峰塔

[清]方成培 撰

这是一个极其优美动人的神话故事，也是一个令人心酸的爱情悲剧。

一

很早很早以前，在四川峨眉山的连环洞内，住着一个名叫白云仙姑的蛇仙，千年的修炼，已使她道术无穷、神通广大，并渐渐地脱去皮囊，幻化成一位美妙绝伦的少女。但年复一年的修道生活越来越使她感到枯燥寂寞，而关于红尘人间的种种传闻却越来越打动她的心。终于有一天，她下定决心要离开这荒僻深幽的峨眉山，阴暗潮湿的连环洞，下到凡界领略一下人间生活的滋味。她鼓起勇气把自己的想法告诉了道兄黑风仙："道兄在上，愚妹有一言相告，请为愚妹做主。"

"不知仙姑有何见教？"黑风仙关心地问。

"道兄，愚妹睹此红尘胜景，锦绣繁华，想到凡间度觅有缘之士，到此同修，不知可使得否？"蛇仙试探着说出了自己的想法。

"什么？你要舍弃将成的正果，到红尘间遭种种俗事的缠扰？"黑风仙闻言一惊，"仙姑呀，那人间的凡夫俗子，只晓得贪恋荣华富贵，怎肯到这里同你修真？你一人红尘，只怕有去无回，那时后悔也就晚了！还望义妹三思！"

"多蒙道兄相劝，但我去意已决，断难改移，不必再阻我了。"仙姑主意已定。

黑风仙看再说什么也是枉然，他无可奈何地摇了摇头，又嘱咐道："仙姑，此去人间，一定要藏形匿影，随机应变，不可伤害生灵。若度得有缘之士，还须早早回山！"

仙姑点头，拜别，转身离去。黑风仙望着她运去的背影，喃喃自语道："我只怕你像一片白云有去不回！"

二

白云仙姑拜别道兄后，取名白素贞，只身来到了人间天堂杭州。她打听到双茶坊巷裘王府的宅院，非常幽雅，只有一青蛇仙居住，就施展法术，前去收服了青蛇，使她幻化为一青衣女子，唤名青儿。两人主婢相称，共在裘王府的空房栖身。

转眼清明佳节即到。那天，风和日丽，莺啼燕舞，西湖岸边更是游人如织，熙来攘往。一身素白、姿容秀丽的白素贞和身穿青衣、神情活泼的青儿在这双双对对的游人中格外显眼。她们过孤山，观冷泉，赏龙井，游虎溪，西湖边的一处处胜景都留下了她们的足迹。二人游罢白堤，又步履轻盈地走上了断桥。白素贞一边依栏远眺，一边又对身边的青儿发出了感慨："青儿，我看那些游人，尽是些凡夫俗子，真是辜负了眼前这美丽的山光水色！"

青儿正待附和，突见姐姐言语戛止，只是双眼紧随桥上的一位少年而移动。只见这位少年生得眉清目秀，风流儒雅，举止不俗。白素贞爱慕之心不禁油然而生。她叹了一口气，痴痴地说：

"若能与这样的人儿缔结良缘,也不枉我来人间一遭。"

这时,只见那位少年悠悠地来到湖边,唤来一只小船,上得船去,船公轻轻摇橹,小船离岸而去。小青着急了:"姐姐,船开走了,我们怎么能靠近他呢?"白素贞略一思忖道:"不妨!待我施展道术,兴起风雨,那少年必然停舟,到那时我和你上前只说搭船,你见机行事就是了。"小青点头会意。

白素贞口中念念有词,霎时间万里晴空乌云密布,接着豆大的雨点就纷纷下落,好大的雨呀!果然,少年乘坐的那只船晃悠悠地靠岸系缆。青儿忙向艄翁招呼道:"老伯,您这船是往哪儿去的?"

"到草桥门!"

"船家,我们刚好也要去草桥门,搭一搭船好么?"

"这我可做不了主,船舱里已有位官人包船了。"老船公面带为难之色。

"老船家,您看下这么大的雨,又无处躲避,烦您对官人说说,行个方便吧!"青儿进一步恳求。

"这也倒是实情,那让我问问官人吧!"

没想到舱内的公子回答得十分爽快:"天上人间,方便第一,请她们上来吧!"

白娘娘和青儿上得船来,只站在了船艄。船舱里的那位官人,见两个小娘子站在风雨中,忙热情招呼道:"二位小娘子,请到里边坐!"

"娘娘,既蒙官人美情,我们还是进舱躲躲雨吧!"青儿给白娘娘使了个眼色。

"那好吧!只是多替我谢谢官人。"白娘娘会意。

进得舱去,青儿施礼道谢:"我家娘娘多谢官人!"

"些须小事,不用道谢。"官人回礼。

雷峰塔

三人在舱内坐定，白娘娘近处又偷看了那官人一眼，更是喜不自禁。她深情地说道："中途遇雨，多亏官人高情。请问官人高姓，府上何处？"

"小生姓许名仙，表字晋贤，家在铁线巷中。"

"请问宅上娘娘，今年多大年纪？"机灵的青儿插嘴探问。

"小生只为家贫，尚未婚娶！"

"那聘是聘下了？"小青追问。

"也还未聘！"

小青松了口气，扮个鬼脸看了一眼白娘娘："娘娘，你瞧官人这等青年，还形孤影单，唉，那月下老人也未免太不公平了！"

这时，许仙开口问道："姐姐，请问你家娘娘高姓，尊居何处？"

"我家娘娘么，是原任杭州白太守的小姐，先老爷在世时，接来这里。而今住在荐桥双茶坊巷裘王府隔壁。"青儿随口编出。

许仙听罢，忙起身施礼道："原来是太守的千金小姐，失敬了！"停了停，许仙又问道："小姐，今日想是踏青去了吧？"

青儿轻轻叹了口气："不，是为我家姑爷祭扫坟墓去了！"

"咳，原来你家姑爷去世了。"许仙不禁端详了一下秀丽美貌的白娘娘，心中生出无限同情。他默默地想："我家父母早亡，留我孤伶一人；没想到她家娘子也年轻轻的就守寡了，可见同是苦命人了。"想着想着，许仙抬起了头，不意竟和白娘子投来的凝视的目光相遇了。

许仙不觉心跳加速，行为举止也开始局促不安。幸而这时传来了老艄翁的声音："荐桥到了，各位请上岸吧！"

三人走出船舱。这时，白娘娘神色慌张："呀，青儿，清早出门，忘带零钱，这如何是好？"青儿随口说道："这有何难，先向许官人去借，到时再奉还，不就结了！"许仙忙道："好说好说，我一并给船家就是了！"

主婢二人谢过许仙，上得岸来，眼看又要同许仙分离，小青暗自着急，她悄悄地扯了一下素贞衣襟："姐姐，要想个什么法儿同许官人结交才好。"素贞点点头，暗暗念动了真言。忽然一阵凉风乍起，雨又下得大了起来。青儿望望随后上岸的许仙，故意大声说："娘娘，雨下这么大，离家又那么远，这可怎么办呢？"

白娘娘也愁眉不展："是呀，这便如何是好？"

见此情景，许仙连忙赶上前说："二位娘子不用发愁，小生有把旧伞，就寄在离此不远处的朋友家。二位稍等，我去取来，给二位打回去就是了。"说罢，许仙冒雨匆匆走了。小青高兴地对白素贞说："姐姐，这真是一位有情有义的官人。若得有一天你们配成夫妻，便是我青儿也觉心欢畅。"白娘娘心头涌出一种从未体验过的甜蜜。

不一会儿，许仙取来了雨伞，交付青儿。白娘娘感激道："许官人，多谢了！明日我让青儿把伞给官人送府上吧？"许仙忙道："不必费心，待明日，小生到小姐府上奉拜吧，何劳青姐费力？"

"岂有反劳之理？"白娘娘不安地说。

聪明的小青赶紧顺水推舟："既然这样，明天一早我就在门前恭候。"

许仙点头："天色已晚，恕不远送，请行吧！"

主婢二人施礼拜别。而许仙直到二人消失在茫茫的雨雾中，还独自一人站在那里发呆。他做梦也没想到今日为爹娘扫墓而归，竟会在船上遇此绝代佳人。又想到明天就要到小姐府上再度相会，感到无比惬意，以至衣裳被雨淋透，也不觉得。

三

兴奋得一夜没合眼的许仙，第二天一大早，就迫不及待地起了床。他照镜梳洗，并特意换了一身新衣服，就兴冲冲地向双茶坊走去。到了巷口，打听白娘子住所，竟无人知晓，就连在此居住多年的老住户，也从来没听说过有什么白娘娘为邻里，许仙顿觉好生奇怪。正纳闷间，忽听背后传来青儿声音："许官人来了，真是个守信的人。我娘娘已在家等候多时了，请随我来吧！"当下许仙就跟了青儿往前走。不一会儿，就来到了一个朱门大院。院落宽敞，幽雅洁净。这时，青儿放慢了脚步，回头对许仙说道："我娘娘昨夜回到家中，对许官人赞不绝口，十分爱慕。"她望了望许仙，试探道："况且我娘娘独居无依，我想娘娘是想把……"话说到这里，青儿故意把话头打住。

许仙急切地问："你家娘娘意欲如何？"青儿见许仙如此迫不急待，心里已明白了几分。她不紧不慢地说："我家娘娘欲把终身相托，不知官人意下如何？"

许仙听罢，自然是喜不自胜。但转念一想，自己白天在生药店当伙计，夜间在姐夫家安身，一直过着寄人篱下的生活，哪里有钱娶妻？总不能拖累美貌多情的白娘娘又跟自己受穷吧？想到这里，他掩饰不住心中的沮丧，苦笑着说："青姐，多谢你家娘娘一片美意。怎奈小生父母亡后，一身落魄，生活拮据。虽承你娘娘雅爱，实难从命。"

青儿忙安慰道："许官人不必忧虑。若说生活窘迫，我娘娘尚有些积蓄。况且我家娘娘不是只追求金钱门第的世俗女子，她不计贫寒，只求人品。"许仙这才放下心来。

说话间，青儿和许仙已来到客厅前。青儿高声叫道："娘娘，许官人来了!"白娘娘忙出来将许仙迎进客厅,深深施了一礼道:"昨日多蒙许官人借伞,付船钱,真是感激不尽!"许仙还了一礼,道:"此等小事,何足挂齿。"

寒暄过后,两人便相对默坐,彼此虽都有满腹的话儿要说,却谁也不好意思先开口。乖巧的青儿打破了这尴尬局面,笑着对白素贞说道:"娘娘,你昨晚不是有话要对许官人说吗?如今,官人在此,你就快说了吧!"白娘娘面带几分羞涩地说:"许官人,奴家是有一言要对许官人说……只是不好启齿。"白娘娘欲言又止。青儿性急,见此情景,插嘴道:"娘娘的心事我深知,如不好张口,我就替娘娘说了吧!"她转身对许仙道:"许官人,你既未娶,我家娘娘也是单身,再说你们二人年貌相当,不枉天生一对,结成百年夫妻,岂不好吗?"

许仙只是轻声叹气,默然不语。青儿又道:"许官人,你不好张口,我也替你说吧。娘娘,许官人寄人篱下,家境窘迫,所以不敢答应。"

白娘娘接口道:"这有何妨!古时有个司马相如,虽家徒四壁却是一个盖世的风流才子,何必以贫介意?"

许仙深受感动,他对白娘娘施礼道:"既蒙小姐不弃,小生只得觍颜从命了!"

白素贞大喜,命小青即刻摆出酒饭,款待许仙。席间小青给二人斟酒贺喜,三人其乐融融。

不知不觉,天色已晚,许仙不得已要告辞,只是已和白娘娘你慕我恋,难分难舍了。

白娘娘更是一往情深。她叫青儿从自己的箱笼内取出两锭银子,亲手递给许仙:"许官人,回去快请媒人来说,望早成美事。"

许仙连连点头:"回到家,就即刻请姐姐、姐夫前来求亲。"

白娘娘将许仙送至门外，痴痴地站在门口，凝视着许仙渐渐远去的背影。这时，青儿走出来，见她那深情的模样，打趣道："官人已经走远了，快回去吧！到明日，官人请媒人来说合，你自然就可以同许官人洞房花烛夜了。"

白娘娘回转身，嗔怪道："你这贫嘴丫头！"

四

过了一日，许仙抽空来到姐姐家。他把清明时节给父母扫墓，雨中遇佳人，借伞定奇缘，白娘娘与银两之事，详详细细地讲给姐姐听，并央求姐姐尽快前去说媒。

许仙姐姐听后自然心花怒放。想父母亡后，她与弟弟相依为命，只因家贫，年已二十的弟弟婚事一直无着落，这难免成了姐姐心头之病。没想到今日弟弟有此艳遇，怎不叫她舒眉宽心？她难掩兴奋地说："妙啊，弟弟，你无意之中遇此奇缘，岂可错过？你先进屋稍坐，我先安排些酒饭给你吃，待你姐夫回来，与他商量一下，尽早前去说媒就是了。"

"全仗姐姐、姐夫做主！"许仙高兴地说。

姐弟俩正谈得兴奋，只见在县衙中充当捕快的姐夫李君甫满面愁容地进了家门。

许氏以为丈夫身体有什么不适，忙上前询问不已。李君甫摇摇头，叹了口气道："娘子，不必着慌，我身体没什么不适。只因官库中锁封未动，却丢失了元宝四十锭。县官着急，限我火速缉获赃贼。我同伙计们缉访多时，毫无踪影。这等没头没尾的案子，如何才能结案呀？"

许氏惊讶道："怎么会有这等怪事，这又如何是好？不过急也无用，先陪我兄弟吃杯酒再说吧。"

许仙拜揖姐夫,并给姐夫斟上酒。许氏也就把许仙的事原原本本地说与他听,并取出白娘子所赠元宝给他看,嘴里一边说道:"我正愁兄弟年长,婚姻无着,难得有这等好事!我兄弟也正为此事,前来托你去白府说媒。你看,那白小姐还赠弟花银百两,以为聘资呢!"

没想到李君甫一见银子大吃一惊,吓得酒杯也从手中滑落下来。他大叫一声:"呀,娘子不好了,你兄弟性命不保了!"

"却是为何?"姐弟俩听罢一怔。

李君甫急切道:"现今县主出榜缉获赃贼,捕获者赏银五十两;知情不报者,全家发配远边充军。你看这元宝上,现有字号印钤,正是官府所丢赃银,这可如何是好?"

许仙听罢目瞪口呆,他跪下央求道:"我哪里知道还有这么多事情,如今只求姐夫搭救!"

许仙姐姐一旁央求:"官人,念骨肉之情,赶快商量个好办法吧!"

李君甫背手踱步,转身道:"三十六计,走为上策。兄弟,我有个好友王敬溪,现在苏州吉利桥开饭店,我写信与他,你先去那里避一避。只是你要告诉我那白娘子住处,待我领人拿住她主婢二人,获得赃银前去交差,这样同你干系就不大了。"

"唉,那娘子待我情分不薄,只是事到如今也就顾不上她了。"许仙无奈,只得一一照办,并只身奔往苏州避难去了。

五

许仙离开杭州之后,李君甫就把此事详细禀告县衙。县官发令,命李君甫唤几个差役,径直奔往双茶坊巷,去捉那白娘娘主婢二人。

差役们来到巷口,向男女老少打听了半日,也无人知道有什么白太守的小姐住在此地。他们又询问裘王府的宅院何在,有个老者道:那个宅院已荒废多年,从未见过什么白娘娘住在那里,倒是时常闹鬼。

李君甫不信有这等怪事,便带领差役们冲进了裘王府的宅院。进得院来,果见满院野草一人多高,荒凉不堪,并无人迹可寻。正惊疑,忽见一青衣女子在堂前走动,李君甫料定那必是婢女青儿,忙命人前去捉拿,没想到青儿转眼就没了踪影。

"住手,你们这伙歹人,为何擅入我室内,是何道理?"当头棒喝,差役一惊,举头看去,见有一白衣女子站在楼上怒叱。

"你这贼妇,窃取府银,还敢硬嘴。"差役色厉内荏。等一齐向前捉拿时,却转眼又不见了白娘娘。

众差役好生奇怪。他们强打精神,找遍了院中的各个角落,就是不见那主婢二人身影。一转身,忽见一只箱子重重地放在院子当中。李君甫只好令人抬了箱子回到县衙,打开一看,正是官府所丢之银。一数是三十八锭,连同许仙那两锭,恰巧是四十锭。

县令虽觉事情奇怪,但既找回了失银,也就没有过多考虑。一场没头官案也就雪一般地消化了。

六

且说那许仙,自逃难来到苏州以后,就暂且住在了吉利饭庄。后来姐夫李君甫曾捎信与他,说丢银一案已结,再过段日子就可回杭州了。只是那白娘子主婢二人,并非人类,而是妖精。

闻听此言,许仙心中怅然若失。回忆当初与白氏的相见,只道是盖世奇缘降临,没想到只是画饼充饥,反惹了一场风波,害得自己背井离乡,外出漂泊。唉!真后悔不该贸然应允婚事,况且又是人妖相恋……

正左思右虑,忽听店主王敬溪大声道:"许官人,外面有两位小娘子,说要找你。她们已在外面等候多时了。"许仙闻言一惊,忙随王敬溪来到店门前,见正是白娘娘和青儿,吓得扭头就走。

小青急忙道:"官人,我们受了千辛万苦,才来到此地找你,你怎么能如此相待?"

白娘娘也伤心地说:"许官人,你千万不可错怪了奴家,今天特来与你说明此事,以明奴的一点心迹。"说着就哭了起来。

这时,店主人的妻子也从里边走了出来。她好心地将白娘子和青儿领到家中。

屋中坐定,白娘子道:"官人,奴家既把终身托付与你,你就是我的丈夫了,我怎能存心害你?若说那银子来历不明,理当坐罪于我那先夫。我一个寡妇人家,哪里知道?"白娘子说着又呜呜地哭了起来。

许仙虽觉白娘子言之有理,仍还惊魂未定:"我姐夫来信时,说那天奉命前去捉拿,明明见你坐于楼上,怎么转眼就不见了?如不是妖,那定是鬼了?"

白娘子擦了擦眼泪,辩白道:"奴家所在,本是裘王府的旧宅,身边只有青儿作伴,因此,空房颇多,甚是冷落。那日公差前来,皆疑有鬼。当时我看他们人多势众,前景不妙,就将计就计,潜身躲在厢楼之内,公差们害怕,不敢仔细搜寻。见了银子,也就去了,奴家方脱罗网。后来,我和青儿费尽周折才打听到你已离开杭州,来了这里,便与青儿前来寻访,并讨个婚姻信息,万万没料到你竟疑我们是妖是鬼,好不叫人伤心。也是奴家命该如此!"白娘子伤心地哭个不停。

青儿在一旁道:"官人,你也不要执性,我家娘娘为了你,可是吃尽了苦头啊!"

白娘娘和青儿的话合情合理,使许仙心中的疑虑慢慢消失,他不由得面带愧色地低下了头。

店主夫妻趁机道:"既然你们有终身之约,谁也不要翻悔了。也罢,今天我俩做主,你们就及早成就了百年姻眷吧!"

"这如何使得?"许仙、白娘子且喜又羞。

"不要害羞,我们这就去准备!"

待王敬溪夫妇走后,许仙不知所措地走到白娘娘面前,道:"小姐,小生有眼不识泰山,一时愚昧,反多唐突,望恕卑人之罪。"说罢,"扑通"一声跪倒在白娘娘面前。

青儿一旁赌气道:"该罚,该跪!"

白娘子却心疼不已,她忙走过去扶起许仙:"啊呀,官人请起。也是奴家一时疏忽,致起风波,官人幸勿见怪!"

不多时,店主夫妇置备停当。王店主自做许仙的媒人,老板娘做白娘子的女相伴,热热闹闹地簇拥着两位新人拜了天地。

自此,许仙和白娘娘两人如鱼得水,甚是恩爱。加上小青为人忠义,王敬溪夫妇热心善良,一家人日子过得甜美和睦。

一天晚饭后,许仙夫妻二人灯下闲话。白娘子道:"官人,我们一家三口借寓王大伯家,终非长久之计。我打听得左邻有一空房,不如另租居住。再在附近找间门面,自己开个药店。你原在药铺当过伙计,我也略懂医道,不如一个行医,一个抓药,岂不更好?"许仙欣然点头,只愁本钱哪来,白娘子告诉他,她身边尚有些积蓄。

许仙夫妇的生药店很快就开张了。由于白娘子医道高明,许仙乐善好施,小青热心帮衬,生药店刚一开张就门庭若市,十分兴隆。许仙夫妇更是举案齐眉,极尽琴瑟之欢。

日子飞一般地过去了，转眼又到了夏初。一天晚上，许仙忙活药店未归，白素贞一人在庭院里倚栏赏月。屈指一算，自己离别道兄下山已有数月，其间虽享受到了山中修行时不曾想到的良辰美景、夫妇恩爱，但也遇到了那么多的风波是非。眼下许仙虽被自己用话瞒过，但天长日久，万一自己的行迹被人看破，这美满姻缘不就又成了镜花水月？想着想着，她不由得凝视着天上的一轮明月，暗暗祈祷："圆缺恨娑罗，休轮到我。"

七

却说镇江金山寺有个老僧号法海。自白云仙姑从峨眉山下凡人间以来，他就领得佛祖号令，紧随仙姑行迹以伺收服。当他查得白娘娘与杭州许仙相恋，并结为夫妻，而今在苏州开了一家生药店时，十分气恼，就百般地搬弄是非，以拆散许仙夫妻。

一天，老法海拄着龙杖，慢腾腾地出现在许仙的生药店前。恰逢白娘子不在，法海就趁机对柜台前的许仙道："老僧法海，特意前来为施主治病。"许仙听罢，不解地问道："我好好的，哪来的病？"

法海道："看你满脸的黑气，乃是被妖孽所缠，怎说无病？"

许仙一脸的惶惑。老法海又故作神秘道："这妖孽就在你身边，它就是你的妻子白娘娘！你的妻子并非人类，乃是千年蛇妖所化，老僧今日来此，就为指点于你。"

许仙听罢，内心惊恐，但一想到白娘娘平日待他的一片深情厚意，对法海的话仍是半信半疑。

法海看透了许仙的心思，他进一步道："看来让你亲眼见见，方能打消你的疑虑。好吧，眼看端阳节就到，到了那天，你打来雄黄酒，多劝你的娘子喝几杯，待她酒醉后，再看她是人是妖，到时候你就会相信我的话了!"法海说罢扬长而去,却把一团重重的疑虑扔给了许仙。

八

法海走后,许仙再也寝食难安,老法海那恐怖的话语令他心惊肉跳。本已了结了的官府失银一案又浮现在眼前,不是姐夫也曾告诉他白娘娘主婢二人是妖仙吗?看来,这其中必有缘故。于是,许仙就暗下决心要在端阳节用雄黄酒灌醉娘子,以明人妖之分。

端阳节转眼就到了,整个苏州城沉浸在一片节日的气氛中,家家门前悬挂菖莆、艾叶,户户争打雄黄酒。这些东西都是避邪用的,虫蛇见了不敢近前。

白娘娘和小青虽然同别家一样忙着准备过节物品,其实是强作欢颜,内心十分着急忧虑。原来白素贞虽有千年道行,毕竟未达炉火纯青,小青则更逊一筹,因此每年到端阳节午时就会显现原形。本来俩人都想到山中暂避,但又怕引起许仙怀疑,没办法,白娘子只得打发青儿出去,自己也只好准备托病在床,见机行事了。

时值午时,许仙特地打来满满一瓶雄黄酒,对白娘子道:"娘子,为何在床独睡?青儿呢?"

"官人,奴家身子不快,所以少睡一会。青儿孩子脾气,喜欢热闹,我让她外出看龙舟比赛去了。"

"娘子,时值端阳佳节,卑人备得一杯水酒,与娘子共享。"

白娘子推辞道:"奴家实因身子不适,无心饮酒,不能奉陪,官人且自斟自饮吧!"

许仙道:"娘子,刚刚见你还好好的,怎么突然就身体不适了？待我来为你诊一诊脉如何？"

白娘子无奈只得顺从。许仙突然高兴叫道："娘子，恭喜恭喜！你身怀有孕了！这喜酒是一定要吃的！"

"多谢官人美意！奴家病躯，不能奉陪！"白娘子推辞。

"这是喜酒，一定要吃的！"许仙坚持。

"请官人自己开怀饮吧！"白娘子哀求了。

许仙见状，疑心更重了。他为了验证法海的话，非劝白娘子吃酒不可。他装作生气道："你要是不吃，那我也不吃了！"

看许仙再三坚持，白娘子没法推辞了。她暗自琢磨：凭着自己的千年道行和练得了九转玄功，饮一杯也许不至于出事。不然，许仙疑心难消。于是，她勉强起身，端起酒杯，一饮而尽。

没想到，一杯酒下肚，白娘子顿感浑身燥热，头晕脑涨。她勉强支撑一阵道："官人，实难相陪，我要歇息去了。"许仙忙扶她入帐，然后，她便什么都不知道了。

却说许仙灌醉了白娘娘，看自己的娘子如此痛苦不堪，且并未显现什么蛇身，心中着实有些后悔。于是，他就回客厅泡了杯热茶，好给娘子醒酒。可当许仙端着沏好的热茶，轻掀帷帐，突然看到一条大白蛇弯弯曲曲地盘卧在床上的时候，吓得他"哎呀"一声尖叫，立时昏倒在地。

约摸过了半个时辰，小青避难之后因惦念姐姐急匆匆从山中赶回。一进屋，看到许仙倒在床前，一只茶碗摔得粉碎，就知道情况不妙。近前细看许仙，只见他面如死灰，已奄奄一息。小青知道这是姐姐不慎显真形把官人吓坏的原因，于是就赶快走到床前，推醒了白娘子。白娘子的发作已经基本过去，她赶忙下床一看，见许仙竟如死人一般，顿时泪如雨下："许郎醒来，许郎醒来，这都是我害了你！"

"姐姐，伤心无用，眼下还是想法救官人要紧。"小青一旁抹着眼泪道。

白娘子点头，她和青儿赶紧把许仙抬放在床上："青儿，我别无计策，只得到嵩山南极仙翁那儿，要来九死还魂仙草，官人才有生路。"

小青担心道："那南极仙翁道行非同一般，仙草又有白鹤童儿看守，姐姐此去只怕凶多吉少。"

娘娘安慰道："不妨。我以前曾在西池窃食王母娘娘蟠桃，自有莲花护体，不至伤我性命。况且为救官人，别说守山神将，纵然是刀山火海，也只有舍命去闯了。青儿，你在家小心看守官人，对外只说他生病了，切勿使人接近，不然惊散了官人魂魄，就是取回仙草也难救了。"

小青答应。白娘娘身佩宝剑，到嵩山求仙草去了。

九

白素贞救夫心切，出得门来，就念动真言，驾一朵祥云，风驰电掣般直奔嵩山而来。但见群峭摩天，白云缭绕，飞泉喷壑，玉李仙桃，阁榭参差，琼轩缥缈，果然好景致。

白素贞哪有心思观看妙景，她只是细加搜寻，就来到了南极仙翁的神仙洞府。看到一个嘴尖颈长、满身白羽的童子正在洞口转悠，便知他定是看守仙草的白鹤童儿。素贞赶忙上前，深深地施了一礼道："鹤童哥哥在上，请受白云仙姑一拜！"鹤童诧异道："啊，我认得你是峨眉山的蛇仙，到此有何贵干？"

听得一问，白娘子不禁悲从中来，用乞怜的口气道："鹤童哥哥，小道无事不敢轻犯仙山。只因杭州我夫许仙端阳节那天被我显形吓死，如今已奄奄一息。以前曾听到贵洞府有九死还魂长生仙草，特来宝山相求，望鹤童哥哥行个方便，小道感激非浅！"

鹤童闻言变色，气势汹汹道："呔！你这孽畜好大胆！仙草乃镇山之宝，怎肯轻易给你？要想活命，速离此山！"

看到好好哀求已不会奏效，白娘娘决定武力夺取。她抽出宝剑，道："鹤童休得无礼！我将好言相求，你怎便出口伤人？实言相告，我既到此，就不怕你！请好好将仙草与我，万事全休！否则，管教你师徒俱不太平！"

鹤童大怒，拔剑便砍，素贞连忙举剑相迎，两人你来我往，打了好一阵子。渐渐地，鹤童有点招架不住，忽然左臂受了白素贞一剑，败下阵来。

却说此时南极仙翁刚赴西池蟠桃会归山，与一同来访的叶法善、东方朔、鹿童等大仙正在仙洞自在悠悠地下棋。忽见鹤童慌慌张张地进来报告，抬了抬眼道："何事如此惊慌？"

鹤童一口气将白蛇来山取宝、双方一场苦打情形原原本本地告诉了师父。这时，坐在一旁的鹿童和东方朔起身，要请战白蛇，仙翁点头应诺。

那白娘娘见鹤童败阵逃跑，赶快上前摘一仙草，正转身要走，不料背后一阵怒喝："呔！孽畜休走，俺来擒你了！"白娘娘受惊转头，见是一个头生双角、满身梅花斑点的童子仗剑而来，本欲分辩哀求，怎奈鹿童的利剑已冲到自己的喉尖，她不敢怠慢，连忙还手！这时，东方朔也在一旁参战，白素贞只得左突右奔，前后招架，双方又是一场恶战！最后自己虽然险胜，但连日赶路的辛苦和方才的几场厮打，已几乎耗尽了她的体力，玄裳缟衣上也溅满了鲜血。

南极仙翁驾着一朵白云，立在半空观战。见到鹿童、东方朔二仙又败下阵来，就略一思忖，在白素贞的下山归途中巧布八阵。一见素贞怀揣仙草，急急下山，仙翁口念咒语，手指一指，说也怪，那岩间一大石，即刻飞起变做一座雄黄山，重重地、不偏不斜地压住了白娘娘的身子，使她再也动弹不得。

仙翁厉声道："呔！孽畜，你不过是一个小小妖蛇，怎敢来我仙山，如此无状，今已被擒，更有何说？"

白娘娘泪如泉涌："我今一死并不后悔，只是我夫许郎无人相救，使奴死难瞑目！"

南极仙翁听了不禁动了恻隐之心，对白素贞道："你冒犯仙山，偷盗仙草，本该治罪！念你救夫心切，又身怀有孕，就饶你一次吧！鹤童，将仙草赐她，速速下山去吧！"说着手指一指，那雄黄山又轻轻地飞离了地面。

白素贞感激涕零，深深施礼："多谢大仙大慈大悲，小道没齿不忘！"说完，疾步下山而去。

十

白娘子去嵩山求仙草搭救许仙，这下子可苦坏了留在家中的小青。她一方面惦念白素贞的安危，忧心如焚；一方面又不分昼夜地守护在许仙床前，生怕再出现什么意外。猛听到白娘子敲门声，小青又惊又喜，两人相见后不禁拥抱在一起。

"官人怎么样了？"白娘娘劈头就问。

"不曾有半点惊动，现仍安卧在床！"小青啜泣。

白娘娘忙从怀中取出了仙草，吩咐青儿快去煎好。不一会儿，小青就煎好端了出来。白娘娘小心地扶起许仙，一勺勺地将汤灌进了许仙的嘴里。眼见许仙脸色慢慢由白转红，手足上也有了热气，主婢二人都长长地出了一口气。

小青突然想起了另外一件事。她悄悄地告诉素贞："官人是被你惊吓而死，待他醒来，必然怀疑。到时我们怎么回答他呢？"

素贞沉思片刻，取出一幅白绫，丢在楼板上，念动真言，那白绫便变作一条粗大的白蛇。素贞取出宝剑，将蛇斩为七段。又附在小青耳边低声说了几句，小青会意，就把蛇身搬出房去。

次日清晨，许仙已慢慢苏醒。他一睁眼就看到了素贞和青儿正俯身注视着自己，端阳节那天的情景又立时浮在了他的脑海，使他不禁毛骨悚然！

白娘子知道他的心思，她故作从容道："谢天谢地，官人总算苏醒了！端阳那天，我喝下酒后，立时腹痛难忍，就去了后房净手。回来时，却见官人倒在地上，正自诧异，又见床上一条白蛇盘卧，吓得我也受不了！幸亏小青回来，帮我一起把蛇斩了！官人好了可以去看，那死蛇还丢在天井中呢！"

许仙一听，原来如此！脸色也就平和多了。再看白娘子、小青倦容满面，知她们为救自己也受了不少罪，感激之情充满胸间。从此，夫妻二人更是恩爱有加！

十一

日月如梭，转眼又到了秋色宜人的八月间。许仙听说虎丘近日桂花正盛，游人甚多，也产生了前去一游的兴致，于是就上楼去把自己的想法告诉了娘子。白娘娘念官人近日药店事务劳累，正该散散心，就不加阻拦，还特意让青儿从箱笼里取出一套新衣和一顶八宝明珠巾给许仙穿戴。打扮后的许仙越发显得眉清目秀，唇红齿白，白素贞自然满心欢喜。临行前，白娘子又再三嘱咐他要早些回来。

许仙出得门来，信步朝虎丘方向走去。只见一路上游人如织，山光塔影，丹桂飘香，使他感到非常惬意。忽然对面走来几个人，说要借许仙的珠巾欣赏。许仙解下递去，没想到那几个人看了几遍，脸色顿变，厉声喝道："赃贼在此，快快擒下！"几人不由分说,就把许仙用绳绑了。没等许仙明白过来是怎么回事,可怜的他就被押到了萧太师府中。

原来那几个人乃是苏州衙门里的捕快。几天前,萧太师府中丢失了一顶极其珍贵的八宝明珠巾,十分气恼,总捕老爷传令限期破案。那几个捕快为访线索,也来到虎丘盛会。正巧看见了对面一人脖子上戴着明光闪闪的八宝明珠巾,便略施小计拿下了许仙。

说来也巧,许仙在萧府恰恰遇到了原任钱塘令的总捕李老爷。因丢失库银一案,李总捕曾晓得了白氏妖变的根由。这次他并未对许仙用刑,只是详细问了宝巾的来历,许仙一一供明。于是,李老爷就亲率衙役,火速赶到许仙家中,可白氏、青儿早已不知去向。

打道回府后,李老爷亲修书信,把宝巾奉还萧府。又恐许仙再往苏州仍被妖魔所缠,就决定暂发配许仙到镇江为民,一则可消宝巾一案,二则可避妖邪,并限他立即起身,不可停留。

许仙再次罹难,心中自然对白娘娘十分怨恨。临行之前,他来到王敬溪家告别。王老伯设酒饯行,又赠他盘缠。许仙不受,王老伯道:"家贫不是贫,路贫贫杀人,不必固执!你到镇江,举目无亲,甚为不便!老汉有一亲戚,姓何表字仲武,人皆称何员外,祖居镇江府中市街。我写书荐你,凡事可托他照应。"许仙拜谢而去。

晓行夜宿,许仙来到了镇江何员外府。何员外见荐书上说他为人方正,练达老成,言辞恳切,更恰逢自己店中伙计缺少,也就留许仙同住下来。

十二

却说白素贞那日因一时粗心，误将手下蛇妖窃来献上的八宝明珠巾给许仙戴了，平空又惹出了一场官司，心里后悔十分。后得知许仙暂配镇江，就带了小青一路找来。

这日，何员外与许仙正在客厅闲谈，忽听门外有二个女子口口声声要找许仙。许仙门外一看，见又是白娘子和小青二人，顿时惊恐非常。青儿上前问话，许官人怒道："你们这冤孽害得我几次差点送性命，为何还要时时紧从不放？"白娘子闻言正色道："啊，官人！奴家这次来此，一则为官人抱屈，欲诉无门；一则为祖遗宝巾，误归官府！官人已经远配，我又是女流，人世间既有这么多平地风波，我主婢二人料难存活。为此不辞辛苦，跋涉而来。今日得见官人，也就死而无怨了！"白娘子悲悲切切。

许仙一见，心又有些软了，但他仍余怒未息地质问道："为什么我戴了你的头巾就遭祸？为什么那一天官差去搜寻你们又无影无踪？"

小青上前回道："官人，你只知其一，不知其二，说到这宝巾，天下物件也有相同的！"说着，青儿又转向一旁的员外道："员外，还有一说，我家官人听信谗言，说我家娘娘是什么妖怪。如今员外在此，看看娘娘可像妖怪吗？"

"有形有影，一点也不像！"员外摇头。

白娘娘趁机向员外道："员外，那宝巾原是前夫所遗，而许官人质对之时，竟不辨明白，轻易就招认，又同赃官共计来擒拿奴家。幸得邻里报信，才脱身逃匿！"她又转向许仙，"官人，难道你家妻子非得人前出乖露丑，才成体面？"

何员外听了这番话，觉得合情合理，并无破绽，他也转劝许仙道:"老许,你既被人诬害,她又是个女流,自然能逃就得逃,你怎么能听信别人之言,这般奚落你妻子?"

许仙仍然一言不发。白娘娘见状,故对青儿道:"青儿,我们千辛万苦寻到此地,不料官人这般对待,使我进退无门,如今我还要此性命何用?罢罢罢,不如去投江死了吧!"说着,她就跑向门外。

员外大惊,忙上前阻拦:"这万万使不得!"

许仙再也沉默不下去了。他求青儿道:"青姐,快快劝住娘子!"

任凭员外、青儿如何劝说,白娘娘仍哭着要去投江。何员外忙对许仙道:"你难道还要固执下去不成?令妻倘寻了短见,那时你后悔就晚了!"

许仙不觉低下了头。员外也不多怪罪,他笑了一下道:"来吧,你们上前各见一礼,从此夫妻和睦,不得再生情变了!"青儿也忙打圆场。

许仙、白娘娘这对多生磨难的夫妻终于又重归于好了,他们和青儿一起重又在何员外家暂住下来。

怎道知人知面不知心,那何员外对许仙一家如此厚待自有他不可告人的目的。原来,何员外因年过半百,虽然挣得金山银山、家大产大,可惜膝下却无子女。本想娶妾,老妻又执意不从,使他心中好不懊恼。自从见过白娘子花容月貌,便魂不守舍,意乱神迷,一心想勾引到手,早成好事。聪明的白娘子看透了员外之心,对员外厉言相斥,巧妙周旋,同时又苦心说服许仙,从何员外家搬了出来,仍旧赁房开店,日子慢慢地安稳了下来。

十三

冬去春来。二月十九观音菩萨诞辰日如期而至。一听许仙又说要前往金山寺拈香,白娘娘脸色悄变。她百般劝说丈夫不可与僧道交往。怎奈许仙执意要去,白娘娘无法可施,只得顺从。只是临行前再三嘱咐许仙,参拜之后即可返家,万不可往方丈中同和尚说话。许仙表面点头应诺,心中倒不以为然。

出得门来,许仙到江边雇只小船,直奔金山寺中。他拜完了菩萨,拈完了香,走出佛殿,正欲回归,却有一小僧上前同许仙搭话,并说禅师法海堂中有请。然后就领引许仙曲径通幽,来到后殿方丈堂中。果然法海正端坐蒲团等候。

他一见许仙,开口道:"施主,老僧算你今天必来进香,故而让慧澄前去接你来此。试问老僧曾与你说过的话,端阳节那天应验了吗?"

许仙不答,法海接着又说:"端阳节午时,你让那娘子喝了一杯雄黄酒,她就变成了一只粗大白蛇盘卧在床,你曾被吓昏。那娘子又去了嵩山,盗得了一只仙草,才又将你救醒,许仙,难道这些你都忘了吗?至于你娘子的话,纯属骗你,不可相信!"

经法海一提,许仙又回忆起了当时的情景,顿时不寒而栗。他诚惶诚恐地哀求道:"请大师指点迷津!"

法海笑了一笑:"你那娘子,是千年蛇精妖变的。如你不想再次被妖魔所害,只有一法,那就是皈依三宝,诚心信佛。我看你慧根尚好,就收你做个弟子吧!"

许仙急忙跪下拜见师傅。法海一挥手,旁边的一个老和尚就把许仙带到文殊院劝化去了。

十四

且说许仙去金山寺上香之后,白娘娘在家里坐卧不安,他总觉得好像又有什么灾难要降临到头上。青儿不解,白娘娘道:"你不知,这金山寺的法海禅师,法力无边,不比凡僧。倘若官人被他点悟,我终身也就无结局了!"青儿听完,也就着急了起来。眼见白日已尽,月升中天,许仙仍未回来,好容易挨到了天亮,仍不见许仙的踪影。主婢俩心急如焚,就决计同去金山寺,找法海要人。

青儿划船,不多时便来到了金山寺。青儿将船掉了过去,冲着寺中喊道:"官人快出来,娘娘在此迎接你回去,快些出来吧!"

门开了,出来了一个人,却不是许仙,而是一个小沙弥。他施了一礼道:"两位女施主,是烧香,还是还愿?"

"既不烧香,也不还愿,而是找我家官人许仙!"青儿道。

"许仙?我家禅师点悟他有什么蛇妖缠身,他就一心出了家,再也不肯回去了!"

"什么?"白娘子吃了一惊:"你胡说!我们恩爱夫妇,怎能擅自拆开!你快去告诉法海放人,否则我让你全寺不得安宁!"

法海听报,就手持禅杖钵盂来到了寺门口。青儿一见,气从中来,骂道:"法海秃驴,快放官人出来!"

白娘娘连忙止住,婉言相求道:"老禅师,快放俺官人出来吧!"

法海说:"你丈夫已拜在老僧名下,在本寺出家,不能回去了。"

白娘娘恳求:"素贞与官人恩爱深厚,不能有一日分离。老禅师一代高僧，定怀菩提之心，万望放我丈夫回家，您的大恩大德自然感激不尽！"

法海厉声道："我已将你妖变的根由一一点明，他害怕，不敢与你做夫妻了。这里是庄严佛地，岂容妖孽在此胡缠。你还是速速回峨眉山修炼去吧！"

素贞见状，忿忿质问道："我百般求你，你只是不肯放人，你活活拆散人家夫妻，天理何在？"

"既知天理，为何还在人间害人？这无礼妖孽！"法海喝斥。

"我敬夫如天，何曾害他？你明明煽惑人心，使我夫妻分离。法海，你既如此不仁，我也就同你誓不两立了！"白娘娘气极。

法海大怒，手持青龙禅杖，不由分说就朝两人打来，她俩也连忙拔剑相迎。三人你来我往，杀得难解难分。

法海不再恋战。他抽身退回，命人抬出法宝风火蒲团。只见他口中念念有词，用手一指，那蒲团竟腾空而起，霎时化作一团烈火，旋转着朝白娘娘二人烧来。素贞并不急慌，她后退了几步，从头上拔下一根银簪，向那烈火掷去，只见一道冰柱压住了那团火，使它重新变成了蒲团。

法海见法宝居然被破，知道素贞的确厉害，就号令众僧退回寺中，暂闭寺门。

素贞心中哪敢得意，她知道势孤力单，取胜极难，便同小青商议请东海水族前来助战。原来青儿也非等闲之辈，曾是水族魔尊。

这时，只见小青取出一面绿旗，在空中一挥。霎时间风平浪静的长江就波涛汹涌，鱼、鳖、虾、蟹、蚌等齐集浪头待命。白娘娘号令："孩儿们！与我涨起大水，漫过金山，解救官人出来！"

水族得令呐喊，立时江水猛涨，涌出江岸，淹过平地，一直漫上山去。

法海眼见大水就要涌进大雄宝殿了，却也并不惊慌，他只是脱下身上的大红袈裟往山顶一抛，那江水立即就退了三尺。法海又烧化灵符，请来了天兵天将，击退了水族。

法海见素贞且战且退，就从袖子里取出了紫金钵，照准白素贞便要扣下去。忽然文曲星出现在半空，接住了紫金钵，吩咐法海道："此妖身怀六甲，生子必然大才，不可伤她性命！"说完传令收兵返回天宫。小青护着白娘娘趁机驾舟逃走。

十五

白娘娘和青儿金山寺败退以后顺流而下，历尽艰难，终于又到了杭州。刚刚弃舟登岸，白娘娘忽觉腹中疼痛难忍，寸步难行。青儿知道娘娘可能是要分娩了，却怎么也找不到一个安身之处。看看前面已是断桥，她只好先将娘娘扶到桥边亭子下，让娘娘先休息一会儿。

阵疼过后，白娘娘无限凄惨地抬头望着眼前的断桥，想起了当初与许仙此地相遇的情景，不禁百感交集。没想到许仙如今这样无情无义，难免又伤心泪垂。

青儿一旁劝道："娘娘，你吃了苦了。"又恨道，"娘娘，仔细想起来，都是许仙那厮薄情，害得我们遭此苦难。如果再次见面，断断不可饶他！"

素贞虽也有满腔怒怨，怎奈坠入情网太深，落到如此凄惨的地步，仍眷恋许仙不止。见小青如此怨恨官人，便忍不住道："为姐也深恨许郎薄情寡义，只是细想起来都是那法海从中离间，否则不至于此。"

小青恼道："娘娘，到了今天，你怎么还如此为那薄幸之人开脱，难道你的苦还没受够吗？法海老贼固然可恶，可他许仙为何任人挑拨，不念夫妻之情？"

"官人疑惧也是人之常情，没有法海，也不会起这些祸端。"白娘娘又道。

小青正欲辩白，忽见娘娘手捂腹部，脸色惨白，也就不再多说，赶忙过来扶住。正为难间，却突然见许仙失魂落魄地从桥的那头走过来。她急忙喊了一声，许仙一惊，又转身逃跑了。

为什么许仙此时会来此地？原来水漫金山时，许仙在文殊院头看到白娘娘拖着不便之体同法海殊死相斗，却也十分不忍。水退之后，他就请求法海让自己和娘子见上一面。娘子即使是蛇妖，但毕竟和自己有一段难以割舍的夫妻之情。法海想到他二人既尘缘未满，待那蛇妖分娩以后，再收服她不迟，也就答应了许仙的请求。只是相约待白蛇满月那天，到杭州净慈寺会面。许仙应诺。出得寺门，许仙一路相追，待他追至断桥看见白娘子、青儿之时，心中却又充满惶恐。

白娘娘听青儿说许官人也来到了这里，就顾不得腹中疼痛，忙同青儿追赶过去。

白娘娘追上了许仙，上前抓住了他的衣袖，顿时泪如雨下："许仙，你还要往哪里去？你这狠心的薄幸人！"

许仙回头一看白娘子鬓发散乱，面容憔悴，简直就像变了一个人，心疼地说："唉呀，娘子为何这般狼狈？"

白娘子满腔委屈顿变愤恨："你听信谗言，把夫妻恩情一旦相抛，害我们受此苦楚，还来问什么？"

许仙忙道："娘子，请息怒。那日上山之时，本欲就回，不想被那老法海言语煽惑，一时误听他言，致使娘子受此苦楚，实非我的心愿！"

"且收了你的假慈悲！"青儿一旁怒道，"许仙，我问你一言。

我娘娘平日待你如何？"

"情厚如山！"许仙脱口道。

"那你为什么不念夫妻之情，下如此的狠心？"青儿越说越气，开始拔刀相向。

许仙忙跪在地上救饶："看在夫妻分上，娘子救救我吧！你们就饶我这一回吧！"

白娘子顿时心软了，她不禁上前挡住了青儿。青儿仍怒气未消，但见白娘娘紧咬牙关，知她阵疼又来，也只得气冲冲地将剑收起。

许仙见娘子额上大汗淋漓，知她分娩在即，就上前搀扶起娘子，道："请娘子和青姐权且到我姐夫家中住下吧！"

十六

白娘子到许仙姐夫家住下的当天夜里，便生下了一个白白胖胖的男孩，取名许士麟，小名唤作梦蛟。小梦蛟的出世，使一家人暂时又沉浸在天伦之乐中。

转眼就到了满月之日。这天一大早，白娘子和青儿就起床梳妆，打扮小梦蛟，满心欢喜地准备迎接来贺宾客，而许仙却是愁眉难舒。他做了法海的弟子，又有约在先，只好背着娘子，偷偷地到净慈寺参拜法海。

法海见许仙来到，拿出了紫金钵，说道："许仙，你将此钵带回，不可让蛇妖知道。然后巳牌时分趁她不注意之时，将钵扣在她的头上，她就决无走脱之理！"

许仙看着师傅手中法钵，不敢去接，恳求道："老禅师，此妖一时无状，水漫金山，致遭天谴，理所应该。但念我夫妻之情，师傅还请手下留情！"

"哪里话?"法海喝道,"也罢,待我亲自下手就是了。只是许仙你要配合,否则你的性命也难保了!"然后又如此这般地吩咐许仙一顿。

许仙回到家时已是早饭时刻。他骗白娘娘道:"有人捎信说一亲戚家有急事,我要随姐夫一家前去看看,当日返回,娘子放心。"

通情达理的白娘娘自然同意,并催他快去快回,好抱一抱蛟儿。

快到巳牌时分,许仙慌慌张张回得家来。白娘娘十分诧异:"官人,为何不和姐姐同去同回?"

许仙只得说道:"惦记娘子,思念蛟儿,先回来了!"其实,许仙是借走亲戚之名,让姐姐一家人暂避一避。白娘娘信以为真,没有介意,只是怀抱娇儿哄他睡觉。

许仙见状,忙让青儿接过孩子到里面去哄,自己则又拿起梳子轻轻地为娘子梳理着一头秀发。

正交巳牌时分。突然门不推自开,只见老法海一声吼叫,跳了进来,手持紫金钵就往白娘娘头上扣。白娘娘防不胜防,刚明白怎么回事就已大难临头。只见那法钵射出了万道金光,白娘娘被光芒罩住,立刻筋骨酥软,不能挣扎。白娘娘浑身抽搐,痛苦不堪,只是凄厉地喊了两声:"官人!可怜的蛟儿!"就被法钵合住,现了原形。

青儿忽听白娘娘惨叫,忙从里边跑出一看:"啊呀,不好!"便不顾一切地上前同法海相拼,抢救白蛇,但她哪里是法海的对手?青儿哭骂道:"许仙,你好狠心呀!法海,你好可恶呀!俺青儿早晚要替娘娘报仇、雪恨!"说罢,她忍泪含悲,冲出家门,径直奔峨眉山而去。

法海收服了白蛇,命令众神将将白蛇镇于西湖雷峰塔下。为防她逃跑,又令火神用三昧真火烧炼此塔,并在塔身上题了四句咒语:西湖水干,江潮不起,雷峰塔倒,白蛇出世。

至此,他已完成了佛祖交给的使命,于是就引度许仙,到西天同登仙界去了。

美貌多情的白娘娘则被无情地压在了雷峰塔下,过着暗无天日的生活。

十七

月圆月缺,春来春去,白娘娘已年复一年日复一日地在塔里煎熬了十六载。十六年来,她孤苦伶仃,沉沦九地,日夜悲哭,好不凄惨。其间,她那峨眉山的道兄黑风仙念兄妹之情曾来见她一面,问她当初不听劝阻,执意下凡,致有今日之苦,可曾懊悔?没想到那善良而又坚强的白娘娘长叹一声道:"这也是前缘宿孽,悔他做甚?"她的话深深地感动了道兄。

白蛇被法海收服后,她的儿子许士麟便由许仙的姐姐抚养起来,如今也已长成仪表堂堂的小伙子了。他天资颖慧,勤奋好学,进京应试,果然不负众望,夺得了头名状元。

这时的许士麟已慢慢地知道了自己的身世,十分思念他那身遭不幸的可怜的母亲。他启奏皇上,请求捣毁雷峰塔,救出母亲。怎奈那皇上并不准奏,只赐令许士麟荣归祭母。

清明节那天,许士麟早早就到雷峰塔去祭祀母亲。他远远望见那五层佛塔云遮雾罩,阴风横吹,遍地杂草丛生,荒凉一片,不禁心酸悲伤,感慨万端。他对父亲误信谗言,弃家出走,自然怨恨不浅;而对法海奸贼离间人家骨肉之亲,更是咬牙切齿。

来到塔前,许士麟焚香叩拜之后,只说了声"娘啊,孩子今日看你来了",便跪在地上大哭起来,直哭得肝肠寸断,草木动容,仿佛要把十六年埋葬心底的苦水和思念全部倾泻出来。他的哭声终于感动了上天,佛祖命一揭谛神下界,帮助他们母子团圆一次。

正当许士麟哭得天昏地暗之时,塔顶上忽然隐隐约约出现一妇人身影,悲戚一声道:"哎呀!儿呀!"许士麟料定这就是自己的亲娘了,就不顾一切地叫道:"哎呀,我的亲娘啊!"白娘娘心都要碎了,哭道:"亲儿啊!难得你一片孝心,不枉你娘受此摧挫!"

"亲娘啊!您想杀儿了!"许士麟仍是嚎啕大哭。

"儿啊,事已如此,不必过于悲痛,但愿你日后夫妻和好,千万不可学你父亲那样薄幸!"

许士麟点了点头,仍悲哭不止。

白娘子又道:"儿啊,为母还有一言。你今身受国恩,当为皇家效力,不要苦苦思念我,做娘的虽在浮图之下,亦可瞑目了!"

"孩儿谨遵慈训!"许士麟跪道,"只是娘啊,你如何能让儿子放心得下呀?!"

白娘娘哭道:"儿啊,咱们今日一别,就永无见面之日了!"说着,塔上的影子慢慢就消失了。

许士麟只得含泪离开了母亲。他以后虽年年来西湖祭母,但真的再也没有见过母亲。

有人说,白蛇已被青儿救出,两人同到峨眉山修行去了;有人说,白蛇灾限满后,受到法海赦放,并到天宫成了仙……

(远征 改写)